Arnaldur Indridason est né à Reykjavik en 1961, où il vit actuellement. Diplômé en histoire, il a été journaliste et critique de cinéma. Il est l'auteur de romans policiers, dont plusieurs best-sellers internationaux, parmi lesquels *La Cité des Jarres*, paru en Islande en 2000 et traduit dans plus de vingt langues (Prix Clé de verre du roman noir scandinave, Prix Mystère de la critique et Prix Cœur noir), *La Femme en vert* (Prix Clé de verre du roman noir scandinave, Prix CWA Gold Dagger et Grand Prix des lectrices de Elle), *La Voix*, *L'Homme du lac* (Prix du polar européen) et *Betty* (Prix Boréales). Tous les romans d'Indridason sont disponibles chez Points. En 2023, son dernier livre, *Le Roi et l'horloger*, est publié aux Éditions Métailié.

Arnaldur Indridason

LE MUR DES SILENCES

Traduit de l'islandais
par Éric Boury

Éditions Métailié

TITRE ORIGINAL
Þagnarmúr

Published by agreement with Forlagið, www.forlagid.is

ISBN 978-2-7578-9993-9

1

Peu après être entrée dans la maison, Eyglo avait vite ressenti le malaise évoqué par la femme.

Il arrivait régulièrement que des gens l'appellent en lui demandant de venir chez eux parce qu'ils souffraient d'angoisses inexplicables. Certains cherchaient à entrer en contact avec leurs proches défunts et parlaient de bruits inquiétants. Eyglo refusait de participer à ces chasses aux fantômes, à quelques rares exceptions près, et elle avait réussi à se débarrasser de cette femme au téléphone quelques jours plus tôt en lui notifiant une fin de non recevoir assez ferme. Son répit avait été de courte durée.

Deux jours plus tard, par une soirée d'automne, une quinquagénaire qu'elle n'avait jamais vue était venue sonner à sa porte. Juchée en haut des marches, sous une pluie diluvienne et souriant d'un air embarrassé, elle avait avoué être la personne qui l'avait appelée récemment pour lui parler de sa maison. Elle s'était empressée d'ajouter qu'elle ne venait pas lui demander d'organiser une séance de spiritisme ou quoi que ce soit de ce genre, mais souhaitait uniquement qu'elle l'accompagne chez elle pour faire le tour de la maison et lui dire si, elle aussi, elle percevait quelque chose susceptible d'expliquer l'anxiété et le trouble qu'elle ressentait depuis qu'elle avait emménagé, une peur et une appréhension lancinantes qu'elle n'avait jusque-là jamais éprouvées.

Ne voulant pas laisser l'inconnue sous la pluie battante, Eyglo l'avait invitée à rentrer s'abriter à l'intérieur.

– Je sais que les fantômes n'existent pas, avait repris la femme en refusant de s'aventurer au-delà du vestibule, mais il y a dans cette maison quelque chose qui ne va pas. Oui… il y a quelque chose. J'en suis persuadée et j'aimerais savoir si vous le percevez aussi. Pardonnez-moi… mon Dieu, j'ai l'impression de devenir folle.

Eyglo l'avait invitée à s'asseoir sur la chaise dans l'entrée. Son interlocutrice s'était adressée à la Société islandaise de spiritisme et Malfridur, une amie d'Eyglo, lui avait suggéré de la contacter car personne n'était mieux placé qu'elle pour l'aider même si elle se montrait souvent assez réticente. Ce n'était pas la première fois que Malfridur lui envoyait des gens sans son accord alors qu'elle lui avait maintes fois répété vouloir cesser toute activité liée à la voyance, mais Malfridur ne l'écoutait pas.

Eyglo avait demandé à sa visiteuse si elle connaissait l'histoire de la maison et si les anciens occupants avaient ressenti le même genre de chose, mais celle-ci avait été incapable de lui répondre. Son mari et elle l'avaient achetée quatre ans plus tôt, en 1975, ils avaient emménagé avec leurs deux adolescents et, au bout de quelques mois, elle avait commencé à ressentir ce malaise. Les autres membres de la famille n'avaient rien perçu de particulier.

– Auriez-vous traversé une période difficile dans un passé récent ? avait prudemment demandé Eyglo, cherchant à savoir si son interlocutrice mettait ses problèmes personnels et son mal-être sur le compte d'un phénomène surnaturel pour ne pas avoir à affronter les maux qui l'affligeaient réellement.

– Mon mari pense que je suis… que je ne suis pas normale. Il m'a envoyée chez le médecin. Selon lui, tout ça, c'est dans ma tête. Je veux dire, selon mon mari. Je crois d'ailleurs que le médecin est du même avis. Il m'a prescrit des cachets, mais je n'en veux pas. Je ne les prends pas. Je les jette dans la cuvette des toilettes et je tire la chasse. Je ne dors presque plus la nuit. Deux heures tout au plus. Le reste du temps, je garde les yeux ouverts et j'écoute la maison.

– Vous entendez quoi ?

– Des gémissements. Parfois, on dirait des sanglots.

– Vous savez, le vent engendre les bruits les plus surprenants. Vous n'avez pas d'arbres dont les branches viendraient griffer les murs ? Des fils électriques ou des cordes à linge ? Des oiseaux, des chats ? Il y a beaucoup d'oiseaux dans les parages ?

– Non, et aucun arbre. Mon mari avance les mêmes explications. Il me parle du vent et de la pluie. De l'antenne de télévision, de la cheminée autour desquelles le vent tourbillonne et hulule.

– Vous entendez des voix ?

– Non, avait répondu la femme. Aucune. Je l'ai dit à mon médecin. Je n'entends aucune voix et je n'ai pas non plus de visions. Je me sens oppressée, c'est tout. J'ai l'impression que des choses affreuses se sont passées entre ces murs. C'est un sentiment qui me submerge. Une profonde anxiété. Vous croyez pouvoir m'aider ? J'ai envie d'habiter dans cette maison, elle est… je n'ai pas envie de la quitter, mais je ne m'y sens pas bien. Il y plane une atmosphère malsaine. Et j'aimerais savoir si vous acceptez de m'aider.

– Maintenant ?

– Je suis seule en ce moment. Mes enfants sont partis dans le Nord avec mon mari. Ils sont allés voir sa mère. Je… le courant ne passe pas entre elle et moi.

En observant son interlocutrice, Eyglo avait compris qu'elle ne pouvait pas la renvoyer seule chez elle. À sa manière discrète, cette femme manifestement en souffrance appelait au secours. Eyglo avait sondé sa conscience, cherchant des excuses pour la mettre à la porte, mais, n'en trouvant aucune, elle avait fini par enfiler son manteau. La femme était arrivée en voiture. Eyglo lui avait proposé de la suivre avec la sienne, elles avaient donc pris la direction du quartier ouest.

Elles avaient fini par se garer devant la maison, qui était sur trois niveaux dont une cave. Plutôt petite, elle était enduite d'un crépi en sable de mer qui commençait à s'effriter. La propriétaire avait invité Eyglo à entrer. À droite, un escalier descendait à la cave et, quand on entrait dans le vestibule, on avait la cuisine à gauche et la porte du salon de l'autre côté. L'escalier permettant d'accéder à l'étage se trouvait également à droite. Le plafonnier était allumé dans la cuisine et le salon éclairé par la lumière tamisée d'un lampadaire.

Eyglo avait vite saisi ce que voulait dire la propriétaire. Elle avait du mal à identifier la nature précise du trouble qu'elle ressentait. Cette femme lui avait parlé d'une atmosphère malsaine qui imprégnait les lieux, et elle trouvait la formule tout à fait adéquate.

La pluie frappait les vitres. Eyglo avait fait le tour de la maison, la femme l'avait regardée explorer le rez-de-chaussée puis monter à l'étage et en redescendre. Cet intérieur soigné aux murs ornés de tableaux était celui d'une famille de la classe moyenne ; meublé de plusieurs bibliothèques, il regorgeait de photos de famille et de bibelots. Eyglo avait demandé à la propriétaire s'il y avait un endroit précis de la maison où elle se sentait particulièrement mal. Cette dernière avait répondu qu'elle n'en était pas tout à fait certaine, mais que ce pouvait être la cave, et tout spécialement la buanderie. Elles y étaient descendues et, postée au milieu de la pièce, Eyglo lui avait demandé si elle avait une sensibilité plus développée que la plupart des gens. Non, avait-elle répondu. Elle n'avait jamais rien remarqué de tel.

– Vous sentez quelque chose ? avait-elle demandé.

– Comme de la claustrophobie, avait répondu Eyglo. Je me sens oppressée… je ne suis pas habituée à ce genre de… sensation d'étouffement.

– C'est exactement ça. Parfois, il me semble que j'étouffe et je suis incapable de dire pourquoi. La nuit dernière, je me suis réveillée en sursaut avec l'impression de me noyer.

Elles étaient remontées au rez-de-chaussée pour s'installer dans le bureau. La femme avait précisé que c'était autrefois une chambre d'enfant. Eyglo avait balayé la pièce des yeux et, sans raison particulière, le psaume intitulé « Comme l'unique fleur » lui était venu à l'esprit.

Elle avait dit à l'occupante des lieux qu'elle comprenait maintenant son trouble même si elle n'était pas en mesure de lui en expliquer l'origine. Elle ne voyait aucun moyen d'y remédier. Si elle avait bien compris, les autres membres de sa famille ne ressentaient aucun malaise, et les futurs propriétaires ne percevraient sans doute rien non plus.

Son interlocutrice semblait plus apaisée, simplement parce qu'elle avait pu lui parler.

– Les futurs propriétaires ? s'était-elle étonnée.

– Si vous la vendez. C'est une solution. Et sans doute la plus simple. Vous devriez peut-être en discuter avec votre mari.

Un mois plus tard, en voyant une annonce dans les pages immobilières, Eyglo avait compris que la femme était parvenue à un accord avec son mari et qu'elle la laisserait désormais tranquille. Elle avait presque oublié cette visite, mais elle repensait parfois à l'étrange sensation qui l'avait submergée dans cette maison avec le bruit de la pluie sur les vitres, une insupportable sensation de claustrophobie. Presque d'étouffement. Elle avait eu l'impression que les murs se rapprochaient, comme s'ils voulaient se refermer sur elle et l'engloutir.

Puis, pendant quarante ans, elle n'avait plus entendu parler de cette histoire.

2

Le couple avait dit à la police que tout avait commencé par des bruits inexplicables. Supposant qu'ils provenaient d'une des fenêtres de la cave qui ne fermait pas correctement, l'homme l'avait réparée. Deux semaines plus tard, ils avaient à nouveau entendu des bruits inquiétants et cette fois-ci bien plus forts, toujours à la cave. Ils avaient alors retrouvé le lave-linge au milieu de la buanderie où il s'était arrêté, retenu par le tuyau d'alimentation en eau relié au robinet du mur. L'appareil était branché à la prise électrique, mais il était éteint et le tambour vide. Le couple n'avait pas d'enfants, il n'y avait personne d'autre dans la maison. La femme avait pris avec son portable des photos du phénomène qu'elle avait postées sur Facebook.

Un mois plus tard, un troisième incident avait eu lieu. Le mari était descendu à la buanderie pour étendre la lessive quand le sèche-linge s'était brusquement mis en route. L'homme avait fait un bond, il avait toujours eu peur du noir et savait qu'il était seul dans la cave. Il avait observé le sèche-linge dont le tambour avait continué à tourner à toute vitesse derrière la vitre circulaire avant de s'arrêter subitement. Il s'était alors approché de l'appareil, avait donné un petit coup de pied sur la porte, l'avait ouverte pour inspecter l'intérieur sans rien remarquer d'anormal. En remontant au rez-de-chaussée, il avait raconté tout ça à sa femme qui avait répondu qu'il y avait sans doute un problème d'électricité dans la buanderie. C'était selon lui improbable puisque les anciens propriétaires avaient entièrement rénové la maison et refait toute l'installation électrique.

Son frère était électricien, il était venu vérifier et n'avait rien trouvé de suspect, l'électricité de la maison avait été refaite par de vrais professionnels.

Un mois plus tard, dans la soirée, la femme était descendue chercher une bouteille de blanc à la cave. Ils avaient un réfrigérateur neuf dans la cuisine et en avaient un second, plus petit et plus ancien, au sous-sol, qui leur servait surtout à garder au frais la bière et le vin blanc. En arrivant au bas de l'escalier, elle avait remarqué une étrange lueur qui apparaissait et disparaissait tour à tour. Elle avait essayé en vain d'allumer le plafonnier et avait supposé que l'ampoule avait grillé. Elle avait alors compris que cette lueur clignotante provenait du frigo dont la porte était grand ouverte. Une bouteille de vin blanc était tombée par terre, elle s'était brisée et son contenu s'était répandu sur le sol, formant la flaque qu'elle voyait à ses pieds.

La lumière du frigo avait continué quelques instants à clignoter frénétiquement avant de s'éteindre définitivement. L'épouse s'était retrouvée dans le noir complet, envahie par la sensation désagréable que des choses inquiétantes se passaient sous son toit. Elle avait alors cessé de poster des photos sur Facebook.

Le couple avait continué à entendre des bruits inexpliqués. Cette vieille maison du quartier ouest, construite quelques années avant la Seconde Guerre mondiale, avait connu plusieurs propriétaires. Son époux et elle l'avaient achetée environ un an plus tôt.

Elle avait contacté les gens qui la leur avaient vendue. C'était le mari qui avait décroché. Elle lui avait demandé prudemment si sa femme ou lui-même avait remarqué des choses anormales ou bizarres au sous-sol lorsqu'ils habitaient dans la maison, en décrivant succinctement ce dont eux-mêmes avaient été témoins. Il avait répondu que ça ne lui disait rien, la femme avait eu l'impression qu'il se dérobait à ses questions, elle s'était risquée à lui demander pourquoi ils avaient décidé de vendre. En général, elle ne se permettait pas de telles indiscrétions, mais elle avait découvert que cet homme et sa famille n'avaient occupé la maison que pendant quatre ans, à peine le temps qu'il leur avait fallu pour la rénover. Surpris par sa question, il lui avait répondu que son époux et elle leur avaient proposé un bon prix, et il avait écourté la conversation.

Aujourd'hui décédé, le propriétaire précédent avait occupé la maison pendant presque vingt ans. La femme avait contacté la fille de ce dernier qui s'était étonnée de son appel et avait assuré n'avoir jamais perçu la présence de fantômes. Selon elle, cette maison avait une âme et elle s'y était toujours bien sentie. Quand son interlocutrice lui avait demandé si, à sa connaissance, des personnes y étaient mortes, la fille lui avait répondu que oui, sa mère y était décédée. Elle était cardiaque et avait été victime d'un infarctus. Son mari l'avait découverte, inanimée, dans le salon.

La femme n'avait pas réussi à joindre les propriétaires ou occupants plus anciens, elle en était donc restée là. Elle avait toutefois consulté les plans sur le site du cadastre de Reykjavik. Ils étaient allés là-bas, avec son mari, avant de signer l'acte de vente, l'administration leur avait remis une copie sur papier, mais elle l'avait égarée. Elle avait découvert que la cave avait autrefois abrité une remise à charbon qu'on avait supprimée quand la maison avait été reliée au chauffage de la ville fonctionnant à la géothermie. Une pièce répertoriée comme remise figurait également sur les plans, elle avait sans doute servi à stocker des provisions avant d'être transformée en buanderie, nettement plus petite que l'actuelle. Il y avait aussi un autre espace qui avait manifestement disparu dans l'agrandissement de la buanderie, et dont elle imaginait que c'était une chambre de bonne.

Un soir, quelque temps après ces recherches, elle s'était assoupie devant la télévision et s'était réveillée seule dans le salon. Elle avait supposé que son mari était monté se coucher, il était tard, et elle avait éteint la télé. Elle était ensuite allée remettre un peu d'ordre dans la cuisine et là, elle avait entendu un bruit sourd bientôt suivi d'un cri étouffé. Elle avait frissonné en repensant aux événements récents. Elle s'était avancée vers la porte pour appeler son mari en lui demandant s'il avait entendu, mais il n'avait pas répondu.

Elle était montée le réveiller, ce bruit provenant de la cave l'inquiétait au plus haut point. Son mari n'était pas dans leur chambre, le lit soigneusement fait au carré n'avait pas été touché. Elle l'avait à nouveau appelé, à nouveau il n'avait pas répondu. Elle avait alors supposé qu'il était sorti faire une promenade. C'était inhabituel, mais ça lui arrivait.

À peine avait-elle émis cette pensée qu'un soupçon l'avait envahie. Il n'était peut-être pas sorti, il était encore dans la maison et peut-être même à la cave. Malgré ses réticences, elle était descendue en l'appelant, en lui demandant s'il était là et ce qu'il faisait. Elle s'était arrêtée sur la dernière marche, avait scruté l'obscurité en direction de la buanderie, avait appelé une fois encore, toujours sans avoir de réponse. La porte de la buanderie était fermée et, lorsqu'elle l'avait poussée, elle avait senti une résistance. Quelque chose bloquait le battant. Il faisait noir dans la pièce et, quand elle avait enfin réussi à ouvrir la porte, elle avait trouvé son mari allongé derrière. Elle avait essayé d'allumer la lumière, mais elle avait eu beau se démener sur l'interrupteur, rien ne se passait. Elle s'était agenouillée à côté de son mari et, à la lumière faiblarde de la cage d'escalier, avait constaté qu'il était blessé à la tête. Une chaise était renversée à côté de lui. L'ampoule du plafond avait explosé en mille morceaux qui jonchaient le sol. Elle avait crié son nom, l'avait secoué, avait cherché son pouls et vérifié qu'il respirait. Il était vivant.

Ayant laissé son portable dans la cuisine, elle avait remonté l'escalier en vitesse et appelé la Centrale d'urgences, puis avait expliqué la situation en redescendant. Son mari avait apparemment voulu changer une ampoule dans la buanderie, il était tombé de la chaise et gisait inconscient au sol. D'un calme olympien, la voix à l'autre bout du fil lui avait répondu qu'elle envoyait une ambulance immédiatement en lui demandant de décrire plus précisément les circonstances de l'accident. Scrutant les alentours, elle avait constaté que les cordes à linge bleues gisaient à terre. Fixées à des crochets enfoncés dans des chevilles en bois elles-mêmes solidement fichées dans les murs, elles traversaient la pièce de part en part. Son mari avait dû les entraîner dans sa chute, les tendant si brutalement que les fixations avaient cédé. Un gros bloc avait été arraché d'un des murs où un trou béant s'était formé du sol au plafond. Des morceaux de ciment jonchaient le plancher.

Ce mur masquait un espace creux à l'intérieur duquel elle avait distingué un sac en toile de jute et lorsqu'elle s'était approchée…

Son mari avait gémi et elle s'était tournée vers lui. Il reprenait connaissance. Agenouillée à ses côtés, elle lui parlait, mais il ne semblait pas l'entendre. Elle avait attrapé un vêtement sec qu'elle lui avait calé sous la tête sans toutefois oser se risquer à changer la position de son corps, ce que l'employé de la Centrale d'urgence lui avait formellement interdit.

Elle avait levé les yeux sur le trou dans le mur, il y avait à l'intérieur une forme qu'elle n'arrivait pas à distinguer. Dehors, l'ambulance approchait. Le mari avait ouvert les yeux.

Elle lui avait souri.

– Qu'est-ce qui m'arrive ? avait-il gémi.

– Tu es tombé, mon chéri, avait-elle chuchoté en lui tenant la main.

Au moment où l'ambulance s'était garée devant la maison, elle s'était levée pour s'approcher de ce trou, éclairé par la lueur bleue du gyrophare. Elle avait posé sa main sur le sac et s'était sentie soulagée. Apparemment, il servait simplement d'isolant.

Elle avait tiré sur la toile de jute, le contenu avait bougé à l'intérieur et une épaisse touffe de cheveux était apparue à l'ouverture du sac.

Le calme régnait dans la rue, la porte de la maison était grand ouverte pour que les ambulanciers accèdent au plus vite au lieu de l'accident. En arrivant dans l'entrée, ils avaient entendu un hurlement d'effroi provenant de la cave.

3

Konrad avait eu du mal à faire comprendre à l'ancien contremaître la raison de sa visite. Ce dernier, qui avait travaillé quasiment toute sa vie dans l'industrie de la viande, avait effectué une bonne partie de sa carrière aux abattoirs du Sudurland, à l'époque où l'entreprise se trouvait rue Skulagata, à Reykjavik, avant qu'elle ne déménage à Hvolsvöllur. Au lieu de partir s'installer dans cette bourgade, craignant de ne pas s'y sentir chez lui, il avait accepté un emploi chez un de ses amis, propriétaire d'une boucherie à Hafnarfjördur.

Konrad avait passé un bon moment à lui parler d'un meurtre commis voilà des décennies rue Skulagata, et à lui expliquer en quoi il était lié à la victime poignardée devant le grand portail noir à barreaux qui fermait la cour de l'entreprise.

– Ah bon, c'était votre père ? s'était étonné le contremaître en le regardant d'un air grave.

Konrad avait acquiescé.

– Je me souviens de cette histoire. À l'époque je ne travaillais pas encore à Skulagata, mais j'ai lu ça dans les journaux. Par contre, personne n'a jamais parlé des fumoirs dans cette affaire. Ou je ne me rappelle pas. Pourquoi vous vous intéressez à ces fumoirs ?

– Parce qu'il est possible que l'assassin de mon père s'y soit caché, avait répondu Konrad. On m'a dit que c'est vous qui connaissiez le mieux les anciens ouvriers et que vous sauriez sans doute lesquels étaient affectés aux fumoirs à cette époque.

Depuis plusieurs semaines, Konrad était à la recherche de personnes employées aux abattoirs au début des années 60. Il prenait son temps et s'arrangeait en général pour ne pas dévoiler le véritable motif de ses investigations, préférant ne pas trop en dire à des inconnus. Il avait appelé le siège de l'entreprise en disant qu'il cherchait à contacter des personnes de la vieille génération qui seraient capables de l'informer sur l'art traditionnel du fumage de la viande et du poisson. On lui avait communiqué plusieurs noms. Au bout de quelques coups de fil, il avait conclu que les gens qui avaient travaillé dans les fumoirs aux alentours de 1963 n'étaient probablement plus de ce monde. Un de ses correspondants avait cependant mentionné un ancien contremaître susceptible de l'aider, Konrad s'était donc rendu chez celui-ci vers midi. Et il n'avait pas eu d'autre choix que de lui exposer la véritable raison de sa visite. Il avait également dû se présenter, faire état de sa carrière dans la police, et de son bras légèrement handicapé. C'était le prix à payer pour obtenir les renseignements qu'il cherchait.

– Et qu'est-ce qui vous fait dire que le meurtrier s'était caché là, mon petit ? rétorqua le contremaître.

Konrad sortit une photo de sa poche. Elle datait du soir du meurtre, l'ancien policier l'avait trouvée parmi les archives d'un photographe de presse qui s'était rué sur les lieux en apprenant qu'on avait découvert devant les abattoirs un homme gisant dans son sang. C'était le père de Konrad, il avait reçu deux coups de couteau. Il était encore en vie lorsqu'une passante, une jeune fille qui rentrait de son cours de danse, l'avait trouvé. Elle l'avait entendu murmurer quelques mots qu'elle n'avait pas compris, puis il était mort sous ses yeux. Konrad avait contacté cette femme récemment. Il se penchait de nouveau sur ce meurtre depuis qu'il avait pris sa retraite et quitté la police. Peu à peu, l'histoire de son père était devenue pour lui une sorte de passe-temps. Plusieurs choses l'avaient poussé à se lancer dans ces recherches. L'affaire n'avait jamais été résolue. Personne n'avait été arrêté, reconnu coupable ni condamné, et les questions qui s'étaient posées en 1963 demeuraient encore aujourd'hui sans réponse. La situation était identique. La seule chose dont il avait obtenu la preuve formelle, c'était que, peu de temps avant son décès, son père s'était remis à collaborer avec un dénommé Engilbert qui se prétendait médium et que les deux compères avaient manipulé des personnes crédules et plongées dans la peine.

– Comme vous le voyez, cette fenêtre est entrouverte, dit Konrad, l'index pointé sur la photo.

La fenêtre en question donnait sur la rue Skulagata et se trouvait sur le mur de la salle des fumoirs de l'entreprise. Ces fumoirs, au nombre de trois, étaient de grands fours noirs de suie et de graisse qui sentaient la viande caramélisée, fermés par de lourdes portes d'acier qui partaient du sol et montaient jusqu'au plafond. Konrad avait appris récemment que, le soir du drame, ces fumoirs étaient en fonctionnement.

L'ancien contremaître scruta un bon moment la photo noir et blanc prise de nuit sans guère de lumière avant de la rendre à son visiteur.

– Vous pensez que l'homme qui a poignardé votre père serait passé par là ? Je crois pourtant me rappeler que ces trois fenêtres avaient des barreaux.

– Pas à l'époque, répondit Konrad, je crois qu'ils ont été ajoutés plus tard.

Il était évident que l'assaillant avait eu peu de temps pour fuir. La jeune fille n'avait vu personne dans la rue. En scrutant attentivement les photos qu'il avait trouvées dans les archives du photographe, Konrad avait remarqué cette fenêtre qu'il se souvenait avoir vue dans sa jeunesse, à l'époque où il vivait dans le quartier, et il avait pensé que, peut-être, le meurtrier s'était enfui par là. Le policier chargé de l'enquête lui avait dit que ses hommes avaient fouillé les fumoirs sans rien y trouver, mais il n'avait pas exclu que l'assassin s'y soit caché avant de sortir dans la cour de l'entreprise puis de remonter vers la rue Lindargata et de disparaître.

– Et vous en déduisez qu'un employé des abattoirs aurait pu tuer votre père, c'est ça ? demanda l'ancien contremaître, jugeant manifestement que c'était une hérésie.

– Non, démentit aussitôt Konrad, il n'y a pas le moindre indice dans ce sens. Et la police a amplement enquêté sur ce sujet à l'époque.

– Ce sujet, lequel ?

– Celui d'éventuels micmacs entre mon père et certains employés. Apparemment, il n'y en avait pas. En tout cas, la police n'a établi aucun lien entre lui et les ouvriers.

– Encore heureux ! s'exclama le contremaître, atterré par ces insinuations sur un passé depuis longtemps révolu. Vous ne trouvez pas que c'est un peu tard, mon petit ? Un peu tard pour venir me poser toutes ces questions maintenant ?

Konrad comprit qu'il avait froissé son hôte. Ce n'était pas son intention. Apparemment, l'ancien contremaître était un peu imbu de lui-même. Il s'adressait à lui avec condescendance dès qu'il en avait l'occasion, on aurait dit qu'il parlait à ses ouvriers, comme s'il était encore à la manœuvre. Il ne faisait preuve d'aucune compassion face à ce drame du passé qui amenait Konrad chez lui, pas plus qu'il n'essayait de comprendre cet homme qui attendait des réponses. Il n'était qu'agacement et irritation.

– Je ne veux pas vous importuner plus longtemps, répondit Konrad en se levant. Je vous prie de m'excuser pour le dérangement.

– Vous avez pourtant travaillé dans la police, n'est-ce pas ? poursuivit le contremaître. Vous aviez tout loisir d'enquêter sur cette affaire.

– Oui, merci encore pour votre aide, répondit Konrad en lui tendant la main pour prendre congé.

Alors qu'il attendait l'ascenseur sur le palier, son portable sonna. C'était Eyglo.

– Tu es au courant ? demanda-t-elle sans préambule.

– Au courant de quoi ?

– Le squelette découvert dans une cave du quartier ouest ?

– Le squelette ?

– Tu ne suis pas les informations ? On ne parle que de ça sur Internet depuis ce matin. Il était emmuré ! Ils ont publié des photos de la maison…

– Emmuré ?

– Je me suis souvenue de cette maison en la voyant, reprit Eyglo. J'y suis allée une fois, il y a longtemps. Pour accompagner une femme qui vivait là et s'y sentait très mal. Ça remonte sans doute à presque quarante ans. Elle était persuadée qu'il se passait des choses anormales chez elle, je me souviens encore du malaise qui m'a envahie là-bas. Je n'étais pas capable d'en identifier la cause. Jusqu'à ce matin, quand j'ai regardé les nouvelles et revu les lieux, cette maison dans laquelle je suis entrée…

Konrad sentait qu'Eyglo était toute retournée.

– Je n'avais jamais rien ressenti de semblable, poursuivit-elle. Et voilà que cette histoire éclate au grand jour. Cette pauvre femme avait raison.

Eyglo marqua une pause.

– Tu peux me prévenir si tu apprends quelque chose de tes anciens collègues ? Je n'ai pas pris cette histoire vraiment au sérieux à l'époque, mais je me souviens encore de cette maison. De cette sensation insupportable, de cette femme en souffrance et de mon incapacité à lui venir en aide.

4

Konrad avait été plutôt déconcerté quand Eyglo lui avait parlé de ce squelette, mais il n'avait pas tardé à découvrir qu'elle disait vrai. Internet regorgeait d'articles sur la découverte dans le mur.

Il avait eu du mal à joindre Marta et, quand il l'avait enfin eue au bout du fil, elle s'était montrée d'humeur massacrante et très réticente à lui communiquer des informations. Ses supérieurs lui avaient reproché sa connivence avec son ancien collègue, elle était fatiguée de le voir jouer les enquêteurs alors qu'il était parti à la retraite depuis un bon moment. Face à cet accueil maussade, Konrad n'avait pas osé lui parler de son amie et de sa visite dans cette maison, plusieurs dizaines d'années auparavant. Du reste, Marta lui avait dit plus d'une fois que, pour elle, les histoires de médiums et de voyants étaient des foutaises.

Elle s'était bornée à lui répondre que la Scientifique était toujours sur les lieux. Cela prenait du temps et la police travaillait d'arrache-pied pour tenter de cartographier la surprenante découverte. On avait prévenu le service médico-légal chargé d'identifier les ossements, apparemment la victime était emmurée depuis une éternité. Marta avait refusé de lui en dire plus. Elle n'était pas autorisée à le faire et quand Konrad avait insisté, arguant de leur vieille amitié, elle lui avait raccroché au nez.

Selon les journaux, également mis à la diète par la police et uniquement alimentés par des sources anonymes, le squelette était celui d'une femme, personne n'était cependant en mesure de le confirmer. La cause du décès n'était pas connue et, pour l'instant, il était impossible de dire depuis combien de temps le corps était là : sans doute des dizaines d'années.

Les médias s'étaient déjà chargés de retracer l'historique de la maison depuis quatre-vingts ans. Ils avaient étalé en gros caractères parfois accompagnés de photos les noms de ceux qui l'avaient habitée depuis sa construction, au début des années 40. Les premiers propriétaires avaient été un couple de commerçants socialement très actifs. C'étaient eux qui avaient fait construire cette maison plutôt luxueuse pour l'époque. Ils employaient une bonne à tout faire. Quand le mari était décédé, dans la fleur de l'âge, sa veuve avait vendu à un armateur qui ne s'y était jamais installé, mais avait mis le bien en location durant vingt-cinq ans. On ne disposait d'aucune information sur les locataires. Ensuite, un grossiste avait acheté et emménagé avec sa femme. Le couple n'était cependant pas resté longtemps et ils avaient revendu au bout de deux ans. Les propriétaires suivants ne l'avaient été que brièvement et, en 1979, un couple s'y était installé : un dentiste et sa femme, qui était décédée prématurément. Un journaliste avait découvert qu'elle avait succombé à un infarctus. La maison avait de nouveau été mise en location dans les années 2000. Les locataires s'étaient succédé et les derniers acheteurs en date étaient un couple d'âge mûr et sans enfant qui avait vécu l'expérience incroyable de découvrir un cadavre emmuré dans sa cave, pour citer un des articles. Pour l'instant, les médias ignoraient la manière dont ces gens avaient découvert les ossements. Ils affirmaient toutefois que le mari avait été tellement choqué qu'on avait dû l'hospitaliser, cette information émanait d'une de leurs innombrables sources souhaitant garder l'anonymat.

Konrad parcourut tous les articles disponibles sur cette affaire. Il ne pouvait s'empêcher de penser que les propriétaires et locataires successifs devenaient automatiquement suspects aux yeux de la police maintenant que les sites d'information les avaient présentés, publiant parfois leur photo et dévoilant sur eux des détails personnels. Ayant travaillé plusieurs dizaines d'années comme policier, il avait connaissance d'une foule de disparitions qui n'avaient jamais été élucidées, mais il était incapable d'établir un lien entre ces dernières et les ossements découverts dans la cave. Il n'avait pas en main assez d'informations et Marta n'était manifestement pas prête à l'aider.

Il appela Eyglo à l'heure du dîner, autant pour lui relater sa conversation avec son ancienne collègue que pour lui dire de prendre avec précaution ce qu'elle pouvait lire ici et là sur Internet. C'étaient surtout de vagues suppositions. Konrad la sentait encore bouleversée. Elle lui expliqua qu'elle avait l'impression de revivre très fort sa visite dans cette maison et les sensations qu'elle y avait éprouvées, ce sentiment de claustrophobie et d'étouffement.

– Et voilà qu'ils font cette découverte, poursuivit-elle. J'ai lu que ces ossements étaient ceux d'une femme. C'est sûr ?

– Non, cette information n'est pas confirmée, répondit Konrad. La police a sans doute la réponse, mais elle ne l'a pas communiquée à la presse. Et Marta refuse de me dire s'il s'agit d'un homme ou d'une femme. En tout cas, il y a de grandes chances pour que le corps ait été emmuré avant ta visite dans cette maison. Tu es allée là-bas en 1979, c'est ça ?

– Oui.

– Si on croit à ce genre de choses.

– Je ne te demande pas de me croire. Je me contente de te raconter ce que j'ai ressenti quand je me suis trouvée entre ces murs.

– La femme qui t'y a emmenée, tu sais si elle est encore vivante ?

– Elle m'a téléphoné aujourd'hui, répondit Eyglo. Elle a aussitôt pensé à moi, à ce jour où elle m'a demandé de l'accompagner chez elle et au malaise qu'elle ressentait là-bas. Aujourd'hui, elle a l'impression d'avoir enfin l'explication même si l'idée d'avoir vécu dans cette maison, tout près de cette cachette, lui répugne. Elle souhaiterait me voir. Tu veux peut-être m'accompagner ? Tu as été policier et tu connais mieux que nous ces crimes qui n'ont jamais été élucidés.

– Ces crimes ?

– Il s'agit bien d'un crime, d'un meurtre, n'est-ce pas ?

– Ça y ressemble. Marta refuse d'en parler. La police n'a confirmé ni le moment du décès, ni la cause, ni les circonstances à l'origine de cette… de cette monstruosité. Tu prévois d'aller la voir quand ?

– Tout à l'heure.

– Tu comptes organiser une séance ?

– Rien ne t'oblige à venir, répondit Eyglo. Je connais ta position sur ces choses-là et je sais ce que tu penses quand… quand j'évoque ces sujets. J'aimerais que tu m'accompagnes parce que tu es spécialiste de ce genre d'affaires, mais rien ne t'y oblige.

Konrad s'était plus d'une fois accroché avec elle sur les phénomènes occultes et surnaturels, principalement quand ils parlaient de leurs pères qui s'étaient autrefois associés pour extorquer de l'argent à des personnes fragiles en leur proposant des séances de voyance.

– Tu comptes prendre l'année 1979 comme point de repère ? demanda Konrad, essayant de témoigner de l'intérêt pour ce qu'elle entreprenait. Tu crois que ce mur a été bouché avant ?

– Pas forcément, répondit Eyglo, agacé par le ton de l'ex-policier. Tu sais comment sont les gens extralucides comme moi. Il nous arrive aussi de voir l'avenir. Le fait que j'aie éprouvé cette sensation insupportable dans la cave n'exclut pas que le drame ait eu lieu plus tard.

5

La police était venue chez elle, deux types barbus qui passaient leur temps à triturer leur téléphone, disait-elle. Ils n'avaient pas été directement insultants, mais simplement désagréables, curieux de savoir si elle pouvait leur en dire plus concernant le squelette de la cave. Leur attitude laissait entendre qu'ils la soupçonnaient de l'avoir elle-même emmuré, ils avaient d'ailleurs fini par lui demander directement si c'était elle ou une de ses connaissances qui s'en était chargée. Stupéfaite, elle s'était enquise de savoir s'ils la croyaient réellement capable d'une chose pareille. Ils avaient alors levé les yeux de leurs téléphones en haussant les épaules : ils étaient obligés de poser ce genre de questions aux gens qu'ils interrogeaient, que ça leur plaise ou non. Elle les avait trouvés arrogants, mais que voulez-vous, ce sont les jeunes d'aujourd'hui, avait-elle ajouté, fataliste.

Veuve, elle habitait un petit immeuble. Son mari avait été emporté en six mois par un cancer dix ans plus tôt. Les enfants, depuis longtemps adultes, ne se manifestaient pas souvent, disait-elle. Konrad et Eyglo avaient senti qu'elle en était malheureuse. Elle avait trois petits-enfants. Eyglo et elle ne s'étaient pas revues depuis presque quarante ans, après leur unique rencontre. Ses cheveux étaient devenus gris, elle avait le visage gonflé et les yeux fatigués. Elle avait immédiatement reconnu la voyante, mais avait considéré Konrad d'un air méfiant jusqu'au moment où elle avait appris qu'il avait longtemps été policier et que c'était un ami d'Eyglo.

– J'ai eu un de ces chocs en découvrant ça sur Internet, dit-elle en montrant l'ordinateur installé dans un coin du salon. Quand j'ai vu cette photo de notre ancienne maison, j'ai eu besoin d'en parler et j'ai aussitôt cherché votre nom dans l'annuaire. J'espère que vous ne trouvez pas ça… que ça ne vous dérange pas.

Eyglo assura que non. Au contraire, elle avait été soulagée de l'entendre parce qu'elle aussi, elle avait eu un choc en apprenant la nouvelle. Cette soirée d'autrefois lui était revenue en mémoire dès qu'elle avait compris de quelle maison il s'agissait.

– Il vous était impossible d'imaginer ça, dit la femme. Personne ne peut envisager une chose pareille.

– En effet, convint Eyglo. C'est une histoire incroyable. Est-ce que la police vous a donné des détails ? Nous ne savons presque rien. Que vous a-t-on demandé ? Que voulaient savoir ces deux hommes ?

– Ils n'ont pas dit grand-chose. Je leur ai demandé si c'était un homme ou une femme, mais ils n'ont pas répondu. Vous en savez plus que moi ? demanda-t-elle en regardant Konrad.

– Mes anciens collègues ne me communiquent aucune information. Ils ne laissent rien filtrer. D'après ce que vous dites, ils ont déjà commencé à interroger les anciens occupants. Tous sont suspects, évidemment. Le coupable est forcément quelqu'un qui avait accès à cette maison. Quel genre de questions vous ont-ils posées ?

– Par exemple, ils m'ont demandé si on avait fait des travaux, et plus particulièrement dans la cave, répondit la femme. On n'en a jamais fait, mais je sais qu'il y avait autrefois au sous-sol une chambre de bonne et aussi, il me semble, un cellier. Ces deux pièces ont été supprimées longtemps avant notre arrivée.

– Vous savez à quelle époque ?

– Non. En tout cas, ça remonte à plus de quarante ans. Les policiers m'ont aussi demandé pourquoi on avait revendu aussi vite. Ils trouvaient très suspect qu'on ait quitté les lieux aussi rapidement. Je leur ai répondu la vérité : je ne m'y sentais pas bien, et même tellement mal que j'avais fait appel à un médium. Mais je me suis abstenue de leur donner votre nom, précisa-t-elle en regardant Eyglo. Ils ont trouvé ça drôle. Ils ont essayé de ne pas le montrer, mais j'ai bien vu ce qu'ils pensaient.

Le portable de Konrad sonna, troublant le silence qui s'était installé. Tous trois sursautèrent. L'ancien policier eut un sourire gêné, il se leva et répondit une fois à la porte du salon. C'était l'ancien contremaître des abattoirs. Konrad lui avait donné son numéro à la fin de leur entrevue mais il ne s'attendait pas à avoir de ses nouvelles, étant donné la manière dont cet homme l'avait reçu.

– Vous êtes bien… attendez, je voudrais parler à Konrad, déclara l'homme au bout du fil, dont il reconnut immédiatement la voix.

– C'est bien moi.

Le contremaître marmonna quelques mots tout juste audibles, Konrad comprit qu'il avait réfléchi à leur discussion et à la manière dont il pouvait l'aider à retrouver les employés des fumoirs à l'époque où son père avait été assassiné. Le vieil homme avait passé quelques coups de fil, hélas il avait découvert que l'homme vers lequel il avait pensé l'orienter était décédé. Il avait songé à un autre qui travaillait également aux fumoirs, mais il n'était plus en vie non plus. Ce dernier avait cependant une fille.

– Mon appel a piqué sa curiosité, expliqua le contremaître, avant d'être pris d'une petite quinte de toux. Elle n'a jamais entendu parler de votre père, mais elle souhaite vous rencontrer.

– Vous savez pourquoi ? demanda Konrad.

– Je crois qu'elle voudrait vous montrer quelque chose. Un objet qui appartenait à son père, mais je n'ai pas vraiment compris…

Le contremaître toussa à nouveau. Il lui communiqua le numéro de la femme. Konrad le tapa dans l'annuaire sur Internet et trouva le nom et l'adresse. Solveig Hannesdottir, négociatrice en immobilier, vivait dans le quartier d'Arbaer, tout comme lui.

– J'ai vu que vous aviez mis en vente la maison assez vite après ma visite, disait Eyglo quand il revint dans le salon.

La femme eut un haussement d'épaules fataliste. Son mari, paix à son âme, expliqua-t-elle, ne l'avait jamais crue, il s'était mis en colère et l'avait accusée d'être paranoïaque. Mais elle n'avait pas cédé. Il lui avait fallu du temps pour lui pardonner les inconvénients, la gêne et le coût du déménagement. Mais quel choix avait-elle ? Elle ne se sentait pas bien là-bas et le malaise qu'elle y avait éprouvé n'était pas sans ressembler à celui dont elle avait entendu parler plus tard, de gens qui vivaient dans une maison envahie par le mérule.

– En fin de compte, c'étaient peut-être simplement le mérule, et la présence de ce cadavre une simple coïncidence, poursuivit-elle en s'efforçant de sourire à Eyglo. Je n'étais pas capable d'identifier clairement la nature ni l'origine de mon malaise à l'époque où j'ai fait appel à vous. J'ai passé toute la journée à y réfléchir. Et je n'ai toujours pas de réponse. Après le déménagement, tout s'est arrangé. Ça veut bien dire quelque chose. N'est-ce pas ? On peut en tirer certaines conclusions ?

Eyglo essaya de la rassurer en lui disant qu'elle avait sans doute agi comme il le fallait et avec bon sens, mais cela ne sembla pas l'apaiser.

Ils restèrent un bon moment chez elle avant de reprendre la route pour le quartier de Fossvogur où habitait Eyglo. Elle garda le silence presque tout le trajet. Konrad avait l'impression qu'elle était inquiète même si elle n'en laissait rien paraître. Finalement, n'y tenant plus, elle lui fit part d'une interrogation qui la tenaillait depuis qu'elle avait appris la nouvelle.

– Tu vois… je sais bien qu'il est trop tard maintenant qu'on a découvert cette horreur dans la cave, dit-elle. J'en ai des frissons quand j'y pense et je n'arrive pas à oublier la sensation qui m'a envahie ce soir-là, cette sensation de claustrophobie, d'étouffement. Imaginons que…

Elle laissa la phrase en suspens.

– Je crois que tu peux être rassurée. En tout cas pour l'instant, répondit Konrad.

– Ah bon ?

– J'ai posé la question à Marta.

– Elle t'a répondu ? demanda Eyglo.

– Oui, ce n'est pas encore une certitude, mais apparemment, lorsque cette personne a été emmurée, elle n'était sans doute pas vivante.

6

Le pasteur était en rendez-vous. Elisa s'installa à grand-peine sur une chaise. Elle faisait de son mieux pour cacher qu'elle boitait et était soulagée de s'asseoir. Son hématome avait grossi pendant la nuit, il couvrait presque entièrement sa cuisse et ce matin, lorsqu'elle s'était levée, elle pouvait à peine poser le pied par terre. Elle avait très mal à l'endroit où elle avait reçu le coup de pied, la douleur l'avait réveillée deux fois. Les deux cachets d'aspirine qu'elle avait pris avant de se mettre au lit n'avaient pas suffi, elle en avait avalé deux autres dans la nuit. Elle avait envisagé d'appeler un taxi pour aller aux urgences et se faire examiner, mais n'en avait pas eu le courage.

La porte du pasteur s'ouvrit, un homme sortit du bureau, remit son chapeau et passa devant elle à toute vitesse sans même la saluer. Au bout d'un long moment, la porte s'ouvrit à nouveau, le pasteur apparut dans l'embrasure et lui fit signe qu'elle pouvait entrer. Elle se leva et le salua d'une poignée de main.

– Ça ne va pas ? s'inquiéta-t-il en remarquant sa démarche.

Elle ne pouvait pas dire le contraire. Elle s'excusa de venir l'importuner pour lui exposer à nouveau les difficultés que traversait son couple. Elle ne voyait pas à qui d'autre s'adresser. Tout de même pas à la police, n'est-ce pas ? Son mari ne voulait rien entendre. Il l'avait encore frappée. Cette fois, il était rentré à la maison légèrement ivre après une petite fête et s'était mis en colère, lui reprochant de ne pas être assez rapide à mettre le dîner sur la table. Elle avait alors renversé par maladresse un peu de sauce sur ses vêtements et il lui avait aussitôt donné un violent coup de pied dans la cuisse. Elle était tombée par terre, certaine d'avoir la jambe cassée. Il l'avait ensuite injuriée sur tous les tons en lui cognant la tête contre le mur. Leur fillette était alors sortie en larmes de sa chambre.

– Quoi ! s'exclama le pasteur, un homme sévère originaire de l'est du pays, arrivé là depuis environ cinq ans. Apprécié des paroissiens, marié, père de quatre enfants, il ne buvait pas et faisait de jolis prêches. Certains murmuraient que cet homme qui savait bien parler, sur un ton parfois un peu sirupeux, cherchait à faire carrière au sein de l'Église.

Elisa était déjà venue le consulter pour la même raison deux mois plus tôt. Pour se plaindre de son mari. Elle était de nouveau là, impuissante face à cette violence et résolue à ne pas supporter plus longtemps cette situation.

– C'est un gros problème, dit-elle, sans oser regarder l'homme d'Église dans les yeux. Elle manquait d'assiduité à l'office. Ce qui était un autre problème. Là aussi, elle aurait sans doute pu mieux faire.

– Je veux bien lui parler une nouvelle fois si vous pensez que ça peut aider, répondit le pasteur qui s'était déjà entretenu avec l'époux après sa première visite. Le mari d'Elisa n'avait pas apprécié qu'elle aille se plaindre. Cela n'avait toutefois pas été tout à fait inutile puisqu'il s'était un peu calmé, il s'était excusé et avait juré de s'amender. Ce n'était pas la première fois qu'il faisait ce genre de promesse. Puis il se passait quelque chose qui le transformait à nouveau en bête sauvage. Cela pouvait être une broutille. N'importe quel geste, n'importe quelle parole pouvait lui déplaire et l'amener à la gifler. Il tenait à commander et à régir tout ce qu'elle entreprenait. Elle osait à peine voir ses copines sans son autorisation.

– J'aimerais savoir si d'autres femmes viennent vous voir avec le même genre de problèmes, dit Elisa. J'ai l'impression d'être la seule à être aux prises avec ces choses-là. J'ai entendu dire qu'il existait des... violences domestiques, mais j'ai l'impression que les gens n'osent pas vraiment en parler. J'aimerais pouvoir discuter avec quelqu'un qui serait confronté aux mêmes difficultés que moi.

– Eh bien, il est rare qu'on vienne s'adresser à moi pour ce genre de choses, répondit le pasteur en s'approchant. Bien sûr, il y a toutes sortes de soucis dans un couple et vous n'êtes pas la seule dans votre cas, mais comme vous le dites si bien, les gens n'ont pas forcément envie d'exposer leur vie en place publique. Il s'agit d'affaires privées, vous comprenez, vous le comprenez peut-être d'ailleurs mieux que personne. Je vous suis reconnaissant d'être venue vous confier à moi. Vos relations avec votre mari ne sont apparemment pas très bonnes certes, mais je ne saurais vous conseiller de divorcer. Ce n'est jamais une bonne chose de briser une famille. En outre...

– Quoi ?

– En outre, il n'y a pas beaucoup de femmes dont la situation soit comparable à la vôtre. Tout le monde n'épouse pas un soldat de la base américaine.

Elisa eut brusquement l'impression que cet homme ne l'avait pas écoutée. Elle n'avait pas voulu se rasseoir, pour épargner sa jambe. Le pasteur s'avançait doucement vers elle en débitant ses propos doucereux qui ressemblaient à une leçon sans âme et apprise par cœur. Elle avait eu le même sentiment à sa première visite. Il lui avait caressé le bras et, à la fin de leur entrevue, il l'avait serrée un peu trop fort dans ses bras. Comme s'il avait voulu se blottir contre elle. C'était aujourd'hui encore plus manifeste. Il ne l'écoutait pas. Il ne faisait preuve d'aucune compassion. Il semblait penser à tout autre chose et elle voyait bien la manière dont il la regardait. Il l'observait, l'esprit ailleurs.

– Ce sont des problèmes très complexes, reprit-il.

– J'ai du mal à en parler, ça me gêne.

– Évidemment.

– J'ai presque honte.

– Vous pouvez toujours vous adresser à moi en cas de besoin, je tiens à ce que vous le sachiez, assura le pasteur.

Debout tout près d'elle, il s'exprimait d'une voix si basse qu'elle ne l'entendait pas, et ce d'autant moins qu'il avait passé sa main sous son manteau pour lui caresser la cuisse. Puis, soudain, cette main était remontée et s'était posée sur les seins d'Elisa.

Elle s'était raidie et l'avait repoussé.

– Laisse-moi te venir en aide, murmura-t-il sans se laisser décourager.

– Qu'est-ce que ça veut dire, s'écria-t-elle, qu'est-ce que vous faites ?

– Laisse-moi être gentil avec toi, chuchota-t-il en l'agrippant pour essayer de l'entraîner jusqu'au canapé qui se trouvait dans son bureau. Je promets d'être très gentil.

Elle parvint à se dégager, ouvrit la porte donnant sur le couloir et sortit en claudiquant. Elle jeta un regard par-dessus son épaule et vit, à son grand soulagement, que le pasteur se tenait dans l'embrasure où il l'observait en lissant sa veste et en se recoiffant. Puis il referma la porte.

Elisa était encore bouleversée en rentrant chez elle. Benony fumait avec son ami Mikki dans l'escalier de la cave où ils s'étaient mis à l'abri de la bise glaciale qui apportait quelques flocons. Il lui demanda si tout allait bien. Faisant de son mieux pour masquer son essoufflement et sa nervosité, elle regarda derrière elle, comme si elle craignait que l'ecclésiastique la suive. Il ne lui vint pas à l'esprit de raconter sa mésaventure avec le pasteur. Quand Benony lui fit remarquer qu'elle boitait, elle lui répondit qu'elle s'était violemment cogné la jambe à la table du salon, puis lui demanda si ce n'était pas le moment de la pause-café. Comme promis, elle avait préparé quelques beignets le matin même. Benony acquiesça. Disons d'ici une demi-heure, répondit-il en lui adressant son joli sourire. Elle appréciait ce jeune homme.

Puis Mikki et lui avaient écrasé leur cigarette et étaient retournés dans la cave où ils agrandissaient la buanderie et muraient l'espace vide qui était apparu lorsqu'ils avaient abattu avec un bruit assourdissant la cloison de l'ancienne chambre de bonne.

7

Konrad n'était pas sûr de vouloir aller au bout de sa démarche. Il ne savait pas non plus vraiment ce qui l'en empêchait. Assis dans sa voiture tout près de la maison, il fumait des cigarillos dont il jetait les mégots dans le jardin le plus proche en se disant que le tabac était une plante et que son geste ne polluait pas. Malgré l'heure tardive, il avait décidé de faire un tour dans le quartier après avoir déposé Eyglo chez elle. Cela faisait longtemps qu'il en avait l'intention, mais chaque fois il avait renoncé. Ce soir-là, il se disait que tout se passerait bien, même s'il n'en était pas sûr.

Il caressa son bras estropié de naissance en pensant à son logis. À son père. Sur la table de salle à manger de sa maison d'Arbaer, il avait accumulé des documents le concernant et des objets qui lui avaient appartenu. Il les avait emportés en quittant le sous-sol du quartier Skuggahverfi, le quartier des Ombres. Il n'avait pas été fâché de partir de cet endroit où il avait pourtant également de bons souvenirs. Après le drame, il n'avait pu se résoudre à rester dans cet appartement qu'il avait occupé avec son père, lequel n'avait pas laissé grand-chose derrière lui. Konrad avait tout rangé au fond d'un placard et tout ressorti en partant à la retraite. Il avait alors découvert qu'avant sa mort, son père avait collectionné des écrits sur les sciences occultes, la voyance et le spiritisme. Konrad avait retrouvé des gens dont il avait abusé les proches, on lui avait raconté comment son père s'y était pris pour extorquer de l'argent en usant de stratagèmes très simples.

Il avait eu du mal à mettre tout ça au jour. Il avait plus d'une fois été à deux doigts d'abandonner ses recherches. Plus il amassait des informations, plus il détestait cet homme. Il n'y avait rien à faire. C'était sans doute le mépris qu'il éprouvait à son égard qui l'avait empêché de longues années durant de se pencher sur son assassinat alors qu'il avait travaillé des décennies à la Criminelle. Les derniers mois de leur cohabitation avaient été très conflictuels. Konrad l'ignorait la plupart du temps et il ne savait presque rien de ses allées et venues. Cet homme était un pauvre type et un salaud qui s'en était pris à sa propre fille et qui battait sa femme. Konrad avait appris ce qu'il avait fait subir à sa sœur, Beta, le jour du meurtre. Il avait rencontré sa mère, venue à Reykjavik, elle lui avait tout raconté. Konrad était rentré à la maison, avait abordé le sujet et les deux hommes s'étaient violemment disputés avant d'en venir aux mains. Puis le fils était parti, fou de rage. C'était la dernière fois qu'il avait vu son père. Plus tard ce même soir, la police lui avait appris qu'on l'avait assassiné devant les abattoirs. Il avait aussitôt pensé à sa mère, d'ailleurs interrogée dès le lendemain par la police. Lui-même avait été convoqué dans la foulée. Puis tous deux avaient été relâchés, la police considérant que leurs alibis étaient valides. Mais ni la mère ni le fils n'avaient cependant avoué toute la vérité.

Konrad jeta dans le jardin son troisième mégot, il remonta sa vitre en se disant qu'il en avait assez de ces atermoiements. Il descendit de voiture, verrouilla les portières et s'approcha de la maison où il vit de la lumière dans le salon. Il connaissait bien les lieux et la disposition des pièces pour y être entré plus d'une fois, en catimini. Il connaissait le chemin qui menait à la chambre. Il gravit les trois marches et sonna en regardant sa montre. Svanhildur risquait d'être surprise par cette visite tardive.

La porte s'entrouvrit timidement.

– Toi, ici ? s'étonna Svanhildur, qui ouvrit en grand dès qu'elle le reconnut.

– Pardonne-moi de venir si tard, répondit Konrad.

Elle l'observa comme pour vérifier qu'il n'avait pas bu. À une époque, il était plus d'une fois venu la voir éméché.

– Euh… tu veux entrer ?

– Si je peux, répondit Konrad, si ça ne te dérange pas.

– Tu es sûr ? insista Svanhildur, comme si elle-même hésitait.

Il hocha la tête puis entra dans cette demeure où rien n'avait changé depuis l'époque où il y venait en secret. Une douce clarté baignait le salon. On percevait à peine la télévision en sourdine. Un nécessaire à tricot reposait sur le canapé. Konrad n'avait reçu Svanhildur qu'une seule fois chez lui, à Arbaer. Sa femme, Erna, était alors en voyage à l'étranger.

– À dire vrai, je m'attendais à tout sauf à te voir ici.

Depuis la mort d'Erna, Svanhildur avait plus d'une fois tenté de lui parler de leur relation et de le convaincre qu'ils devaient discuter de ce qui les avait unis. Cette relation devenue plus impure et honteuse encore après la maladie et le décès de son épouse. Chaque fois, il avait refusé toute discussion. Un jour, il lui avait dit qu'il regrettait amèrement de ne pas avoir été honnête avec Erna et de ne pas lui avoir tout avoué. Qu'il était désolé qu'elle soit partie sans être au courant de leur trahison. Amie du couple et médecin comme Erna, Svanhildur collaborait parfois à des enquêtes criminelles. Konrad la voyait régulièrement depuis un certain temps quand Erna était tombée malade.

– Il m'a fallu du temps pour surmonter ces épreuves, si tant est que je m'en sois vraiment remis, expliqua Konrad. Je rêvais constamment d'Erna, c'étaient des rêves affreux. Il m'arrive d'ailleurs encore d'en faire. Je ne viens pas solliciter ta pitié, mais ton indulgence. Je sais que j'ai eu tort de te laisser tomber.

– Je n'ai pas été la seule, répondit Svanhildur. Tu me l'as dit toi-même.

– En effet, acquiesça Konrad, qui redoutait ce moment depuis longtemps. Mais toi, tu étais notre amie. Erna te connaissait.

Svanhildur grimaça. Ils se tenaient l'un en face de l'autre, silencieux, dans cette maison qui avait abrité leur trahison. En apparence rien n'avait changé, pourtant rien n'était plus comme avant et ce, à jamais.

– Comment peux-tu être sûr que je ne lui ai rien dit, que je ne lui ai pas parlé de nous ? demanda Svanhildur.

– Tu l'as fait ?

Elle secoua la tête.

– J'ai toujours pensé que tu finirais par tout dire à Erna, par lui exposer la situation. J'étais prête… au cas où. Mais…

– Je ne l'ai jamais fait, compléta Konrad.

– Ce n'est peut-être pas plus mal, reprit prudemment Svanhildur. Elle n'a jamais su ce qui se passait entre nous.

– Oui, mais c'est une idée déplaisante, ça me pèse.

– Et Hugo ? Tu as parlé de nous à ton fils ? demanda Svanhildur.

– Non. Je… je ne lui ai rien dit.

– Tu ne trouves pas que ce serait important ? Qu'il sache pour nous ? Pour toi ? Puisque tu es à ce point rongé par le remords ?

– Ça n'a rien à voir.

– Comment ça ?

– Je ne veux pas qu'il…

Konrad laissa sa phrase en suspens. Il n'aimait pas la tournure que prenait cette conversation.

– Tu veux que je lui parle ? proposa Svanhildur.

– Toi ?

– Oui, moi. Il a le droit de savoir, non ? Ça me libérerait. J'ai toujours beaucoup apprécié Hugo.

– Je vais m'en occuper, répondit Konrad. Je ne vois pas ce que ça lui apportera. Tout ça appartient au passé et ça n'a plus aucune importance, sauf si on tient absolument à se torturer en y repensant.

– Dans ce cas, arrête ! s'exclama Svanhildur. Ce sont des choses qui arrivent. Qui arrivent constamment. Nous avons été amants et ça n'a pas été plus loin. Point. Arrête de te torturer avec ça !

Konrad secoua la tête. Chacun avait partiellement raison. La tension entre eux baissa d'un cran.

– Tu passes la nuit ici ? demanda-t-elle en s'avançant vers lui.

– Ça ne te dérange pas ?

Elle l'embrassa.

– Il y a longtemps que nous n'avons pas…

Elle l'embrassa à nouveau, plus passionnément. Il se rappela que c'était souvent elle qui avait pris l'initiative. Il la serra contre lui et l'embrassa dans le cou. Elle entreprit de défaire la ceinture de son pantalon et passa sa main sous le tissu avant de l'entraîner dans la chambre. Assise au bord du lit, elle descendit sa braguette, il se pencha et l'embrassa sur la bouche.

Ils s'allongèrent ensuite, blottis l'un contre l'autre, Konrad caressait les cheveux de Svanhildur, pensant qu'elle s'était endormie, mais elle ouvrit les yeux. Il lui déposa un baiser sur le front.

– Tu travailles encore aux Identifications ? demanda-t-il.

– Non, j'ai arrêté il y a à peu près trois ans.

– Tu as des informations sur le corps qu'on a découvert dans le quartier ouest ? Ou disons plutôt le squelette.

– Je ne pratique plus d'autopsies, répondit-elle. D'ailleurs, je vais bientôt quitter l'hôpital.

– Ah bon ? Et tu n'as pas entendu de bruits de couloir ?

– Non, aucun.

– Marta refuse de me dire quoi que ce soit, soupira Konrad.

– C'est bizarre. D'habitude, elle te raconte tout, non ?

– Oui. Mais pas en ce moment. Elle me reproche de trop fouiner. Je suppose qu'elle en a assez de ces fuites et qu'elle essaie d'y mettre un terme.

Svanhildur le dévisagea, cherchant à comprendre le véritable motif de sa visite. Elle songea tout à coup que sa présence n'avait peut-être en fin de compte rien à voir avec leur ancienne et coupable liaison, et qu'il lui jouait la comédie de l'homme repentant.

– C'est pas croyable, dit-elle. C'est pour ça que tu viens frapper à ma porte avec ton air de chien battu ?

Tu viens à la pêche aux informations ? Si je travaille toujours aux Identifications ?! Et puis quoi encore ?!

– Bien sûr que non, démentit Konrad. On aurait dû avoir une bonne discussion tous les deux depuis bien longtemps. Tu me l'as dit toi-même. Et tu as raison. Ça me fait du bien de te parler. J'aurais dû le faire il y a longtemps.

– Quand vas-tu comprendre que tu es à la retraite ? rétorqua Svanhildur. Tu n'es plus policier. Cette histoire ne te regarde pas !

– Tu sais si ce squelette est celui d'un homme ou d'une femme ? Tu as des informations ?

– J'ignore tout de cette découverte. Ce n'est pas la peine de me poser des questions.

– Tu ne sais vraiment rien…

– Bon sang, Konrad, je préférerais que tu t'en ailles, lança Svanhildur en sautant du lit pour enfiler en vitesse sa chemise de nuit.

Il comprit qu'il était allé trop loin.

– Tu ferais mieux de rentrer chez toi, fulmina-t-elle. C'est intolérable.

– Mais je suis sincère quand je te dis que j'aurais pu m'y prendre autrement, répondit-il en se rhabillant. Il y a longtemps que j'aurais dû avoir une discussion avec toi. Et j'ai eu tort de te laisser tomber…

– Oui, allez, sors d'ici, Konrad, vitupéra Svanhildur, hors d'elle. Elle le raccompagna à la porte et la claqua dans son dos.

De retour chez lui, à Arbaer, tard dans la soirée, il feuilleta, la tête ailleurs, les papiers de son père. Il alla chercher la bouteille de vin rouge entamée qu'il avait au réfrigérateur et s'en servit un verre. Le vin étant trop froid à son goût, il le plaça quelques instants au micro-ondes. Certes, c'était une hérésie, mais ce vin ne valait rien. Tout comme lui d'ailleurs.

8

Pas de problème, avait dit Solveig d'un ton enjoué quand Konrad l'avait appelée le lendemain matin, oui, elle serait chez elle toute la journée, ah bon, il vivait lui aussi dans le quartier d'Arbaer, il était donc tout près, tout à fait, j'aimerais vous voir concernant votre père, disons dans l'après-midi, d'accord, c'est parfait, je suis ravie de votre visite, très bien, au revoir.

N'ayant pas le courage de faire à pied le chemin pourtant court jusqu'à chez elle, Konrad avait pris sa voiture. Solveig était venue presque immédiatement l'accueillir à sa porte, son mari était absent, parti au golf, avait-elle précisé, aussi joyeuse et souriante qu'il l'avait imaginée au téléphone. Tirée à quatre épingles, elle travaillait comme négociatrice dans une grande agence immobilière.

Konrad n'était en revanche pas très en forme. Sa visite de la veille chez Svanhildur et le vin bon marché lui étaient restés sur l'estomac. Il avait sorti une seconde bouteille qu'il avait vidée en écoutant de vieilles chansons de variété pour tromper sa solitude, « Oh ville, ma ville », et il avait fumé comme un pompier avant d'aller se coucher en se disant qu'il devait absolument rappeler Svanhildur et discuter avec elle avant qu'elle ne fasse une bêtise.

Il n'avait pas assez dormi et avait l'air d'une âme en peine. Il avait vu à la tête de Solveig qu'elle était surprise par son aspect négligé, mais elle faisait de son mieux pour n'en rien laisser paraître. Elle lui avait demandé si c'était bien grâce à lui qu'on avait résolu l'enquête du glacier de Langjökull, élucidant ainsi une disparition qui remontait à trente ans en arrière. Il avait répondu que oui et supposé que cette femme et le contremaître ne s'étaient pas gênés pour cancaner à son sujet. L'histoire avait fait grand bruit à l'époque.

– C'est incroyable, dit-elle avec un sourire. Puis l'assassin a tout bêtement sauté dans la rivière Ölfusa.

– Non, en réalité, il y est tombé.

– Ah oui, et vous n'avez pas tenté de le sauver ?

– J'ai fait de mon mieux, assura Konrad, qui sentait sa gueule de bois décupler. Préférant éviter le sujet, il entra dans le vif. L'ancien contremaître m'a dit qu'il vous avait parlé et que vous souhaitiez me montrer quelque chose, poursuivit-il.

– J'ignorais que votre père avait été… ce qui lui est arrivé devant les abattoirs. J'étais stupéfaite en l'apprenant. Et aujourd'hui vous essayez de découvrir ce qu'il s'est passé, c'est ça ?

– Je recueille des informations, voilà tout, répondit Konrad. Je ne suis plus policier, mais il m'arrive de m'intéresser à des enquêtes qui n'ont jamais été résolues. Celle-là en fait partie.

– Mon père travaillait régulièrement dans les fumoirs, reprit Solveig. Quand il rentrait, il avait souvent sur lui l'odeur du *hangikjöt*, du mouton fumé. Il était heureux dans cette entreprise, il aimait beaucoup travailler là-bas et parfois on allait le voir, ma sœur et moi, on le regardait remplir ces fumoirs.

Dotée d'une excellente mémoire, Solveig aimait raconter. Elle n'eut aucune difficulté à se rappeler ces moments où elle allait voir son père travailler rue Skulagata pour lui demander une pièce ou simplement passer du temps avec lui. La famille habitait à proximité, il était fier de ses filles et n'hésitait pas à s'en vanter. Il leur avait montré comment préparer la saumure et en asperger la viande, les gigots d'agneau et les travers de porc, et comment on emmenait le tout jusqu'aux fumoirs dans de grands bacs remplis de marinade en empruntant un étroit passage, fermé par la grande grille d'acier qui donnait sur la rue Skulagata. On plaçait ensuite la viande sur des grilles qu'on suspendait dans les trois fumoirs derrière lesquels se trouvait une pièce pleine de crasse et de suie où le père de Solveig sortait de grands tiroirs placés au ras du sol qu'il remplissait de tourbe séchée, de paille, de branches et de morceaux de bois. Il allumait le combustible puis repoussait les tiroirs sous les fumoirs. Le lendemain, il en sortait les grilles chargées de gigots de mouton et de travers de porc fumés au goût exquis.

– Il y avait aussi de la truite et du saumon, ajouta Solveig. Parfois, papa nous en coupait un morceau pour nous faire goûter, on en raffolait. Je me souviens que c'était un travail assez salissant, mais mon père était un homme très soigneux et on adorait le voir faire. Puis il a quitté les abattoirs pour aller travailler dans un des magasins de l'entreprise, il s'occupait du rayon boucherie. Il est mort il y a trente ans, paix à son âme.

– Il vous a parlé du drame ? Ça vous dit quelque chose ?

– Oui, ça lui est arrivé, répondit Solveig. Il était au courant du meurtre, ses collègues lui avaient rapporté que la police les avait interrogés et l'atrocité de ce qui s'était passé devant les abattoirs, mais il n'a commencé à travailler là-bas que des années plus tard. Il ne connaissait cette histoire que par ouï-dire.

– Ses collègues devaient quand même se demander s'il y avait un lien entre le meurtre et les employés des abattoirs, fit remarquer Konrad.

– À mon avis, il n'a jamais imaginé qu'un des ouvriers puisse être mêlé à cette affaire. Vous croyez que c'est possible ? C'est une nouvelle hypothèse ?

– Non. Aucun élément ne va dans ce sens. C'était juste une remarque.

– Je comprends. Mon père a trouvé quelque chose, reprit Solveig.

Elle se leva et emprunta le couloir qui menait aux chambres. Konrad patienta jusqu'à son retour.

– Papa était assez surpris quand il a trouvé ça, expliqua-t-elle. Je n'aurais jamais conservé cet objet s'il n'était pas lié aux souvenirs que je garde de cette époque.

Elle tendit à Konrad un petit objet de forme circulaire qu'il fit tourner dans sa paume et qui ressemblait à un écusson ou un insigne que certains portaient sur la poitrine, si ce n'est qu'il était dénué d'épingle et que le symbole s'était presque entièrement effacé. Il y reconnut toutefois celui de la franc-maçonnerie.

– Je sais que ce n'est vraiment pas grand-chose, reprit Solveig face à l'expression dubitative de son hôte. Mais je tenais quand même à vous le montrer. Papa l'a trouvé dans un des tiroirs, un jour où il les nettoyait. Il l'a gardé à cause du symbole et parce qu'il l'avait trouvé dans cet endroit surprenant, vous comprenez ? Dans les tiroirs.

– Oui, je comprends bien, il s'agit de… je ne vois pas trop, c'est une sorte d'insigne n'est-ce pas ? Quand votre père l'a-t-il trouvé ?

– Il ne travaillait pas là-bas depuis très longtemps, répondit Solveig. Il nettoyait un des tiroirs et il a trouvé cet objet coincé à l'intérieur. L'épingle s'était cassée et le symbole en grande partie effacé, il a donc supposé qu'il était là depuis un bout de temps. Il était très surpris. Il se disait qu'il avait bien fallu que quelqu'un entre dans le fumoir pour le perdre là. Il ne voyait pas d'autre explication.

– À moins que cet objet ne soit arrivé là parce qu'il se trouvait dans la paille ou dans le bois qui servaient de combustibles ?

– Ça lui semblait peu probable.

– Beaucoup de gens entraient dans ces fumoirs ?

– Non, il y avait peut-être des curieux qui venaient voir à quoi ressemblait l'intérieur, je ne sais pas. Mon père disait ça pour plaisanter. À cause du meurtre commis à proximité. Il m'a raconté ça bien après sa découverte et il tenait à cet insigne. À cause du meurtre, voyez-vous.

– Comment ça, pour plaisanter ? Sur quoi ?

– Il imaginait qu'un petit-bourgeois s'était caché dans ces fumoirs. Le soir du meurtre.

– Je crois que ce n'est pas possible, répondit Konrad en examinant l'objet. Ils étaient en fonctionnement ce soir-là.

– Justement non. C'est ce que tout le monde croyait, mais papa a rencontré un jour l'homme qui y travaillait avant lui. Ils ont parlé du meurtre et son prédécesseur lui a dit que seul un des fumoirs était allumé. Un seul sur les trois.

– Ah bon ?

– Oui, il lui a dit ça.

– C'était fréquent ?

– Ça arrivait régulièrement. Cet homme lui a aussi dit qu'il n'en avait jamais parlé à personne et qu'on ne lui avait jamais posé la question. Voilà pourquoi, des années plus tard, papa s'amusait à échafauder des suppositions. Il savait que c'était improbable, mais quand même… il aimait jouer avec l'idée et il était attaché à cet objet.

– Jouer avec quelle idée ?

– Celle que l'assassin s'était caché dans un de ces fumoirs et qu'il avait perdu ce truc dans le tiroir.

9

Elle se demandait ce qui l'avait réveillée. Elle avait dormi d'un sommeil paisible et sans rêve, hélas beaucoup trop bref. Elle s'était écroulée de fatigue dès qu'elle s'était couchée, sans même avoir eu le temps d'achever ses prières. Elisa les récitait tous les soirs, demandant à Dieu qu'Il mette un terme à ses tourments, que son mari se repente et s'amende, car il avait aussi des qualités. Elle priait également pour sa fille, pour qu'une belle journée l'attende à son réveil, et elle implorait Dieu de nous pardonner nos péchés comme nous pardonnons aussi à ceux qui nous ont offensés. Une bonne nuit de sommeil était pour Elisa aussi rare que précieuse.

Puis, tout à coup, elle s'était réveillée. À peine avait-elle ouvert les yeux qu'elle avait craint de ne pas réussir à se rendormir et de passer la nuit entière à ressasser ses inquiétudes et ses angoisses. Combien de fois cela lui était-il arrivé ? Elle avait fixé le plafond un bon moment, l'oreille aux aguets, et avait eu l'impression d'entendre du bruit, c'était peut-être ça qui l'avait réveillée. Mais là, tout était silencieux. Attentive, elle avait essayé de repérer la respiration de son mari allongé à côté d'elle, mais ne l'avait pas entendue. Il dormait sans doute à poings fermés. Elle n'y voyait rien tant il faisait sombre. C'était au milieu de l'hiver et les nuits étaient noires comme du goudron.

Elle se rallongea sur le côté, espérant se rendormir. L'image du pasteur revint l'envahir, son cœur se mit à battre de plus en plus vite sous l'effet de la colère. Elle essaya de penser à d'autres choses, moins sombres, ce maudit pasteur s'effaça, remplacé par les travaux entrepris dans la cave par Benony, ce garçon si courageux et si gentil qui était en train d'agrandir la buanderie. Il était très différent de Stan, son mari. Plus jeune, tout le temps de bonne humeur et prêt à écouter ce qu'Elisa avait à dire, toujours le mot pour rire. Un sourire lui monta aux lèvres. Benony était apprenti maçon, il avait demandé à un de ses amis de l'aider sur le chantier. Tous deux étaient bons ouvriers. Ils écoutaient la musique diffusée sur la radio de la base militaire américaine, ils montaient parfois chez Elisa prendre leur pause-café et elle leur préparait à déjeuner. Elle ignorait combien Stan les payait, sans doute assez peu, en tout cas, elle veillait à ce qu'ils n'aient pas faim en travaillant.

Benony avait une bande de copains dont Stan prétendait qu'ils n'étaient pas tous très recommandables. Elle ne savait pas vraiment quel crédit accorder à ses dires, elle avait bien remarqué qu'il n'était pas très patient avec lui. D'après Stan, Benony fréquentait des gars qui avaient eu affaire à la justice pour production ou trafic d'alcool de contrebande qu'ils revendaient dans les clubs et les bars, ils sortaient aussi des denrées de la base militaire de Keflavik, principalement des cigarettes. Stan connaissait tout ça mieux que quiconque. Soldat à la base depuis deux ans, il s'était lui-même rendu coupable de choses dont il ne se vantait pas. Selon lui, Benony avait même des copains qui étaient allés en prison, mais ça, Elisa ne l'avait pas vraiment cru. Elle n'arrivait pas à imaginer que le jeune maçon puisse fréquenter des repris de justice. Stan avait mentionné des cambriolages, des escroqueries et toutes sortes de petits délits. Il affirmait avoir prévenu Benony que ce n'était jamais bon de traîner avec des individus connus des services de police, mais le maçon lui avait ri au nez, ils s'étaient un peu disputés et le jeune homme avait fini par répondre qu'il avait le droit de fréquenter qui il voulait. Stan lui avait demandé d'effectuer ces travaux dans la cave. Elisa et lui étaient locataires, mais ils s'étaient arrangés avec le propriétaire pour que le coût du chantier soit déduit de leur loyer. Ainsi, ils économiseraient de l'argent.

Elisa secoua la tête. Stan ne manquait pas d'air de parler comme ça de Benony, lui qui piquait des colères noires à la moindre occasion et n'hésitait pas à lever la main sur elle.

Elle se tourna prudemment dans le lit. En général, elle l'entendait respirer à côté d'elle, parfois de longs silences entrecoupés de ronflements. On eût dit qu'en ce moment il dormait sans faire le moindre bruit. Elle avait encore mal à la jambe, son hématome s'était étendu, elle pensait à la propension qu'avait Stan à se changer en bête furieuse sans crier gare, à l'abreuver de jurons, de coups de pied et pire encore. Il lui était arrivé de craindre pour sa vie, comme le soir où ils s'étaient disputés et où il l'avait frappée avec une violence inouïe. La nuit suivante, elle avait rêvé qu'elle se noyait. Elle nageait dans un lac aux eaux calmes, tout à coup un banc de nuages avait voilé le soleil, elle avait brusquement sombré dans les profondeurs, le monde était devenu noir, elle avait essayé de respirer sans y parvenir et l'eau lui avait empli les poumons. Elle s'était alors réveillée en sursaut, sentant sur son visage une masse qui l'empêchait de respirer. Elle s'était débattue, Stan avait soulevé l'oreiller qu'il lui appuyait sur le visage et, enfin, elle avait pu happer l'oxygène. Il la surplombait et la regardait comme un animal de laboratoire : si elle tentait de le quitter, il la tuerait.

Les yeux grand ouverts dans l'obscurité, son rythme cardiaque s'accélérait à nouveau, elle n'était pas près de se rendormir. Elle n'avait pas osé parler à Benony de ce que lui faisait subir son mari. Elle n'avait osé en parler à personne en dehors de cet imbécile de pasteur qui avait sauté sur l'occasion pour la peloter. À qui pouvait-elle s'adresser ? Stan avait menacé de la tuer si elle le quittait et elle n'avait nulle part où aller. En outre, elle serait forcée d'expliquer la situation, elle éprouvait à la fois de la peur et de la honte. Elle avait honte de son mari. Honte d'elle-même, honte de ne pas être plus forte et de lui trouver des excuses. Elle avait honte des blessures et des hématomes, honte de ne pas pouvoir faire un geste sans courir le risque qu'il la menace et la frappe.

Tentant une nouvelle fois de se concentrer sur des choses belles et positives, elle pensa à sa fille, qu'elle s'efforçait de protéger de tout ça. Elle n'avait pas toujours réussi, la petite avait été témoin d'événements qu'elle n'aurait pas dû voir, qu'aucun enfant ne devrait voir. Il lui était arrivé de pleurer, elle venait se faire consoler dans les bras de sa mère et ne comprenait pas les agissements de son père. Elisa avait dû lui demander de ne parler à personne de ce qui se passait à la maison, c'était leur secret à toutes les deux et ces violences allaient s'arrêter. Mais c'était un mensonge. Un tissu de mensonges.

Cherchant à nouveau à distinguer la respiration de Stan à ses côtés, elle se redressa dans le lit et comprit aussitôt pourquoi elle ne l'entendait pas. Il n'était plus là. Il avait dû se lever. Elle attendit quelques instants, l'oreille tendue, puis sortit du lit, alluma la lampe du couloir et descendit l'escalier à pas de loup en appelant le nom de Stan à plusieurs reprises à voix basse pour ne pas réveiller leur fille. Son mari ne répondait pas.

Elle s'approcha de la chambre de la petite, croyant y entendre du bruit. Elle poussa la porte entrouverte. À la lumière faiblarde provenant de la lampe de l'étage, elle découvrit sa fille parfaitement réveillée. L'enfant s'était débarrassée de sa couette et la regardait, immobile, d'un air terrifié.

– Tu ne dors pas, ma petite Lola ? demanda-t-elle en s'agenouillant à son chevet et en lui caressant les cheveux. Tu as fait un cauchemar ?

La petite secoua la tête.

– Qu'est-ce qu'il y a ?

On aurait dit que la gamine avait perdu sa langue.

– Tu sais où est ton papa ?

L'enfant hocha à nouveau la tête. Les yeux écarquillés, elle fixait la grande armoire dans un coin de la pièce. Elisa scruta ce coin plongé dans l'obscurité, il lui fallut quelques instants pour distinguer la silhouette de son mari qui, caché là, remontait son pantalon de pyjama.

– Qu'est-ce que tu fais ici ? demanda-t-elle.

En posant la question, Elisa comprit pourquoi la terreur avait figé les traits de sa fille.

10

Benony se gara dans cette rue tranquille du quartier est, bordée principalement de villas et de grandes maisons mitoyennes. Lui et ses deux copains restèrent un moment dans la voiture pour revoir le plan qu'ils avaient mis au point. Ce n'était pas très compliqué. Une copine de Mikki, conviée à une fête dans une de ces résidences il y avait de cela deux semaines, leur avait expliqué comment s'y introduire en cassant une petite fenêtre. Benony s'était arrangé pour dégoter une voiture, c'était lui le chauffeur. Il était censé faire le guet et se tenir prêt à quitter les lieux en vitesse. Mikki et Tommi s'introduiraient dans la villa pour y voler les objets de valeur avant de repartir le plus vite possible. Il n'était pas improbable qu'un voisin les surprenne la main dans le sac, Benony devait leur envoyer un signal s'il suspectait que la police était en route.

L'amie de Mikki connaissait le fils du médecin qui vivait là, ce dernier lui avait dit que toute la famille devait bientôt embarquer sur un paquebot, le *Gullfoss*, pour un voyage à l'étranger. Ils seraient absents au moins deux semaines, laissant la maison vide. Tout cela s'était vérifié. D'après elle, ces gens vivaient dans l'opulence, ils étaient vraiment riches.

Mikki dirigeait les opérations. Il avait apporté un marteau et un torchon pour étouffer le bruit. Il se dirigea vers la porte qui donnait sur le jardin à l'arrière de la maison, et qui permettait d'accéder à la buanderie, puis de là, à la cuisine et au salon. Il cassa presque silencieusement la vitre, ôta les morceaux de verre restés fichés dans le cadre et passa la main à l'intérieur. La porte était verrouillée et munie d'un loquet qu'il souleva.

Équipés de lampes-torches, son acolyte et lui parcoururent rapidement la maison, vidant les tiroirs, prenant l'argenterie, balançant les serviettes, attrapant une flasque en argent, jetant les verres par terre. Chacun avait emporté un sac pour mettre le butin. Tommi pénétra dans la chambre conjugale et mit l'armoire sens dessus dessous, il en sortit les gilets et les jupes, ouvrit les tiroirs et passa la main dans les moindres recoins, jusqu'à tomber sur le gros coffret à bijoux rempli de bagues, pour certaines ornées de pierres précieuses, de jolies boucles d'oreilles et de colliers d'or ou d'argent. Il vida tout le contenu dans son sac.

Pendant ce temps, Mikki explorait le domaine du maître de maison, il retourna d'un geste frénétique les livres des grandes bibliothèques et vida les tiroirs du bureau en acajou. Il trouva deux montres-bracelets, des jumelles, un coupe-papier en argent dont la poignée représentait un saumon frétillant et une bouteille de cognac pleine. Le carnet de chèques alla rejoindre dans son sac l'argent qu'il avait trouvé et ce qu'il pensait être des actions en Bourse. En retournant l'un des tiroirs, il découvrit une enveloppe collée au fond, il la détacha, l'ouvrit en vitesse : elle était pleine de dollars et de livres sterling. Des devises étrangères !

Tommi apparut à la porte, les bras chargés d'un électrophone tout neuf.

– Ça, c'est à moi, annonça-t-il.

Mikki agita l'enveloppe d'un air triomphant.

– Et là, il y a du fric, mon vieux, chuchota-t-il aussi fort qu'il l'osait.

Tommi l'enjoignit de se dépêcher. Il balaya du regard les bibliothèques, prit quelques livres au hasard et les ouvrit au cas où des billets seraient cachés entre les pages avant de les laisser tomber à terre. Mikki trouva trois autres bouteilles d'alcool. Tout à coup, ils entendirent deux petits coups de klaxon. C'était le signal de Benony. Ils détalèrent aussitôt, traversèrent la maison au pas de course, se précipitèrent dans le jardin pour rejoindre leur complice. Dès qu'ils furent montés en voiture, Benony démarra mais, relâchant trop vite l'embrayage, il cala. Il appuya à nouveau sur la pédale, remit le contact et appuya plusieurs fois sur l'accélérateur. Le moteur démarra avec un rugissement, la voiture s'élança et disparut bientôt au bout de la rue avec les trois complices.

– Tu as vu quoi ?! s'alarma Mikki.

– Oui, pourquoi tu as klaxonné ? renchérit Tommi en balayant les alentours d'un regard inquiet.

– Les flics sont venus dans la rue, répondit Benony. Ils faisaient sans doute leur ronde, ils sont passés devant moi, j'espère qu'ils ne m'ont pas vu. Dès qu'ils ont disparu, je me suis dépêché de vous prévenir. J'avais peur qu'ils reviennent. Putain, vous en avez mis du temps ! Vous avez trouvé des trucs ? Ça valait le coup ?

– Carrément ! répondit Tommi.

– Ah ça oui, pas qu'un peu, renchérit Mikki avec un grand sourire. Nous sommes tombés sur une mine d'or !

– Une vraie mine d'or, répéta Tommi en écho. Puis ils se mirent à rire comme deux idiots.

Benony était soulagé qu'ils ne lui posent pas plus de questions sur ces deux coups de klaxon. En réalité, la police n'était pas passée par là. Il commençait simplement à s'inquiéter et il avait fini par perdre patience, voyant que ses copains ne revenaient pas et qu'ils restaient dans cette maison bien plus longtemps que prévu, bien plus longtemps que lui-même l'avait imaginé. Il regrettait d'avoir accepté de participer à cette équipée, il voulait rendre la voiture au plus vite, il avait tout fait pour se calmer, scrutant les alentours dans toutes les directions, aux aguets, il s'était rongé les ongles puis, n'y tenant plus, avait donné ces deux coups de klaxon et avait été soulagé de voir ses deux acolytes revenir vers la voiture dans la nuit, chargés du fruit de leur larcin.

Il s'était engagé dans cette aventure sans grande conviction, c'était la première fois qu'il participait à un cambriolage, jamais il n'avait commis de délit aussi grave. Mikki et Tommi lui avaient demandé s'il pouvait dégoter une voiture et les accompagner pour faire le guet. Il n'aurait rien d'autre à faire. Benony avait immédiatement accepté, pas forcément parce que leur projet l'intéressait, mais plutôt parce qu'il manquait constamment d'argent et que ces deux copains semblaient lui faire confiance. À les entendre, sa participation à cette expédition était la clef de sa réussite. Ça ne lui plaisait pas trop, même s'il en tirait une certaine fierté. Ils s'étaient adressés à lui, persuadés qu'il pourrait les aider. C'était un sentiment agréable.

Il roula jusqu'à l'appartement en sous-sol que ses deux copains louaient en centre-ville et les avertit qu'il devait vite rendre la voiture, mais qu'il repasserait les voir plus tard dans la nuit. Ils lui répondirent qu'ils l'attendraient et ramassèrent le butin qu'ils avaient convenu de se partager en trois parts égales. Benony savait qu'ils n'étaient pas vraiment dignes de confiance, mais il se fichait d'être un peu lésé. Après tout, son rôle dans le cambriolage n'avait pas été vraiment crucial.

Il prit la direction du quartier ouest et gara discrètement le véhicule à l'endroit où il l'avait pris peu après minuit. Stan conservait un double de la clef de contact dans le tiroir de l'entrée. Benony était monté la prendre en catimini à la fin de sa journée de travail. L'Américain lui avait déjà prêté sa voiture, mais c'était la première fois qu'il l'empruntait sans lui demander la permission et il n'avait pas envie de recommencer. Il savait que Stan était le seul à s'en servir. Un jour, il l'avait entendu dire que les femmes ne devraient pas conduire, que c'était uniquement une affaire d'hommes.

Benony rangea la clef dans sa poche en se disant qu'il la remettrait en place quand il viendrait travailler dans la cave, dès le lendemain. Il leva les yeux sur la maison avant de se mettre en marche. Tout était calme.

11

Incapable de se prononcer sur l'importance de l'insigne découvert par le père de Solveig, Konrad avait été surpris d'apprendre que seul un des trois fumoirs fonctionnait le soir du meurtre. Cela signifiait que l'assassin avait pu entrer dans l'un des deux autres et s'y cacher. Konrad avait du mal à se représenter les lieux, malgré la description très précise que lui avait fournie Solveig : les fumoirs eux-mêmes, la pièce située à l'arrière, les tiroirs, la fumée et la chaleur qui s'en dégageaient.

À peine sorti de chez elle, il décida d'aller rendre visite à l'ancien policier chargé de l'enquête à l'époque. Ils se voyaient régulièrement depuis que Konrad s'intéressait au meurtre de son père. Palmi l'accueillait toujours avec bienveillance, il s'efforçait de l'aider du mieux qu'il pouvait à trouver des réponses à ses questions. Il lui avait avoué un jour que personne n'avait eu l'idée d'ouvrir les fumoirs pour y chercher l'assassin au cas où ce dernier se serait introduit par la fenêtre du bâtiment donnant sur rue, ce qui n'était qu'une simple supposition. L'atmosphère des fours brûlants et remplis d'une fumée compacte était irrespirable.

Palmi vivait tout près de Keflavik. Konrad le vit monter du rivage, chargé de morceaux de bois flotté qu'il venait de ramasser. Sa maison était équipée d'une belle cheminée et Palmi, qui vivait seul, faisait souvent une flambée devant laquelle il aimait se réchauffer. Konrad le salua et le débarrassa d'une partie de son chargement qu'il déposa à côté de l'âtre. Ils commencèrent par discuter de la récente découverte dans le quartier ouest. Marta reste muette comme une tombe, soupira Konrad, même s'il avait essayé de lui tirer les vers du nez. Si elle n'arrive pas très vite à identifier ces ossements, la police mettra sans doute un temps fou à retrouver les anciens propriétaires, et plus encore les anciens locataires. Sachant que Palmi appréciait les histoires effrayantes et le surnaturel, Konrad lui parla de son amie Eyglo qui était née avec cette malédiction que certains nomment don de voyance, pour autant qu'il existe. Eyglo s'était rendue dans cette cave il y avait de cela des dizaines d'années, à la demande d'une femme qui vivait là et s'y sentait oppressée. Palmi se montra très intéressé. Il croyait aux fantômes, connaissait une kyrielle d'histoires de revenants et pensait avoir lui-même été témoin de phénomènes inexplicables, surtout lorsqu'il avait travaillé comme guide dans les hautes terres, passant souvent la nuit dans des refuges pour randonneurs.

Les deux hommes conversèrent paisiblement un bon moment, puis la curiosité de Palmi l'emporta. Les visites de Konrad ayant toujours un motif précis, il lui demanda ce qui lui valait le plaisir. Konrad souhaitait lui soumettre un détail qu'il venait de découvrir : seul un des trois fumoirs fonctionnait le soir où son père avait été poignardé devant les abattoirs.

– Et à ton avis, qu'est-ce que ça change ? demanda Palmi, toujours bienveillant et désireux de l'aider.

Il avait fait du café et l'avait invité à s'asseoir sur la petite véranda avec vue sur l'océan. Deux anciens policiers de deux générations, unis par le destin. Leur première rencontre remontait au jour où Konrad avait appris la mort de son père. Plus tard, Palmi l'avait interrogé, tout comme il avait interrogé sa mère et d'autres suspects.

– Tu es certain que vous n'êtes pas entrés dans ces fumoirs ? demanda Konrad.

– Il me semble que nous avons déjà vu et revu tout ça, répondit Palmi, sans perdre patience. Ce n'était en effet pas la première fois que les deux hommes essayaient de reconstituer le fil de cette nuit funeste.

– Le meurtrier aurait pu se cacher dans un des fumoirs et s'échapper sans être vu, répondit Konrad. La fenêtre donnant sur la rue Skulagata était celle de la pièce où on remplissait les tiroirs de combustible. En passant par là, le meurtrier aurait pu se cacher dans un des fumoirs puis ressortir, emprunter le passage qui remontait vers le parking des abattoirs et ensuite s'évanouir dans la nuit. À moins que quelque chose ne l'en ait empêché et qu'il n'ait pas osé aller plus loin. Par exemple, si les portes des fumoirs étaient verrouillées, dans ce cas il serait resté caché dans la pièce à l'arrière.

– À moins qu'il n'ait simplement pris ses jambes à son cou et longé la rue Skulagata avant de disparaître, fit remarquer Palmi. Je crains que tu ne cherches midi à quatorze heures. Rien ne t'oblige à aller jusqu'au Brésil pour te faire un café.

– Je ne sais pas exactement pourquoi, mais j'ai tout à coup envie de tirer cette histoire au clair, répondit Konrad après un silence. Je ne m'en étais pas soucié plus que ça jusqu'à récemment.

– Parce que tu n'en avais pas envie.

– Sans doute.

– Tu fuyais cette histoire comme la peste.

– Probablement.

– C'est peut-être l'âge ? suggéra Palmi en calant entre ses dents un morceau de sucre à travers lequel il aspira son café. On a envie de mettre certaines choses en ordre avant qu'il ne soit trop tard.

– Je n'en sais rien, répondit Konrad, pensif.

– Mais pourquoi te torturer ainsi ? À ton âge ? Qu'est-ce que tout ça t'apporte ?

– Tout ça ?

– Eh bien, toutes ces suppositions sur l'homme qui nous a échappé, dont tu n'as toujours pas découvert l'identité et qui est bien sûr mort depuis longtemps. Tu trouves vraiment que la manière dont il s'y est pris change la face du monde ? Pourquoi tu ne laisses pas cette histoire reposer en paix ? Pourquoi ne pas simplement profiter de la vie ?

Konrad le regarda un long moment avant de sortir l'insigne que Solveig lui avait prêté. Palmi le fit tourner dans le creux de sa paume.

– Quelqu'un a trouvé ça dans un des tiroirs à combustible, annonça Konrad. Certes, longtemps après le drame. D'ailleurs, comme tu vois, cet objet y est resté un bon moment.

– Qu'est-ce que c'est ?

– Ça ressemble à un insigne franc-maçon, non ? J'ai envie de le montrer à Oliver, de la Scientifique. Il pourra peut-être me donner quelques précisions.

– Les francs-maçons ? Et comment tu comptes t'y prendre pour établir un lien entre ça et le meurtre ?

– Je ne sais pas. C'est juste une idée.

Palmi lui rendit l'insigne.

– Tu ne fais que rassembler des bouts de ficelle.

– Peut-être.

– Tu penses que le jeu en vaut la chandelle ? demanda Palmi. Je crois savoir ce que tu essaies de faire et j'essaie de le comprendre, mais à mon avis tu ferais mieux de laisser tomber.

Konrad le dévisagea d'un air inquisiteur.

– Je suppose que tu as envisagé cette possibilité, reprit Palmi. La pire qui soit.

Konrad garda le silence.

C'est pour ça que tu t'entêtes encore ? demanda Palmi en lui montrant l'insigne. Pour écarter l'hypothèse que tu redoutes par-dessus tout ?

– Je veux connaître le fin mot de cette histoire.

– J'ai toujours eu l'impression que Sigurlaug, ta mère, ne me disait pas tout. Tout comme toi, d'ailleurs. Elle m'a dit la vérité sur ton père, elle m'a parlé de sa violence et avoué qu'elle le haïssait depuis des années, mais ça s'arrêtait là. Elle a nié l'avoir tué.

– Elle avait un alibi, souligna Konrad.

– Oui, elle était chez sa sœur et son beau-frère. Ils ont certifié qu'elle se trouvait chez eux au moment du meurtre. Mais, vois-tu… ta mère et sa sœur étaient sans doute très proches.

– Et alors ?

– Tu ne mentirais pas pour protéger ta sœur ? demanda Palmi.

Sa remarque fut suivie d'un long silence. Le bruit des vagues emplissait la véranda comme une lourde respiration. Le jour commençait à décliner, Konrad se rappela avoir lu quelque part que l'océan était le poumon de la terre.

– C'est pour ça ? reprit Palmi. C'est ça qui motive tes recherches ? Tu espères ainsi laver ta mère de tout soupçon ? Avant qu'il ne soit trop tard ? Avant que tu ne puisses plus le faire ?

– Peut-être. Je ne sais pas, répondit Konrad. Je ne crois pas qu'elle aurait été capable de ce genre de chose.

– Mais on ne peut pas non plus l'exclure. Je sais que tu as envisagé cette hypothèse. C'est inévitable. Ta mère était à Reykjavik. Elle ne manquait pas de mobiles. Elle a pris le premier autocar pour quitter la ville le lendemain matin. Elle avait souffert de toute cette violence et ton père avait abusé de sa fille. Elle nous l'a avoué pendant les interrogatoires. C'était une femme vraiment entière. Il te suffit de lire les procès-verbaux pour t'en rendre compte. Elle était calme, posée, réfléchie, et sans doute prête à tout.

Konrad secoua la tête.

– Tu sais, nous n'y sommes pas allés de main morte avec elle, reprit Palmi. Elle n'a jamais rien avoué, bien sûr, et elle n'est jamais revenue sur son témoignage, mais crois-moi, j'y ai vraiment beaucoup réfléchi, et plus j'y pense, plus j'ai le sentiment que tout l'accuse. Et on dirait que tu parviens à la même conclusion.

Konrad continuait à garder le silence.

– C'est pas vrai ? demanda Palmi.

– Je ne sais plus ce qui est vrai.

– Est-ce que tu lui as posé la question ? Puisqu'on parle des fantômes du passé…

– Non.

– Pourquoi ?

– Je ne sais pas.

– Tu redoutais la vérité ?

– Peut-être parce que je ne voulais pas qu'elle imagine que je la croyais coupable… mais tu as raison, murmura Konrad. Je l'ai même dit un jour à ma femme. J'ai parfois l'impression que ça ne peut être qu'elle.

12

Tôt le lundi matin, Konrad monta au quartier de Grafarholt pour voir Oliver à la Scientifique. Il avait examiné l'insigne à la loupe, espérant en distinguer les détails, mais les symboles qui y étaient gravés étaient en grande partie effacés. Il avait cependant cru deviner un compas et une équerre, ainsi qu'un G gravé au centre.

Oliver fut surpris par sa visite, Konrad ne l'avait pas prévenu qu'il allait passer. La Scientifique se concentrait sur l'enquête ouverte après la découverte du squelette dans le quartier ouest. Oliver le prévint : il n'avait pas vraiment le temps de discuter. Konrad le comprenait tout à fait.

– Alors, vous en savez un peu plus sur ce squelette ? demanda-t-il d'un ton candide.

– Seul le commissariat de la rue Hverfisgata est habilité à communiquer des informations, répondit Oliver. C'est là-bas qu'il faut t'adresser.

– Tu sais si…

– L'administration veut mettre fin aux fuites. La police est une vraie passoire et elle tient à ce que ça cesse. Sérieusement. Ils ne veulent plus rien laisser passer.

– Ah, je vois, poursuivit Konrad, penaud. Vous savez à quel moment le corps a été emmuré ?

– Vois ça avec Hverfisgata, répéta Oliver, inflexible. Tu n'as pas entendu ce que je viens de dire ?

Oliver avait du sang espagnol. Son grand-père, un Catalan arrivé en Islande après la guerre d'Espagne, avait rencontré une Islandaise et passé la plus grande partie de sa vie à Isafjördur. Oliver avait hérité de lui sa jovialité méridionale et son aversion pour la nuit presque éternelle de l'hiver. Il s'était acheté au sud de Barcelone une maison où il allait passer les mois les plus sombres et les plus froids, et venait juste de rentrer. Oliver était un homme adorable, il recevait avec plaisir dans sa maison en Espagne tous ceux qui lui rendaient visite. Il la prêtait même à des amis ou à des connaissances lorsqu'il ne l'occupait pas. Konrad n'en avait jamais profité, mais il lui arrivait de l'envisager quand l'hiver s'éternisait en Islande.

Il sortit de sa poche le petit insigne et le lui tendit en disant qu'il pourrait peut-être lui apporter quelques éclaircissements. Oliver lui demanda de préciser le contexte, Konrad répondit qu'il se penchait sur une ancienne enquête à ce jour irrésolue.

– Celle sur la mort de ton père ?

– Oui.

– J'ai entendu dire que tu la reprenais. Je croyais que c'étaient des foutaises. Alors ? Tu avances ?

– Pas du tout. À mon avis, cet objet est un insigne comme ceux dont les bourgeois ornaient autrefois leur revers avant de se faire conduire par leur chauffeur aux réunions de francs-maçons. Et toi, tu en penses quoi ?

Oliver poussa un soupir laissant entendre qu'il avait mieux à faire que d'aider un ancien flic à cultiver son passe-temps. Il pria toutefois Konrad de le suivre, plongea l'insigne dans une solution détergente, le plongea dans un second liquide, l'essuya soigneusement, le plaça sous son microscope et afficha l'image sur l'écran de l'ordinateur à proximité.

Oliver regardait dans le microscope tandis que Konrad scrutait l'écran. Le compas et l'équerre apparaissaient plus nettement.

– Il s'agit en effet d'un insigne maçonnique, conclut le scientifique.

– D'accord, mais tu ne pourrais pas m'en dire un peu plus ? Sur le grade, la loge de son ancien propriétaire ? Je dois t'avouer que je ne connais rien à tout ça.

– Moi non plus. Je ne vois rien de particulier. D'ailleurs, ce n'est peut-être pas un insigne destiné à être porté sur un revers de veste, à mon avis il s'agit plutôt d'un bouton de manchette.

– Ah bon, un bouton de manchette, répéta Konrad, scrutant toujours l'écran. Il se souvint avoir lu quelque part que la lettre G au centre du symbole de la franc-maçonnerie représentait le mot « Dieu », *Gud* en islandais.

– Où as-tu trouvé ça ? demanda Oliver, à nouveau penché sur son microscope. Konrad était parvenu à piquer sa curiosité.

– Quelqu'un l'a trouvé dans le tiroir d'un fumoir des abattoirs du Sudurland, rue Skulagata, il y a un demi-siècle, répondit-il, sachant que cette précision ne les aiderait absolument pas, ni lui ni Oliver.

En redescendant du quartier de Grafarvogur, il se demanda si son père avait connu des francs-maçons. Il n'en avait aucun souvenir, mais cela ne signifiait rien en soi.

Il se rappelait qu'il avait fréquenté toutes sortes de racaille et de petits délinquants qui magouillaient avec lui. Certains avaient essuyé ses coups et lui en voulaient sans doute à mort. Le père de Konrad était à la fois violent et rancunier, jamais il n'était aussi satisfait que lorsqu'il était témoin du malheur des autres. Et Konrad n'arrivait pas à imaginer qu'il ait pu avoir parmi ses fréquentations des francs-maçons en costume de cérémonie.

Alors qu'il arrivait dans le quartier d'Arbaer, son téléphone sonna. Eyglo venait de discuter avec une de ses amies. Celle-ci connaissait une femme qui vivait tout près de la maison au squelette, dans le quartier ouest. Eyglo prévoyait de lui rendre visite, elle demanda à Konrad s'il voulait l'accompagner.

– Qu'est-ce que ça t'apportera ? demanda-t-il.

– Je ne sais pas. Je suis curieuse, c'est tout. Cette histoire me met mal à l'aise. Quand je pense que je suis allée là-bas, dans cette affreuse cave.

– Et tu as envie de tirer ça au clair ?

Eyglo laissa échapper un gémissement. Konrad lui demanda ce qui lui arrivait.

– J'ai beau chercher, je ne me rappelle pas comment je me suis fait ça, mais j'ai très mal à la jambe.

– Ah bon ?

– J'ai dû me cogner sur le coin de la table hier. Je me suis réveillée ce matin avec un gros hématome à la cuisse.

13

Tommi et Mikki se disputaient l'électrophone quand Benony vint les retrouver plus tard dans la nuit. Le premier soutenait avoir bien précisé qu'il gardait l'appareil pour lui dès qu'il l'avait trouvé dans la maison et Mikki n'avait formulé aucune objection. Ce dernier prétendait maintenant qu'il n'avait pas entendu et que l'appareil lui appartenait autant qu'à son complice. Mikki voulait qu'ils tirent au sort pour déterminer auquel des trois il reviendrait. Tommi secoua la tête en disant que c'était exclu.

– Tu ne trouves pas que ce serait logique ? demanda Mikki à Benony.

– Je me fiche de cet électrophone, répondit Benony, refusant de prendre parti. Vous pouvez vous chamailler autant que vous voulez.

Le reste ne posait aucun problème, qu'il s'agisse de l'argenterie, des montres ou encore des billets en couronnes islandaises et en devises étrangères. C'était la première fois que les deux cambrioleurs mettaient la main sur un tel butin. Benony voyait bien qu'ils n'en étaient pas peu fiers. Ils parlaient en véritables professionnels. Ils allaient devoir attendre un moment avant de revendre le fruit de leur forfait. La police rechercherait sans doute activement les auteurs du crime, elle cuisinerait ses contacts et ses informateurs pour savoir s'ils avaient connaissance de transactions suspectes et leur soutirer l'identité des intéressés. Ils devraient donc garder le silence et attendre patiemment. En discutant, ils se rendirent compte que Benony étant le seul des trois à n'avoir jamais eu affaire à la justice, il était logique qu'il cache le butin chez lui. Juste au cas où la police viendrait fouiller l'appartement de Mikki et Tommi. Tous deux avaient déjà été arrêtés pour vol avec effraction, les flics viendraient forcément frapper à leur porte, ce n'était qu'une question de temps.

Ils n'avaient manifestement pas réfléchi à tous ces problèmes avant cette nuit. Benony louait une chambre spacieuse à deux pas. Plus la discussion avançait, plus ils semblaient nerveux, comme s'ils craignaient que la police débarque chez eux d'un instant à l'autre. Au petit matin, ils finirent par décider de rassembler ce qu'ils avaient pris dans la maison du médecin, y compris l'électrophone, et ils emportèrent le tout pour le cacher dans la chambre de Benony.

Leurs inquiétudes se révélèrent cependant injustifiées. La police ne vint jamais frapper à la porte des comparses, ni à celle de leurs connaissances ayant déjà eu affaire à la justice. La presse ne fit pas état du cambriolage. Les trois complices lisaient les journaux tous les jours, ils écoutaient la radio, personne ne parlait du vol. Puis, un jour, Mikki apprit par la copine qui l'avait informé de l'absence du médecin que la famille était de retour depuis quelque temps déjà.

– Et alors ? demanda Mikki.

– Alors rien du tout, répondit-elle, au courant du cambriolage. Je sais juste qu'ils sont revenus depuis un bon moment.

– Vraiment ? insista-t-il, incrédule. On a laissé la maison sens dessus dessous et volé tout ce qu'on pouvait prendre. Ils ont quand même dû prévenir la police. Et les journaux devraient en parler. Les flics sont toujours mis au courant de ce genre de choses et la presse en fait ses gros titres.

Mikki alla même jusqu'à demander à un de ses amis qui avait ses entrées dans la police de découvrir si on avait signalé d'importants vols avec effraction ces dernières semaines en ville. Il n'en était rien. On avait juste signalé deux petits cambriolages mais on avait arrêté les auteurs.

– Je n'arrive pas à y croire ! s'exclama Mikki. Ces gens ne veulent pas dévoiler qu'ils ont été dévalisés ! Mais bon sang, pourquoi ?

– Dans ce cas, on peut revendre sans risque tout ce qu'on a volé ? demanda Tommi.

Ils se retrouvèrent le soir même chez Benony. Chacun récupéra sa part, l'électrophone revint finalement à Mikki. Ils se partagèrent comme convenu les couronnes islandaises, puis Mikki ouvrit l'enveloppe marron contenant les dollars et les livres sterling qu'il étala sur le lit. Il y avait parmi les billets une seconde enveloppe, plus petite, qu'ils pensaient aussi pleine de dollars. Mikki l'ouvrit et quelques photos en tombèrent.

– Qu'est-ce que c'est que ça ? s'étonna-t-il en les ramassant pour les examiner.

Du porno étranger, visiblement. Il tendit les clichés à Tommi qui les regarda rapidement avant de les passer à Benony. Ce dernier se hâta de s'en débarrasser en voyant de quoi il s'agissait.

– Ça pourrait intéresser Seppi, conclut Mikki en les rangeant dans sa poche. Je vais aller le voir pour lui proposer l'argenterie, les jumelles et la montre-bracelet, ajouta-t-il en sortant la montre qui lui revenait. Vous voulez que je lui vende des trucs à vous ?

Tommi et Benony déclinèrent sa proposition. Ils préféraient tous les trois attendre un peu avant de vendre les bijoux. Ces derniers semblaient avoir beaucoup de valeur, ils devaient donc les négocier avec soin. Mikki disait connaître un orfèvre également bijoutier qui pourrait fondre l'or et l'argent et réutiliser les pierres sur d'autres parures. Il proposa de lui apporter le tout. Il n'y avait aucun danger. L'homme ne risquait pas de le dénoncer.

Ils discutèrent un long moment de la manière dont il convenait d'écouler leur butin, Tommi s'extasia une fois encore sur l'électrophone et fit une ultime tentative pour que Mikki consente à le lui laisser. Tous deux perçurent chez Benony comme une hésitation. Mikki lui certifia qu'il n'avait pas à s'inquiéter pour ces salauds de riches, leur compagnie d'assurance leur rembourserait tout ce qui avait été volé.

– Ces gars-là ne perdent jamais la moindre couronne, mon vieux. Je n'arrive pas à croire que tu aies des remords, conclut-il, médusé.

– Ce n'est pas ça… c'est juste que ces photos m'ont un peu choqué. Quel genre d'homme conserve chez lui des trucs pareils ?

– Ce type est une ordure, répondit Mikki. Nous avons eu d'autant plus raison de le cambrioler.

Le lendemain soir, Mikki alla trouver Seppi, avec qui il avait déjà traité. La dernière fois, il avait mis la main sur vingt litres d'alcool de contrebande dont il ne savait quoi faire et il avait fini par lui vendre. Seppi achetait sans trop poser de questions sur la provenance des produits et, en général, il offrait un prix honnête même s'il aimait bien marchander. Il avait raconté à Mikki qu'il se livrait depuis longtemps à toutes sortes de trafics, dont du recel. Il s'appelait Josep, mais tout le monde le surnommait Seppi, diminutif qui s'appliquait d'ordinaire aux chiens. Mikki savait que ça ne lui plaisait pas, il veillait à ne pas l'appeler ainsi en sa présence.

– Ça vient d'un cambriolage ? demanda Seppi en voyant les jumelles, la montre, l'argenterie et les autres objets que Mikki lui proposait.

Ne voyant aucune raison de mentir, il avoua la vérité d'autant plus volontiers qu'il était assez fier de lui. Seppi répondit qu'il n'avait pourtant entendu parler d'aucun vol commis récemment. Il était aussi étonné que Mikki de constater que personne ne parlait du forfait.

– La police n'a pas été prévenue ? demanda Seppi, incrédule.

– Apparemment non.

– Donc personne n'est au courant ?

– Personne sauf évidemment le médecin lui-même, répondit Mikki en dévoilant son nom.

– Ah bon, c'est lui que vous avez cambriolé ? demanda Seppi comme s'il faisait partie de ses connaissances.

– Tu le connais ?

– Non, démentit promptement Seppi. Je ne sais pas qui c'est. Il n'y avait pas de bijoux ? Vous avez dû en trouver ?

– Aucun, répondit Mikki, qui ne voulait pas qu'il imagine qu'il se servait de lui pour écouler la camelote, mais qu'il revendait les bijoux à d'autres.

– Tu veux combien pour la montre ?

Ils commencèrent à marchander. Mikki trouvait le prix proposé par Seppi sacrément bas. Ils passèrent un certain temps à parlementer, mais finalement l'objet changea de main. Puis ce fut le tour d'un très bel étui à cigarettes en argent qui contenait encore quelques Camel.

– Et ça ? demanda Seppi en l'examinant soigneusement. Le couvercle était gravé aux initiales de son propriétaire qui l'avait sans doute reçu en cadeau d'anniversaire, pensa-t-il. Ça ne vaut pas grand-chose, il est personnalisé, tu en veux combien ?

Le jeune homme annonça un prix beaucoup trop élevé d'après Seppi qui fit une offre bien plus modeste. Mikki la refusa catégoriquement. Ils marchandèrent un moment sans résultat, jusqu'à ce que le voleur consente à faire un geste.

– Je peux t'offrir ces photos en plus, déclara-t-il en sortant l'enveloppe qui contenait les clichés indécents.

– Des photos ? s'étonna Seppi, le visage émacié, le regard sombre et scrutateur.

– Du porno étranger.

Le receleur examina les clichés en silence.

– Qu'est-ce qui te fait dire que ces photos n'ont pas été prises en Islande ? demanda-t-il.

– Elles étaient dans une enveloppe contenant des devises étrangères, par conséquent… on a supposé que… tu crois qu'elles viennent d'ici ?

– Non… je… je ne pense pas, répondit Seppi, songeur, acceptant finalement de payer le prix que Mikki exigeait pour l'étui à cigarettes. Et le propriétaire n'a jamais porté plainte ? ajouta-t-il, comme pour lui-même, avant de ranger les photos dans sa poche.

– Non, confirma Mikki. Enfin, apparemment. C'est à croire que sa maison n'a jamais été visitée.

14

Benony avait repris le travail à la cave. Elisa entendait les coups de marteau et la musique diffusée sur Kaninn, la radio de la base américaine. Elle constata que Mikki était là lui aussi quand ils prirent leur pause cigarette. Elle salua Benony d'un geste de la main par la fenêtre de la cuisine, il lui répondit par un sourire. Quelques instants plus tard, elle descendit apporter un café et de quoi grignoter aux deux maçons, puis discuta un moment avec eux. Elle leur demanda quand ils comptaient combler le trou dans le mur. Ils n'allaient plus tarder à le reboucher et à repeindre par-dessus.

Elle espérait réussir à masquer sa tristesse et son abattement. Elle avait mal partout après les coups qu'elle avait reçus. Comme d'habitude, elle s'efforçait de dissimuler le secret qu'elle cachait derrière un sourire chaleureux et en parlant de sujets sans importance.

Son mari avait très vite retourné la situation à son avantage. D'après lui, il était venu voir la petite pendant la nuit parce qu'il avait entendu du bruit dans sa chambre. Il avait pensé qu'elle faisait un cauchemar. Quand Elisa l'avait accusé d'autre chose, il s'était déjà repris et avait retrouvé son aplomb. Si elle s'avisait de raconter des sottises, il le lui ferait regretter. Elle avait demandé à leur fille de s'habiller et de venir avec elle,

Stan avait répondu qu'il n'en était pas question et avait ordonné à la petite de se rendormir. Il avait violemment poussé Elisa hors de la chambre puis l'avait projetée contre le mur. Il s'était abstenu de la frapper au visage, mais lui avait donné de grands coups de poing et de pied partout sur le corps, l'avait jetée à terre en lui promettant de les tuer, elle et leur fille, si elle lui causait des problèmes. Si elle osait parler à qui que ce soit.

– Je n'ai rien fait, avait-il hurlé. Je n'ai rien fait de mal !!

Leur fille était apparue, en larmes, à la porte de sa chambre, elle l'avait supplié d'arrêter en disant à sa mère que tout allait bien. Il l'avait renvoyée sans ménagement au lit, avait refermé la porte et ordonné à Elisa de le suivre à l'étage, ajoutant que si elle n'obéissait pas, elle allait le regretter.

Elle n'avait pas fermé l'œil de la nuit et le lendemain matin, lorsque Stan était parti travailler, elle avait fait la valise de sa fille et passé trois coups de fil. Le premier à la gare routière. Le deuxième dans les environs de Vik i Myrdal, à la ferme de sa tante. Le troisième à l'école primaire pour dire à la directrice qu'elle était malade et que sa fille serait donc absente pendant un certain temps.

Elle avait cherché à savoir depuis combien de temps Stan allait dans sa chambre la nuit, et il s'avéra que la petite avait souvent été réveillée par ses attouchements. Cette fois, Elisa était arrivée avant qu'il récidive.

Elles avaient marché d'un pas rapide jusqu'à la gare routière, rue Kalkofnsvegur, d'où un autocar partait vers dix heures à destination de Vik. Elisa avait soudain décidé de mettre sa fille à l'abri en l'envoyant à la campagne. La petite y avait passé plusieurs étés, elle était heureuse en pleine nature et entourée d'animaux.

Elle avait hâte d'y retourner l'été prochain. Mais, en ce moment, c'était l'hiver. Quand Elisa avait appelé sa tante, elle avait utilisé la même excuse qu'auprès de la directrice de l'école. Elle avait prétendu être malade et lui avait demandé si son mari et elle pouvaient garder sa petite fille, disons, jusqu'à Pâques. Elle ne pouvait demander ce service à personne d'autre.

Arrivée à la gare routière, Elisa avait donné au chauffeur le nom de la ferme où sa fille se rendait, quelqu'un viendrait l'attendre à l'arrêt. L'homme lui avait promis de la remettre à sa famille.

Elles s'étaient dit au revoir au pied de l'autocar. Puis la mère avait regardé son enfant s'éloigner le long de la rue Kalkofnsvegur, seule et désemparée, et quitter la ville.

Elle avait seulement huit ans.

Lorsqu'il rentra du travail, Elisa attendait son mari dans la cuisine. Elle lui annonça que leur fille était maintenant à la campagne. Stan alla vérifier dans la chambre. Constatant qu'en effet la petite n'était pas là, il demanda à sa femme ce que tout cela signifiait et se mit bientôt à la traiter de tous les noms.

– Je… je pourrais… éructa-t-il dans sa langue maternelle. Elle crut un instant qu'il allait la frapper, mais il se précipita vers la porte en proférant une série de jurons et elle se laissa tomber sur une chaise de la cuisine, à bout de forces.

Elisa redoutait de plus en plus ses menaces, elle le pensait capable de les mettre à exécution vu les brutalités qu'il lui avait fait subir ces derniers temps. Un jour qu'elle avait déclenché sa colère sans savoir pourquoi, elle lui avait conseillé de demander de l'aide, de consulter un médecin ou quelqu'un qui connaissait le genre de problème dont il souffrait. Il lui avait ri au nez.

Un médecin ! s'était-il écrié, arrogant et inflexible. Tu n'as qu'à y aller toi-même ! Il était persuadé que, de son côté, tout allait bien. Au contraire, c'était elle qui n'était qu'une pauvre fille.

Il n'avait pas laissé paraître ce pan de sa personnalité tant qu'ils avaient été fiancés. Les deux ou trois premières années où ils avaient loué un logement à Reykjavik, il s'était tenu tranquille. Il se montrait seulement irritable par moments et il lui était arrivé de s'adresser à elle sur un ton brusque. Elle travaillait à Keflavik et l'avait rencontré au Club des officiers de la base militaire. Drôle et sympathique, il lui avait dit à l'époque de bien jolies choses. C'était un copain de Benony, qu'Elisa avait connu par le biais d'une amie. Stanley, mais tout le monde l'appelait Stan, était originaire de Pennsylvanie, des terres de la sidérurgie, il aimait la vie en plein air, la pêche et la chasse, qu'il pratiquait d'ailleurs en Islande. Elle avait succombé à son charme, à sa joie, à sa bonne humeur, à sa fraîcheur et, pour couronner le tout, il était américain. Il faisait partie des rares soldats à avoir fait l'effort d'apprendre l'islandais et, lorsqu'ils s'étaient connus, il arrivait à peu près à se débrouiller. Les amies et la famille d'Elisa n'avaient pas apprécié leur union. Ils avaient fait les frais de l'opposition d'une bonne partie de la population à la présence militaire américaine en Islande. Peu à peu, Elisa s'était sentie isolée et victime des préjugés de ses compatriotes. Elle et Stan avaient même envisagé un temps de partir aux États-Unis. Elle l'avait interrogé sur sa famille là-bas, il était resté évasif. Sa mère était morte, avait-il dit, et son père était ouvrier-sidérurgiste. Il avait semblé à Elisa que Stan en voulait à cet homme, mais il n'avait pas dit pourquoi. Il n'avait mentionné personne d'autre à part ses parents.

Elle avait l'impression qu'il avait rompu toute forme de lien avec l'Amérique.

À cette époque-là, il n'hésitait pas à s'excuser. Depuis, les choses avaient bien changé. Au fil du temps, elle avait perçu chez lui une méchanceté croissante, susceptible de se transformer en une colère dirigée contre elle, et dont elle ne comprenait pas l'origine. Il se montrait négatif lorsqu'elle entreprenait les choses les plus banales. Il affichait de l'agacement lorsqu'elle exprimait une opinion personnelle ou lorsqu'un détail lui déplaisait dans son attitude. La première fois qu'il l'avait giflée, leur fille venait juste de naître, il s'était excusé en lui disant qu'il ne savait pas comment il avait pu faire une chose pareille et avait promis de ne jamais recommencer. Quelques mois plus tard, il lui avait donné un coup de coude dans le nez et elle avait saigné. Il ne l'avait pas fait exprès, c'était accidentel, avait-il dit.

Puis la situation avait empiré. Il avait cessé de s'excuser et s'était employé à lui faire endosser la responsabilité de son comportement en lui reprochant de faire ressortir chez lui ses pires travers. Un jour, elle lui avait dit qu'elle ne supportait plus tout ça et qu'elle allait le quitter en emmenant leur fille. Comprenant qu'elle était sérieuse, il lui avait promis de s'amender et de se faire aider. Elle ne pouvait tout de même pas s'en aller. Tout ça n'était pas si grave. Tous les couples avaient des problèmes et aucun n'était insoluble. Elisa avait répondu qu'elle était à bout de patience. Il lui avait déjà fait ce genre de promesses sans jamais les tenir et, maintenant, elle en avait assez. Il avait piqué une colère noire. Lui avait crié dessus. Lui avait jeté des objets au visage. L'avait menacée. Jamais il ne la laisserait emmener leur fille. Il allait rentrer en Amérique, prendre la gamine avec lui, et Elisa ne la reverrait jamais. Il ne consentirait jamais à divorcer et, si elle s'avisait à nouveau de lui dire qu'elle comptait le quitter, il saurait le lui faire regretter. Elle avait pu constater par la suite que ce n'étaient pas des paroles en l'air.

– Ça sera drôlement joli quand on aura fini, reprit Benony en souriant tout en finissant son café et en contemplant la cave.

Mikki acquiesça. Elisa répondit sans grande conviction qu'elle avait hâte de pouvoir profiter de cette nouvelle buanderie. Les deux copains échangèrent un regard. Elle arborait une expression neutre, comme absente.

– Il y a un problème ? Tu veux qu'on fasse autre chose ? demanda Benony.

Elle répondit par un sourire, espérant les convaincre que tout allait pour le mieux. Elle ne savait pas exactement ce qui l'empêchait d'avouer au jeune maçon la vérité sur Stan. Elle savait qu'elle allait devoir trouver une solution avant que sa fille ne rentre de la campagne. Elles ne pouvaient plus vivre sous le même toit que lui. Elle avait peur pour la petite. Peur pour elle-même. Les menaces de Stan résonnaient à ses oreilles, elle le savait capable de les mettre à exécution.

15

Milla, la voisine, s'apprêtait à aller se coucher lorsque l'ambulance s'était garée devant la maison. Elle avait été surprise : les secours intervenaient rarement dans la rue, tous gyrophares dehors. Elle avait redoublé d'étonnement en voyant débarquer d'abord une première, puis une seconde voiture de police. Les ambulanciers avaient emmené le voisin sur une civière, sa femme était montée avec lui dans le véhicule qui avait démarré en trombe. Puis la voisine avait vu des gens vêtus de combinaisons blanches devant la maison, ils avaient mis leurs masques avant d'entrer et de s'affairer dans la cave. Les néons puissants qu'ils y avaient installés projetaient sur les fenêtres du sous-sol leurs silhouettes fantomatiques. La police avait passé la nuit à travailler dans la maison, elle y était encore.

Milla proposa une autre tasse de café à Eyglo. Par la fenêtre, les deux femmes observaient le véhicule de la Scientifique garé devant la maison, un peu plus loin dans la rue. Milla avait l'impression qu'ils n'avaient pas encore emmené le squelette. Elle n'en était pas tout à fait certaine, mais elle n'avait rien vu qui le suggère. Or elle n'avait pas mieux à faire que de passer sa journée à épier à sa fenêtre.

Eyglo lui demanda si elle connaissait les occupants, très peu, répondit-elle. Elle les saluait quand elle les croisait dans la rue, il leur arrivait d'échanger quelques banalités. Ce couple qui lui semblait sympathique était arrivé dans le quartier il y avait un peu plus d'un an. Les habitants de la rue ne se fréquentaient pas vraiment. Certes, ils se saluaient, mais ça n'allait pas plus loin. Ce qui lui convenait parfaitement.

Eyglo avala une gorgée de café.

– Ce doit être affreux, poursuivit Milla, découvrir une chose pareille et se rendre compte qu'on a vécu à côté d'une telle horreur emmurée dans sa cave.

Eyglo hocha la tête.

– Ah, mais si ! s'exclama tout à coup Milla. Quelle idiote, bien sûr que j'avais déjà vu une ambulance dans la rue. Pour Hebba, elle était cardiaque. Je la connaissais assez bien, la pauvre, elle est morte, on l'a retrouvée inanimée dans son salon. Ça remonte à des années. Et dire qu'elle a vécu tout ce temps dans cette maison sans connaître l'horrible secret qu'elle abritait.

Eyglo répondit par un sourire. Konrad n'avait pas voulu venir, elle regrettait de ne pas l'avoir à ses côtés pour interroger la femme sur la soirée où ses voisins avaient découvert le squelette. L'ancien policier avait plus d'une fois accompagné Eyglo dans ce genre de visite, elle admirait sa perspicacité, cette capacité bien à lui de poser les bonnes questions et son talent de limier lorsqu'il interrogeait les gens, cherchant toujours le détail inhabituel, l'inédit.

Milla savait que son interlocutrice avait officié comme voyante. Eyglo le lui avait dit pour s'assurer qu'elle accepterait de la recevoir chez elle. Elle lui avait expliqué qu'elle était venue dans cette maison il y avait des années parce que, de manière tout à fait inexplicable, la propriétaire de l'époque s'y sentait terriblement mal. Cette femme et son mari l'avaient revendue au bout de quelques années. Milla ne se souvenait pas de ces gens, mais elle avait religieusement écouté Eyglo lui raconter sa visite. Elle reconnaissait avoir peur du noir, ajoutant que, dans sa famille, on croyait aux fantômes et on les redoutait. Rapidement, leur conversation tourna à l'interrogatoire.

– Et vous ne pratiquez plus la voyance ? demanda Milla, espérant manifestement qu'elle allait lui proposer une petite séance dans son salon. Elle était allée trois fois consulter des voyants et l'expérience lui avait beaucoup plu.

– Non, répondit Eyglo. J'ai arrêté il y a longtemps, plusieurs dizaines d'années.

– Mais pourquoi ?

– Je me suis tournée vers autre chose.

– Il y avait des raisons précises à ça ? insista Milla sans vergogne. Après tout, ce n'était pas elle qui avait demandé à cette dame de lui rendre visite.

– Non, répondit Eyglo, préférant ne pas lui exposer toute sa vie. C'est juste que le temps en a décidé ainsi.

– Mais vous avez toujours votre don, non ?

– Je ne sais pas. Je ne dirais d'ailleurs pas qu'il s'agit d'un don, mais plutôt d'une capacité embarrassante.

– Et vous avez perçu des choses en entrant dans cette maison ?

– Je ne m'y sentais pas bien, reconnut Eyglo.

– Vous êtes descendue au sous-sol ?

– Oui.

– Ce doit être un souvenir assez désagréable, je veux dire, rétrospectivement.

– En effet.

– Vous avez dû faire un bond en apprenant ça aux informations.

– Oui, ça m'a fait une drôle d'impression, avoua Eyglo.

Avant de rendre visite à Milla, elle s'était arrêtée non loin de la maison et avait repensé au soir où elle y était entrée. Elle avait veillé à se tenir à l'écart pour qu'on ne la remarque pas et qu'on n'aille pas imaginer qu'elle était en train d'épier. Elle n'avait d'ailleurs pas vu grand-chose, le temps qu'elle avait passé à l'observer sous la bruine légère. La fenêtre de la buanderie avait été condamnée et les rubans jaunes de la police délimitaient un périmètre.

Même si les années avaient passé, elle gardait un souvenir très net de sa visite. De l'insistance de la propriétaire. De son désarroi. Cette femme lui avait dit que certaines maisons avaient une âme dans le sens positif du terme, qu'il s'en dégageait des choses lumineuses et belles. Elle avait toutefois découvert que cela n'était pas le cas de la sienne, certes sa maison avait une âme, mais une âme sombre et pesante, et elle ne supportait pas d'y vivre. Eyglo avait eu l'impression d'étouffer dès qu'elle avait franchi le seuil. C'était à la cave que la sensation avait été la plus forte, mais aussi à côté de l'escalier, dans la pièce qui servait de bureau au couple et qui avait autrefois été une chambre d'enfant.

Milla lui posa une question. Arrachée à ses méditations, Eyglo s'excusa.

– Pardon, vous disiez ?

– Je me demandais si vous envisagiez d'organiser une séance, au cas où. Cette idée a bien dû vous effleurer, non ?

– Oui, ou plutôt non, il n'y aura pas de séance, répondit Eyglo, péremptoire.

– Ah, je vois, regretta Milla, déçue. Vous devez quand même… en y réfléchissant…

– Quoi ?

– Être curieuse ? Qui donc irait faire une chose pareille ? Comment peut-on emmurer quelqu'un ?

Eyglo n'avait pas la réponse. Sa jambe lui faisait toujours mal à l'endroit où s'était formé l'hématome, elle se massa discrètement la cuisse. Elle n'arrivait pas à se rappeler comment elle s'était fait ça et ne comprenait pas comment elle avait pu se cogner contre un meuble sans le sentir et surtout sans même s'en rendre compte.

– Bien sûr, convint-elle, cela échappe à l'entendement.

– Ce quartier est aujourd'hui extrêmement calme, mais il ne l'a pas toujours été, reprit Milla en regardant par la fenêtre. On a vu défiler ici une sacrée faune, y compris dans cette maison. Je me souviens… à une époque, on pensait qu'elle était habitée par des adorateurs du démon. Il y a très longtemps. Des espèces de hippies plus ou moins satanistes ou je ne sais trop quoi. Mon amie Lauga, elle est morte depuis des années, la pauvre, disait qu'elle avait aperçu dans la cave une croix à l'envers. Une croix noire peinte sur le mur. Et aussi du sang. Elle se demandait si ces gens ne sacrifiaient pas des animaux.

– Des hippies ?

– Oui, ce genre d'individus. Cette racaille. Cette maudite racaille.

16

Tout était conforme au souvenir que Konrad en avait gardé : les Crocs, le bip au poignet et la manière dont cet homme se déplaçait chez lui, à petits pas. Ainsi que l'odeur de renfermé qui flottait dans ce trou à rats. Il était déjà venu chez cet homme pour l'interroger sur son père, mais il lui fallut un certain temps pour l'amener à se rappeler sa visite même si elle était encore assez récente. Son hôte comprit enfin qui était son visiteur et pourquoi il était passé le voir. Il trottina jusqu'au salon et l'invita à s'asseoir, se laissant pour sa part tomber lourdement sur le canapé en mousse, comme si le trajet entre ce canapé et la porte relevait d'un exploit épuisant.

Même si c'était difficile à croire aujourd'hui, Henning était robuste et même costaud à l'époque où il avait fait irruption chez le père de Konrad en le menaçant. Il lui reprochait d'avoir escroqué une femme persuadée de l'existence d'une vie après la mort, en usant d'un stratagème très simple. Henning était venu récupérer l'argent, le cousin de cette femme lui avait demandé de l'accompagner. Les deux hommes étaient repartis en assurant au père de Konrad qu'ils n'en avaient pas fini avec lui.

L'ancien policier prit le temps de lui expliquer le contexte. Le vieil homme comprit enfin où il voulait en venir, autant que le lui permettait son âge avancé. Le cousin de la femme était mort depuis des années, mais Henning se rappelait encore sa visite au père de Konrad. Ils discutèrent des escroqueries que ce dernier avait mises au point avec Engilbert dans le temps. Ils repéraient des femmes crédules ayant perdu leur mari ou un proche, des victimes en quête de consolation. Le père de Konrad s'arrangeait pour obtenir des renseignements sur elles. Les deux acolytes n'hésitaient pas à jouer avec leurs sentiments et usaient de différentes ruses. Si le défunt avait eu des liens avec l'univers de la musique, ils s'arrangeaient par exemple pour que le piano du salon fasse retentir une note sans que personne n'appuie sur une touche. Ce genre d'astuces rendait encore plus crédibles les séances de voyance déjà très convaincantes d'Engilbert. Les victimes leur remettaient de l'argent dont ils assuraient qu'il ne leur était absolument pas destiné, mais qu'il irait directement dans les caisses d'associations de bienfaisance triées sur le volet.

– C'étaient de sacrées ordures, conclut Henning tout en se grattant le poignet sous son bip. Pardonnez-moi, je sais bien qu'il s'agit de votre père, mais…

– Il y a longtemps que je ne me vexe plus quand on parle de lui, répondit Konrad. L'homme qui était avec vous ce soir-là, Haukur, vous m'avez dit qu'il l'avait menacé de mort s'il ne rendait pas ce qu'il avait volé. Et là, mon père lui aurait promis d'en rendre une partie.

– En effet.

– Il attendait une rentrée d'argent ?

– C'est ce qu'a pensé Haukur.

– Mais il ne savait pas d'où cet argent était censé provenir ?

– Non, il l'ignorait. Et, bien sûr, il n'est pas exclu que votre père lui ait menti sur toute la ligne et qu'il n'ait jamais eu l'intention de rendre la moindre couronne. En tout cas, il a dit que quelqu'un avait une dette envers lui. Qu'on lui devait du fric. Ou un service. Enfin, quelque chose de ce genre.

– Et c'était environ un an avant sa mort ?

– Oui.

– Haukur pensait que ce débiteur était un médecin ou un membre du corps médical. C'est bien ce que vous m'avez dit à notre première rencontre ?

– Oui, mais je ne sais pas comment il a eu cette information. Peut-être que votre père l'a laissé échapper dans la discussion. En tout cas, oui, c'est ce qu'affirmait Haukur. Il pensait que votre père savait des choses gênantes sur cet homme. Peut-être même qu'il le faisait chanter.

– Qu'il savait des choses sur ce médecin ?

– Oui, confirma Henning.

– Puis plus rien ?

– Je ne sais pas. Tout ce que je sais, c'est que Haukur n'a jamais récupéré l'argent que votre père avait extorqué à sa cousine en abusant de sa crédulité. Il n'a jamais récupéré la moindre couronne.

Konrad ne voulait pas trop fatiguer le vieil homme. Il sortit de sa poche un insigne qu'il avait acheté dans une des nombreuses boutiques à touristes du centre-ville, le genre qui vendait des tas de babioles inutiles, parmi lesquelles des badges et des écussons provenant d'un peu partout dans le monde. Il tendit l'objet à Henning en lui demandant s'il reconnaissait le symbole.

Henning avait deux paires de lunettes accrochées à des chaînes autour du cou, il en saisit une et essaya de regarder. Il ne prenait jamais la bonne, avoua-t-il.

L'une d'elles lui servait à regarder la télé, l'autre à lire. Il attrapa la paire adéquate, examina l'insigne avec soin et le rendit à Konrad.

– C'est quoi ? demanda-t-il.

– Vous ne le reconnaissez pas ?

– Pas du tout.

– C'est le symbole de la franc-maçonnerie, précisa Konrad. Vous n'en avez jamais fait partie ?

Non, jamais.

– Vous en êtes sûr ?

– Évidemment que j'en suis sûr.

– Et Haukur ?

– Non plus.

– Jamais ?

Henning s'accorda un instant de réflexion. Konrad eut l'impression qu'il hésitait.

– La franc-maçonnerie, dites-vous ? Eh bien, maintenant que vous en parlez, reconnut le vieil homme en plissant le front, plongeant dans ses souvenirs, il n'est pas impossible qu'il en ait fait partie quelque temps. Je n'en mettrais pas ma main au feu. Vous devriez poser la question à sa famille.

– C'était au début des années 60 ?

– Je ne m'en souviens pas, il faut demander ça à sa famille, répéta Henning.

– Vous connaissiez des gens de son entourage qui en faisaient partie ? Des amis ? Des cousins ? Des oncles ? Des connaissances ?

– Personne, répondit aussitôt Henning, subitement agacé par cette avalanche de questions sur son ami décédé depuis longtemps. Vous croyez que Henning aurait fait du mal à votre père ?

– Je ne sais pas, et vous, qu'en pensez-vous ?

– Moi ? Vous m'accusez ?

– Non, pas du tout…

– Vous feriez mieux d'éviter ce genre d'insinuations.

– J'espère sincèrement ne pas avoir laissé entendre quoi que ce soit de tel, répondit aussitôt Konrad. J'essaie simplement de rassembler des informations et je n'en trouve guère.

– Eh bien, je crains de ne pas pouvoir vous aider davantage.

Konrad comprit que le vieil homme ne lui en dirait pas plus. Il considérait d'ailleurs pour sa part en avoir assez fait. Il se leva pour prendre congé.

– Je ne me rappelle plus comment Haukur m'avait dit qu'on le surnommait, reprit soudain Henning.

– Qui ça ?

– Votre père. Il s'appelait Jakob, en tout cas c'était un prénom biblique, n'est-ce pas ?

– Il s'appelait Josep. Josep P. Grimsson, précisa Konrad pour vérifier qu'ils parlaient bien du même homme.

– Ah oui, ça me revient. Et il avait un surnom, reprit Henning. C'était… un nom qu'on donne en général aux chiens. Ce n'était pas… Snati… quelque chose dans ce style ?

– Seppi, corrigea Konrad. Pas mal de gens l'appelaient Seppi.

17

Ils attendaient à la cale sèche de Danielsslippur, sous la silhouette inquiétante d'un bateau de pêche de Grindavik qu'on avait amené ici pour le radouber. Mikki et Benony fumaient, abrités sous les pales de l'hélice. La pluie ruisselait sur les algues accrochées aux flancs du navire. En dehors des quelques rares voitures qui passaient dans la rue en surplomb, les lieux étaient déserts. C'était un soir de février, il était tard, il faisait froid et l'attente commençait à être longue.

– Il va venir, oui ou non ? s'impatienta Benony, en observant la rue et resserrant sa veste. Qu'est-ce qu'il t'a dit ? Il t'a bien donné rendez-vous ce soir, hein ?

– Ne t'inquiète pas, répondit Mikki en écrasant sa cigarette sous sa chaussure. C'est bien ce soir. Et je suis sûr qu'il va venir. Il a eu l'air très intéressé. Patience.

Ils continuèrent à attendre sous la coque du navire, scrutant la nuit, parlant football et cinéma, ou silencieux la plupart du temps. Mikki et Tommi s'étaient tous deux débarrassés de leur part du butin, à l'exception des bijoux, et ils étaient plutôt satisfaits. Benony avait gardé celle qui lui était revenue sans la montrer à personne. Il préférait attendre même si Mikki lui avait proposé de revendre le tout, moyennant évidemment une petite commission, puisqu'il ne pensait qu'à l'argent.

Benony lui tapa une autre cigarette. Il avait passé toute la journée à travailler dans la cave. Il pensa tout à coup à Elisa qui lui avait semblé très abattue lorsqu'elle était descendue lui apporter son café. Il lui arrivait de s'inquiéter pour elle, elle avait souvent l'air absent et pensif. Il se rappelait une époque où elle n'était qu'énergie et gaîté. Aujourd'hui, elle se souciait moins de son apparence, elle se refermait sur elle-même et se montrait circonspecte en actes comme en paroles. Ayant remarqué qu'elle était encore plus timorée lorsque Stan était dans les parages, il se demandait si son ami américain était responsable de ce changement. Stan pouvait être très autoritaire et il manquait cruellement d'empathie, contrairement à Benony, même si ce dernier ne pouvait pas se prévaloir d'être un citoyen modèle, maintenant qu'il s'était acoquiné avec deux fripouilles. Il s'interrogeait sur leur couple et se disait que Stan était peut-être difficile à vivre. Il voulait poser la question à Elisa, mais n'avait pas osé le faire. Jusqu'à ce jour. Il l'avait vue en fin d'après-midi. Sortie acheter du lait, du pain et quelques provisions à l'épicerie, elle rentrait chez elle et ils s'étaient croisés sur le trottoir devant la maison. À nouveau, Benony l'avait sentie très abattue. Il n'avait pas pu s'empêcher de lui demander ce qui n'allait pas.

– Ah, je ne sais pas, avait-elle répondu. J'ai envoyé ma petite Lola ce matin à la campagne et elle me manque déjà.

– À la campagne ?

– Oui. Stanley… Stan…

– Quoi donc ?

Comprenant qu'elle en avait gros sur le cœur, Benony avait attendu la suite. Puis elle s'était reprise, elle avait essayé de lui sourire, mais son sourire ressemblait à une grimace.

– Elisa, qu'est-ce qui ne va pas ? avait-il insisté en lui prenant le bras.

– Rien, avait-elle répondu d'une voix à peine audible, sur le point de rentrer chez elle. À bientôt... à... demain.

Il lui avait barré la route.

– C'est lui ? C'est Stan ?

Ils s'étaient regardés dans les yeux, elle avait continué sa route sans lui répondre et il avait compris que sa question avait fait mouche.

Benony écrasa sa cigarette, il commençait franchement à perdre patience. Enfin, son acolyte et lui entendirent un bruit de pas et distinguèrent une silhouette dans l'obscurité. Un homme grassouillet, la trentaine, l'annulaire orné d'une grosse bague en or, sortit de la nuit et contempla Benony d'un regard suspicieux.

– C'est qui, ce type ? demanda-t-il à Mikki. Je croyais que tu viendrais seul.

– C'est Benony, un copain. Une partie du butin lui revient, il a exigé d'être là.

Pure invention. Benony n'avait jamais demandé à venir à ce rendez-vous. C'était Mikki qui avait tenu à l'avoir à ses côtés, sans vraiment lui expliquer pourquoi.

– D'accord, qu'est-ce que tu voulais me montrer ? demanda l'homme d'un ton maussade en scrutant les alentours, comme pour s'assurer qu'ils n'étaient pas surveillés.

Mikki prit le sac qui contenait les bijoux dérobés chez le médecin et brandit deux bagues serties de diamants.

– Vous avez eu ça où ?

– Ça vient d'un casse, avoua-t-il, ne voyant aucune raison de lui mentir.

– Je n'ai entendu parler d'aucun cambriolage, répondit l'homme avant de s'intéresser aux bagues de plus près.

– C'est gênant ?

– Gênant, non, mais étonnant.

– Peut-être que ces gens-là n'ont pas envie que ça se sache, reprit Mikki.

– Et pourquoi donc ?

Mikki se contenta de hausser les épaules tel un prêcheur qui sait que les voies du Seigneur sont impénétrables. Puis il tendit à son interlocuteur les deux colliers, le premier en argent et le second en or, serti d'un saphir. L'homme les saisit et les examina attentivement. Il avait une passion manifeste pour la joaillerie.

– C'est à qui ? demanda-t-il après un silence.

– À nous, répondit Mikki.

– Non, je voulais dire, ça vient d'où ?

– Je ne vois pas ce que ça change.

Le bijoutier regarda Mikki et sourit.

– D'accord. Tu en veux combien ? Je veux dire, pour le tout ?

Mikki avait envisagé un montant à la louche qu'il préféra augmenter considérablement en voyant son interlocuteur si intéressé.

L'homme hésita.

– C'est trop, répondit-il d'un ton ferme. Cependant, il était évident que la somme demandée n'était en fin de compte pas aussi astronomique que le pensait Mikki.

– Tu n'es pas seul sur le coup, reprit-il.

Benony, qui gardait le silence depuis le début de l'entrevue, savait que c'était du bluff. Ils n'avaient pas d'autre acheteur potentiel et il avait dû se retenir pour ne pas suffoquer de surprise en entendant la somme que demandait Mikki.

– Ah bon ? s'étonna l'homme. Qui ça ?
– Une connaissance, assura Mikki sans ciller.
– Une connaissance ?
– Oui.

Benony faisait de son mieux pour rester impassible. Mikki était parfois un menteur invétéré. L'homme les regarda tour à tour en faisant tourner la bague en or qu'il portait à l'auriculaire. Benony ne savait rien de lui en dehors de ce que son copain lui avait dit : il était orfèvre et bijoutier, Mikki avait déjà traité avec lui. Benony ignorait jusqu'à son nom.

– Et le cambriolage n'a jamais été signalé à la police ? vérifia le bijoutier. Tu en es bien sûr ?
– Pour autant qu'on le sache, les flics ne sont pas au courant, confirma Mikki avec un sourire.
– C'est vous qui en êtes les auteurs ?
– Non, répondit Mikki sans hésiter.
– Dans ce cas, qui est-ce ?
– Aucune importance.
– Pourquoi tu ne veux pas me le dire ?
– Parce que ça ne t'apportera rien de le savoir, assura Mikki. Je n'ai aucune idée de l'identité des voleurs. Tu es preneur, oui ou non ?
– Qui t'a donné tout ça ?
– Ça t'intéresse tant que ça ? rétorqua Mikki.

Benony sentait que le bijoutier commençait à agacer son copain qui était facilement irritable.

– Je dois réfléchir, répondit le joailler en les contemplant. Il me faudra aussi un peu de temps pour rassembler l'argent si je vous achète tout ça. Je n'avais pas pensé débourser une somme pareille… Si on se donnait rendez-vous dans deux jours pour clore la transaction ? Qu'en dites-vous ? Entre-temps, vous ne parlez de ces bijoux à personne. C'est promis ? À personne avant de m'avoir revu.

Mikki consulta Benony du regard comme pour avoir son assentiment.

Puis il hocha la tête.

– D'accord. Dans deux jours. Si ça ne marche pas, on ira voir ailleurs.

18

Elisa le savait endormi. Allongée, immobile, le regard fixe, scrutant la nuit, elle passait mentalement en revue les couteaux qu'abritait la maison, pas seulement les couteaux de table ou à dessert, mais aussi d'autres, dont le manche était solide et la lame effilée. L'un d'eux occupait particulièrement ses pensées, le couteau à fileter, tellement tranchant qu'il lui faisait presque peur.

L'été, son mari allait à la pêche. À son retour, il vidait lui-même son poisson dans la cuisine. Il l'étêtait, enlevait les arêtes, le débitait en pavés qu'il faisait fumer ou mettait à congeler dans le box qu'il louait à la Conserverie suédoise. Ses prises étaient parfois nombreuses. Ce couteau tranchant comme une lame de rasoir, elle l'avait vu le manier et l'affûter avec dextérité, puis le nettoyer avant de le ranger dans le tiroir avec les deux autres couteaux à viande, le tranchoir et les grands ciseaux qui lui servaient à découper les magrets et les blancs des oiseaux qu'il avait attrapés.

La pêche et la chasse étaient ses deux passions. En automne, il allait chasser l'oie sauvage et la perdrix, il les préparait, les plumait, les vidait et stockait la viande, blancs, magrets et cuisses, à la Conserverie. Parfois, à son retour, la cuisine ressemblait à un champ de bataille, une espèce de charnier. C'était notamment pour cette raison qu'il tenait à agrandir la buanderie. Il voulait installer au sous-sol un plan de travail confortable, un évier et un bon éclairage pour se faciliter la tâche.

Il possédait une carabine et un fusil, rangés dans un placard à la cave, mais Elisa ignorait comment s'en servir. Elle ne savait ni les charger, ni ôter la sécurité, ni comment faire feu sans risquer de se blesser. Elle ne l'avait jamais accompagné quand il partait chasser, d'ailleurs elle n'était pas intéressée. Il y allait avec des collègues de travail, ou seul ainsi qu'il semblait le préférer, étant de nature très solitaire et peu enclin à la compagnie.

Ce couteau à fileter était sans doute pour Elisa l'instrument idéal. Dès qu'il lui sembla pouvoir quitter le lit sans risque, elle gagna le couloir et descendit l'escalier qui menait à la cuisine. Elle s'efforça de ne faire aucun bruit, progressant dans la pénombre en s'arrêtant régulièrement pour vérifier que Stan ne se réveillait pas.

Elle ouvrit le tiroir, en sortit les ciseaux et le tranchoir, les posa sur la table et chercha à tâtons le couteau à fileter qu'elle empoigna prudemment par le manche. Elle le souleva pour vérifier que c'était bien celui-là à la clarté faiblarde provenant de la rue. Puis elle remit les autres ustensiles à leur place, referma le tiroir en silence avant de remonter l'escalier. Croyant tout à coup entendre Stan se tourner dans leur lit, elle se figea.

La veille au soir, il s'en était de nouveau pris à elle. Il l'avait insultée, allant jusqu'à menacer de la tuer. Espèce de sale pute ! Il finirait par en arriver là, avait-il averti. Il le lui avait assuré. Il allait prendre son fusil et l'abattre comme un chien dans son sommeil. Elle ne s'en rendrait même pas compte. Pas plus que le jour où il avait essayé de l'étouffer avec son oreiller. Ça pourrait être cette nuit, avait-il menacé. Ou bien dans trois jours. Une semaine. Un mois. Cette fois, il n'avait pas levé la main sur elle, il s'était simplement amusé à la blesser, à la terroriser et à la traiter de tous les noms avant de lui ordonner d'aller se coucher. Il était d'une humeur tellement massacrante qu'elle n'avait pas osé protester, elle lui avait obéi machinalement. Plus tard, elle l'avait entendu monter en grommelant et en toussant. Après avoir passé toute la soirée à boire, il s'était aussitôt endormi. Pour sa part, elle n'avait pas fermé l'œil.

Elle avait eu l'impression qu'il avait fini par accepter sa décision d'envoyer la petite à la campagne, elle avait même espéré pouvoir le convaincre de se faire aider. Après s'être emporté, il s'était finalement calmé et avait reconnu avoir certains défauts, sans aller plus loin. Il lui avait dit qu'il n'appréciait pas qu'on remette en question son autorité et, même s'il démentait formellement avoir fait du mal à leur fille, Elisa l'avait senti plus ouvert à la discussion. Il semblait moins opposé à l'idée qu'ils divorcent et qu'elle parte en emmenant la petite Lola parce qu'ils ne pouvaient pas continuer à vivre ainsi. Elle avait suggéré tout ça très prudemment et, même s'il n'avait pas répondu grand-chose, il ne semblait plus aussi opposé à l'idée de mettre fin à leur mariage.

Elle avait à nouveau abordé le sujet ce soir-là, prenant mille précautions. Le moment était venu de discuter de la situation et de l'avenir, de manière sereine et posée, en adultes responsables. Hélas, il avait radicalement changé de ton. Il avait à nouveau parlé de quitter l'Islande, dans l'idéal pour rentrer chez lui, en Pennsylvanie, ajoutant qu'il en avait parlé à ses collègues. Ce n'était pas la première fois qu'il s'exprimait ainsi, évoquant le projet de se séparer d'Elisa, de trouver une femme qui lui convienne et de rentrer chez lui. Partir de ce pays invivable.

– Comment ça, la situation ? avait-il rétorqué en anglais, la langue qu'il utilisait généralement à la maison.

– Tout ce que nous devons supporter. Ma fille et moi.

– C'est-à-dire ?

– Ça ne peut pas durer éternellement, avait répondu Elisa. Et ça dure depuis déjà trop longtemps. Tu dois quand même le voir. Il faut que tu mettes fin à tout ça. Que tu mettes fin à cette violence.

– Tu comptes recommencer avec ces conneries de divorce ? avait-il grommelé. Je n'ai pas touché à la petite. Tu comprends ? Est-ce que tu vas finir par le comprendre ? Je ne l'ai pas touchée !

– Bon, d'accord, avait-elle acquiescé, espérant le calmer. Je suis allée voir le pasteur pour lui parler de nous. De ce qui se passe chez nous quand tu t'en prends à moi, avait-elle ajouté.

Stan l'avait dévisagée.

– Et je préférerais ne pas en arriver à devoir m'adresser à la police. Je serai peut-être obligée de m'y résoudre. Si tout ça ne s'arrête pas, avait-elle poursuivi.

– Tu oses me menacer ?

– Non, mais je ne veux plus de cette violence. Et Lola non plus. Je veux que ça cesse.

– Je ne l'ai pas touchée ! avait-il hurlé en s'avançant vers elle avec un air agressif. Espèce de sale pute !

Elle resta un moment immobile, aux aguets, puis se remit à gravir les marches vers la chambre conjugale. Elle devait s'être trompée en fin de compte, elle n'avait rien entendu. Elle tenait le couteau le long de sa cuisse en entrant dans la chambre. Au lieu de se recoucher, elle se dirigea du côté où dormait Stan, plongé dans un profond sommeil. Son regard oscilla entre son mari et l'ustensile, puis elle leva le couteau à fileter dont la lame scintilla dans la nuit.

19

Le restaurant était bondé, la plupart des clients étaient des étrangers attirés par le menu du déjeuner qui proposait des soupes et des salades. Une cuisine aussi simple qu'excellente dont le coût n'était pas faramineux.

Depuis que Konrad avait pris sa retraite, son fils avait l'habitude de déjeuner deux fois par mois avec lui dans un des restaurants qui avaient poussé comme des champignons à Reykjavik après le développement du tourisme de masse. Ce matin, Hugo lui avait envoyé un message en lui proposant d'avancer la date de leur prochain rendez-vous. Konrad avait accepté.

Médecin comme sa mère, Hugo travaillait à l'Hôpital national de Fossvogur et avait également un cabinet en ville. Konrad savait qu'il gagnait très bien sa vie, même s'ils ne parlaient jamais d'argent. Hugo et sa femme se rendaient souvent à l'étranger pour participer à des congrès ou en voyage d'agrément. Konrad gardait alors ses deux petits-fils, des jumeaux pleins de vie qui adoraient leur grand-père, lequel les chouchoutait beaucoup trop de l'avis de leurs parents. Il leur laissait faire sans la moindre restriction tout ce qui leur était défendu chez eux, qu'il s'agisse de se gaver de sucreries ou de fast-food, de jouer à des jeux vidéo violents ou de regarder des films que leurs parents leur interdisaient formellement. Il arrivait qu'ils enfreignent toutes ces interdictions en l'espace d'un seul et même week-end.

Hugo avait toujours été plus proche de sa mère dont le décès l'avait beaucoup affecté. Maintenant qu'elle n'était plus là, il s'efforçait de passer plus de temps avec son père, comme pour entretenir le souvenir d'Erna et celui de l'époque où ses parents vivaient ensemble dans le quartier d'Arbaer. Konrad et lui avaient toujours pu discuter ouvertement des actualités ou de problèmes qui les touchaient de manière plus intime. Il leur arrivait de se disputer, mais ça n'allait jamais bien loin.

Ce jour-là, Konrad avait l'impression que son fils n'était pas dans son assiette, son regard plein de colère allait et venait dans le restaurant, il semblait fuir tout contact visuel avec son père. Konrad se demanda s'il s'était querellé avec sa femme et se garda bien d'aborder le sujet. Ce devait être la raison de son attitude, lui-même trouvait d'ailleurs parfois l'épouse d'Hugo agaçante.

Enveloppés dans le brouhaha du restaurant, ils discutèrent de tout et de rien en mangeant leur soupe et leur salade de betteraves rouges accompagnées de pain frais. Le squelette découvert dans la cave s'invita dans la conversation. Konrad avoua qu'il ne savait pas grand-chose de cette histoire, Marta restait muette, elle ne répondait pas à ses appels, et ses contacts habituels considéraient devoir garder le silence, désireux de mettre fin aux nombreuses fuites qui sabotaient le travail de la police. Tous redoutaient de laisser filtrer des informations dans leurs conversations privées. Marta craignait que les journalistes ne contactent des suspects dans le cadre d'enquêtes capitales, même avant que la police ait eu le temps de les interroger.

L'administration tenait à mettre un terme définitif à ces fuites. Konrad était donc à la diète.

La discussion s'orienta sur ses recherches plus personnelles. Hugo connaissait l'histoire de son grand-père et les investigations que Konrad avait entreprises depuis quelque temps. Il lui demandait régulièrement s'il avançait. Konrad le tenait au courant de sa progression quand il y avait lieu de le faire, il lui avoua que jusque-là ses tâtonnements ne lui avaient pas apporté grand-chose. En réalité, il n'en savait pas plus sur l'assassin qu'en 1963, lorsqu'il était tout jeune homme. La seule chose dont il avait obtenu confirmation, mais il le savait depuis longtemps, c'était que son père n'hésitait pas à contribuer au malheur des autres.

– Je suppose qu'il m'a en partie transmis cette disposition d'esprit, conclut Konrad en repoussant son assiette.

– Ça n'a pas dû être facile de passer ton enfance avec un homme comme lui, acquiesça Hugo, balayant une fois de plus le restaurant du regard.

– En effet, mais loin de moi l'idée de m'en servir pour excuser certains de mes actes.

– Sans doute. Et tu en sais quelque chose. D'ailleurs, j'ai reçu hier soir un coup de fil étrange, lança brusquement Hugo.

– Ah bon ?

– Très étrange, même. Un coup de fil qui te concerne. Un appel vraiment bizarre. Je ne sais pas vraiment… je pense que cette femme était un peu éméchée. Bien que très aimable. Elle m'a dit qu'elle m'appelait pour te rendre service. Nous rendre service à tous les deux.

Hugo but une gorgée d'eau et s'essuya la bouche.

– Nous rendre service ? s'étonna Konrad. C'était qui, cette femme ?

– Svanhildur. Une collègue de maman.

Konrad garda le silence.

– Une copine de maman !! vociféra Hugo par-dessus la table.

– Hugo…

– Je n'y crois pas ! Comment… qu'est-ce que… comment tu as pu faire ça ?

– Je…

Konrad ne savait pas quoi dire.

– Franchement, c'est quoi ton problème ?

– Permets-moi de…

– Et tu ne l'as jamais avoué à maman. C'est vrai ? Ce que cette femme m'a dit, c'est vrai ?!

– Hugo… je ne suis pas…

– Avec Svanhildur ?! gronda à nouveau le fils.

– Elle t'a dit quoi ?

– Tu sais très bien ce qu'elle m'a dit. Tu veux que je te le répète ? Que tu allais la voir chez elle ? Que tu la retrouvais dans des hôtels ?!

– Je n'ai jamais voulu faire de mal à Erna, répondit Konrad. Je n'aurais jamais voulu la blesser.

– Non, mais tu as quand même fait exactement ce qu'il fallait pour ça ! Enfin, papa, comment pouvait-il en aller autrement ? Tu comptais t'y prendre comment pour éviter de la blesser ? Dis-le-moi !

– Hugo, cette histoire me rend malade, avoua Konrad. Tu dois me croire. Tout ça me rend très malheureux. J'ai commis des erreurs, je dois vivre avec et je ne veux pas…

– Qu'est-ce qui te fait croire que maman n'était pas au courant ? interrompit Hugo. Ce n'était pas une idiote. Tu crois vraiment qu'elle ne s'est doutée de rien ? Tu en es sûr ? Elle ne t'a jamais demandé où tu étais allé ? Quelle était cette odeur sur tes vêtements ? D'où tu revenais ? Comment peux-tu savoir qu'elle n'attendait pas que tu lui avoues la vérité ? Nom de Dieu, qu'est-ce que tu en sais ?

– Ce sont des questions avec lesquelles je me débats, répondit Konrad.

Il y eut un long silence.

– Il y en a eu d'autres ? demanda Hugo.

Konrad ne répondit pas.

– Est-ce qu'il y en a eu d'autres ?!!

– Ce n'étaient que des passades sans importance, lâcha Konrad.

– Mon Dieu… soupira Hugo.

– La seule histoire sérieuse, c'était avec Svanhildur. Et comme si ça ne suffisait pas, je n'ai jamais réussi à l'avouer à ta mère. C'est vrai. Je n'ai jamais eu l'honnêteté de lui dire la vérité. Quand j'ai enfin voulu le faire, quand j'ai réussi à me persuader qu'il le fallait, j'ai compris qu'il était trop tard. Elle était déjà malade. Je n'ai pas eu la force de tout lui dire. C'était en tout cas mon excuse.

Konrad voyait bien que ses paroles ne touchaient pas son fils.

– Je pense à Erna tous les jours. Je tenais à elle plus qu'à n'importe qui, poursuivit-il. Je crois qu'elle le savait.

– Mais ça ne t'a pas retenu. Ça ne t'a pas empêché de la trahir.

– Non.

– Quelle raison j'aurais de te croire ?

– C'est à toi de décider si tu me crois ou non, mais je te dis la vérité.

– Et le fait que Svanhildur était amie avec maman n'a rien changé non plus ? Ça ne t'a pas arrêté ?

– Je… ce genre de chose n'est pas facile à expliquer, plaida Konrad.

– C'est incompréhensible, en tout cas, pour ma part, je ne comprends pas, répondit Hugo.

– J'aurais voulu… je…

Les paroles de Konrad se tarirent.

– Et combien de temps ça a duré ?

– Quelques années. Jusqu'à ce qu'Erna tombe malade.

– Quelques années ? C'est… incroyable. Tu es incroyable ! Comment tu as pu lui faire ça ?!

– Je… je me demande parfois… tu sais, à l'époque, elle et moi, on travaillait beaucoup et…

– Et les autres femmes, c'était qui ? Elles ont été nombreuses ?

– Non. Ce n'étaient que des histoires sans lendemain. Des femmes rencontrées dans des bars. Quand j'avais bu.

– Donc, il y avait des gens qui étaient au courant ? Qui savaient pour tes frasques ? Qui savaient comment tu étais ?

– Je… je ne crois pas, pas forcément, répondit Konrad qui avait toujours évité de réfléchir au qu'en-dira-t-on.

– Tu avais cette réputation ? La réputation d'un homme à femmes ?

– Personne n'était au courant de mon histoire avec Svanhildur, répondit Konrad. Pour le reste, j'étais discret, enfin je crois. Évidemment, on est toujours le dernier à apprendre ce qui se dit sur soi.

– Et tu es sûr que maman n'a jamais rien su ?

– Oui.

– Tu l'as prise pour une idiote, répondit Hugo.

– Ce n'était pas mon intention.

– C'est ça, et ton intention, c'était quoi ? Quelle était ton intention ? C'était quoi ta putain d'intention ?!!

Konrad sentait la colère d'Hugo décupler au fil de leur conversation, mais il ne savait pas comment l'apaiser.

– Et ensuite ? reprit Hugo. Et maintenant ?

Konrad ne lui répondit pas immédiatement.

– Tu la vois encore ? demanda le fils, cherchant à déchiffrer l'hésitation de son père.

– Il y a longtemps que c'est terminé, répondit Konrad. Mais pour être honnête avec toi, je ne suis pas capable de lire l'avenir. Je ne sais pas. Je suis passé la voir il n'y a pas longtemps. Elle n'a pas franchement apprécié ma visite. C'est sans doute pour ça qu'elle t'a appelé. Je ne me suis pas bien comporté avec Svanhildur non plus. Je n'ai bien agi avec personne dans cette histoire, Hugo. Avec toi non plus, d'ailleurs.

– C'est le moins qu'on puisse dire, soupira Hugo en se levant.

– Hugo… je…

Konrad était désolé.

– Enfin, où avais-tu donc la tête, mon pauvre, où ? Bon sang, comment tu as pu faire une chose pareille à maman ? grommela son fils avant de se ruer vers la porte.

Désemparé, Konrad resta assis à sa table. Les minutes passèrent, le nombre de clients et le bruit diminuèrent. Bientôt, il se retrouva presque seul dans le restaurant. Il avait redouté la réaction de son fils s'il venait à apprendre son infidélité et cette réaction était conforme à celle qu'il avait imaginée. Konrad n'avait aucune excuse, il comprenait parfaitement la colère et la consternation d'Hugo. Il espérait que lorsqu'il aurait encaissé le choc, ils pourraient à nouveau discuter. Mais il faudrait du temps.

Il se leva de table, alla payer l'addition et monta en voiture. Il resta un bon moment assis au volant avant de mettre le contact puis roula sans but et se retrouva à la pointe de Seltjarnarnes où il se gara sur le petit parking en terre le long de la route qui menait au terrain de golf. Debout sur la crête qui surplombait l'océan gris, parsemé çà et là d'écume, il pensa à Erna. Il avait cru qu'il lui restait un peu plus de temps lorsqu'il l'avait emmenée ici par une froide matinée de décembre. Venus assister à l'éclipse de lune, ils avaient observé l'ombre de la terre masquant peu à peu l'astre de la nuit. Erna était épuisée et, avant qu'ils ne rentrent chez eux dans le quartier d'Arbaer, elle avait dit adieu à ce monde et à tous les non-dits qui subsistaient entre elle et son mari.

20

Konrad ne tenait pas en place après sa dispute avec Hugo. Dans la soirée, il se décida enfin à aller voir un ancien collègue qu'il voulait contacter depuis un moment après avoir eu entre les mains le bouton de manchette. Ils avaient été amis mais aujourd'hui ce n'était plus le cas. Au contraire, Konrad fuyait en général tout contact avec lui. Sa journée était gâchée, le moment n'était pas plus mal choisi qu'un autre. Il regarda sa montre. Il croyait savoir où le trouver et avait du mal à imaginer qu'il puisse le déprimer encore plus. Cela dit, on ne savait jamais.

Une des passions de cet homme était le bowling, ce sport d'intérieur importé d'Amérique qui avait toute sa place à deux pas du cercle polaire, où on pouvait le pratiquer toute l'année, contrairement à d'autres. Konrad ne le prévint pas qu'il allait passer. Hésitant, il se demandait s'il ne ferait pas mieux de commencer par explorer d'autres pistes. Son estime de soi était au plus bas. Pour finir, fatigué de ses tergiversations, il entra d'un pas décidé dans le bowling d'Egilshöll et aperçut l'homme qu'il cherchait avec des copains sur une des pistes.

Il se tint un moment à distance et les regarda jouer en se disant que certains étaient encore plutôt adroits.

Il les connaissait presque tous. Il y avait là des policiers de différentes générations même si la plupart des amateurs de bowling étaient à la retraite. Ils se retrouvaient régulièrement dans cette salle où il leur arrivait même de participer à des compétitions. Konrad faisait partie de leur groupe autrefois, mais au bout d'un moment il s'était lassé et avait cessé de venir même lorsque ses anciens camarades lui téléphonaient car il leur manquait un joueur.

L'homme qu'il venait voir était la vedette du groupe. Leo parlait fort, il enchaînait les strikes, buvait de la bière et racontait des blagues. Il avait participé à la fondation de la première association de joueurs de bowling et c'était la seule personne parmi ses connaissances qui soit liée à la franc-maçonnerie.

Il se tenait là depuis un certain temps lorsqu'un des policiers remarqua sa présence et lui fit un signe de la main. Agissant comme s'il venait d'entrer, Konrad s'avança vers la petite assemblée, salua tout le monde et adressa un hochement de tête à Leo. Ils lui demandèrent s'il venait faire une partie avec eux, il leur répondit par la négative, il passait dans le quartier et s'était dit qu'il pourrait peut-être passer leur dire bonjour pour tromper son ennui et parce qu'il n'avait rien de mieux à faire. Ses anciens collègues éclatèrent de rire. Ils avaient toujours apprécié son humour sarcastique.

Leo semblait s'être recroquevillé dans sa coquille. Il ne l'avait pas salué et s'était retranché au bar. Konrad se fendit de quelques plaisanteries sur leurs prouesses au bowling puis annonça qu'il avait soif et alla rejoindre Leo, assis devant sa bière.

– Qu'est-ce que tu viens faire là ? demanda son ancien ami d'un ton sec en le voyant approcher.

– En fait, c'est toi que je voulais voir.

– Je n'ai rien à te dire.

– Qu'est-ce que je dois faire pour entrer dans ta fameuse franc-maçonnerie ?

– Arrêter d'être idiot, rétorqua Leo.

– Ils t'ont pourtant accepté, je me trompe ? lança Konrad en faisant signe au serveur qu'il prenait la même chose que son ancien collègue.

Ils avaient appris à jouer au bowling à la base américaine, à l'époque où tout allait bien entre eux. Eux deux et Rikhardur, Rikki pour les intimes. Ils passaient leur temps ensemble. Ils jouaient avec les soldats et se soûlaient à la bière américaine. Leo avait des relations à la base et, quand ils étaient en congé, ils allaient au Club des officiers où se produisait un groupe de musiciens originaires de Keflavik. Parfois, ils allaient aussi jouer au bowling. Rikki avait tout appris d'eux. Il n'avait pas tardé à exceller dans ce sport. Il ne tardait jamais à exceller dans tout ce qu'il entreprenait jusqu'au moment où on l'avait éjecté de la police.

Leo se tourna vers Konrad.

– Qu'est-ce que tu me veux ?

– J'ai besoin de la liste des membres pour l'année 1963 et les précédentes.

– L'année 63 ? marmonna Leo. 63 ? Pourquoi… ? Ce n'est pas l'année où Seppi a été poignardé ?

– Si, répondit Konrad.

– Qu'est-ce que les francs-maçons ont à voir là-dedans ?

– À mon avis, pas grand-chose. Il s'agit plutôt de procéder par élimination. De les écarter de la liste des suspects. Tu sais ce que c'est. Il nous vient parfois des idées bizarres.

– Tu crois que c'est un franc-maçon qui aurait tué ton père ? s'étonna Leo.

– Je n'en sais rien, répondit Konrad en attrapant sa bière qu'il régla avec sa carte de crédit. Pour l'instant, je me contente de suivre mon idée et j'ai besoin de connaître les noms de ceux qui faisaient partie des frères à cette époque.

– Tu es allé les voir pour leur poser la question ?

– Ils m'ont jeté dehors, répondit Konrad qui était allé à la loge demander à consulter les registres des membres.

– Tu peux me dire pourquoi tu t'intéresses à eux ?

– Ce que j'ai en main est encore trop léger pour être ébruité, répondit Konrad. Je pourrais être plus précis si j'avais les informations qui me manquent.

– Je n'ai pas accès à ce type de documents, répondit Leo.

– Tu crois que je n'ai aucune chance de les obtenir ?

– Non, Konni, aucune.

– Tu ne connais personne qui pourrait me donner quelques noms ?

– Même si je connaissais quelqu'un, je ne lui demanderais jamais ce genre de service. Pas pour toi, Konni. Pour quelqu'un d'autre, peut-être. Mais pas pour toi.

Konrad esquissa un sourire.

– Et cette bière, elle est bonne ? demanda-t-il, perfide.

La journée avait été longue et pénible, et il s'était décidément écoulé une éternité depuis qu'ils avaient parcouru l'Islande en compagnie de leurs femmes respectives, Dora et Erna, unis par l'amitié.

– On a tous nos démons, répondit Leo. Toi aussi, j'imagine.

– À notre dernière rencontre, tu t'apprêtais à partir en cure, reprit Konrad. Ou bien tu en sortais. On ne sait jamais où tu en es. Et en ce moment ? Tu sors de la dernière ou tu attends la prochaine ? Ta bière va nous coûter les yeux de la tête. Quand je dis *nous*, je veux dire la société. Au fait, c'est combien la journée à l'hôtel Désintox ?

– Eh, Konni, rappelle-moi ce qu'il s'est passé sur la corniche avec ce gars, demanda Leo en buvant tranquillement une gorgée.

– La corniche ?

– Tu as poussé Lukas dans la rivière ? interrogea Leo en se tournant vers lui. Ou tu l'as juste laissé tomber dans l'eau ? Ce n'était pas trop dur ? Tu t'es servi de ton bras malade pour le sauver ?

– Ça t'empêche de dormir ? rétorqua Konrad, qui avait du mal à dissimuler son étonnement.

– Ce type t'a roulé dans la farine pendant trente ans. À ta place, je l'aurais aidé à faire le grand saut. Tu l'as fait ?

Konrad avait eu le temps de reprendre ses esprits.

– Oui, tu as sans doute raison, répondit-il, fatigué de cette conversation et comprenant qu'il avait commis une erreur en venant voir cet homme.

– J'ai raison sur quoi ?

– Tu l'aurais sans doute aidé.

La journée n'était hélas pas encore terminée.

Un peu plus tard, Konrad gravit les quelques marches menant à la maison et frappa à la porte. Il venait d'appuyer sur la sonnette, mais elle était apparemment cassée. En tout cas, il ne l'avait pas entendue résonner à l'intérieur. Il s'était garé au même endroit que la fois précédente et avait fumé deux cigarillos dont il avait jeté les mégots dans le jardin. Le tabac était une plante comme une autre, c'était son excuse.

La porte s'ouvrit. Svanhildur le contempla un moment, le regard triste.

– Tu avais vraiment besoin de lui raconter ça ? demanda Konrad.

Au lieu de lui répondre, elle repoussa la porte qui se referma sur lui dans un léger claquement.

Konrad resta quelques instants sur le palier avant de redescendre les marches et de quitter la rue.

21

Benony était seul au sous-sol. Mikki l'avait prévenu qu'il avait d'autres choses à faire sans lui fournir plus de précisions. Ils ignoraient où était passé Tommi, mais imaginaient qu'il était en pleine soûlographie. Il lui arrivait de boire des jours et des jours durant. Il déambulait alors en ville avec d'autres soiffards et passait son temps en leur compagnie devant la clôture de la Conserverie suédoise, sur la colline d'Arnarholl, comme un clochard. Tommi avait du mal à maîtriser sa consommation d'alcool. Il ne savait pas s'arrêter, il lui en fallait toujours plus. Puis, un jour, il était tombé malade parce qu'il n'était pas assez robuste pour ce genre de vie. Benony ne comprenait pas pourquoi il avait tant de mal à résister ni pourquoi il se lançait dans de telles beuveries.

Benony était sur le point de jeter des tas de saletés avant de reboucher le mur. Il eut brusquement l'impression de n'être plus seul dans la cave, il se retourna et découvrit Elisa à l'entrée de la buanderie. Il ignorait depuis combien de temps elle était là, à l'observer.

– Ah, c'est toi, dit-il. Je ne t'avais pas vue.

Elle esquissa un sourire qui s'évanouit aussitôt et, comme la fois précédente, Benony eut l'impression qu'elle n'allait pas bien.

– Pardon, répondit-elle, je ne voulais pas t'effrayer.

Voyant qu'elle avait les joues mouillées, Benony hésita.

– Que… qu'est-ce qui se passe ? Tu as pleuré ? Ça ne va pas ?

Il n'obtint aucune réponse. Debout dans l'embrasure, les yeux baissés, elle tripotait un bouton du gilet qu'elle avait enfilé par-dessus sa vieille robe. Benony s'avança et lui demanda à nouveau ce qui la contrariait.

– Je… je… j'ai voulu le poignarder cette nuit, sanglota-t-elle. Je… je suis allée chercher le couteau dans la cuisine, je suis remontée et… je…

Ses sanglots redoublèrent d'intensité.

– Tu as pris un couteau ?

– Je voulais le poignarder, confirma-t-elle en hochant la tête. Mon Dieu, je voulais le faire et… il s'en est fallu de peu… il s'en est fallu de très peu…

Elle ignorait ce qui l'en avait empêchée. Au-dessus de son mari allongé dans le lit, le couteau à la main, elle allait le lui enfoncer dans la poitrine lorsqu'une voix intérieure lui avait ordonné de reposer l'arme. De ne pas faire ça. Que ce n'était pas une solution. Qu'elle devait être folle de penser une chose pareille. Elle avait reculé, était retournée à pas de loup de son côté du lit, avait prudemment soulevé le matelas et y avait caché le couteau. Puis elle s'était recouchée en pensant avec horreur qu'il s'en était fallu de peu qu'elle ne poignarde son mari endormi et sans défense dans leur chambre.

– Elisa, qu'est-ce que tu racontes ? Comment ça… tu voulais le poignarder ? De qui tu parles ? De Stan ?

– Il me terrifie, murmura-t-elle, comme s'ils n'étaient pas seuls dans la cave. C'est un homme répugnant.

– Pourquoi ? Qu'est-ce qu'il t'a fait ?

– Il est ignoble, ce qu'il me fait subir est affreux, murmura Elisa. Absolument affreux… j'ai l'impression d'être enfermée, d'être emmurée… je suffoque…

– Il est où ? Où est-il en ce moment ?

– Il est parti travailler ce matin. Sinon, il serait… je veux dire, si je l'avais…

Elisa fondit à nouveau en larmes. Benony s'avança pour la consoler. Le corps secoué de sanglots, elle se cramponna à lui comme à une planche de salut. Il ignorait ce qui l'avait plongée dans cet état, si ce n'est que Stan en était responsable et qu'elle avait voulu le poignarder. Pour l'instant, elle refusait de lui en dire plus et lui demanda de ne surtout pas rapporter à son mari qu'ils avaient discuté tous les deux. Il était évident que Stan la terrorisait.

Benony lui expliqua d'une voix douce qu'il voulait l'aider et l'encouragea à tout lui dire. Elle finit par lui confier qu'elle comptait quitter Stan bientôt parce qu'il la maltraitait et ce, depuis des années. Elle était résolue à demander le divorce avant que le pire ne se produise, comme cela avait failli arriver cette nuit, et elle répétait incessamment qu'elle emmènerait sa fille avec elle. Ces violences, qui lui avaient d'abord semblé presque anodines, avaient commencé peu après leur mariage, mais récemment la situation s'était tellement détériorée qu'Elisa ne pouvait plus envisager de vivre avec Stan et qu'il lui arrivait de craindre pour sa vie. Elle avait toléré ces sévices trop longtemps et elle n'en pouvait plus. Sa fille en avait été témoin et désormais… la pauvre petite… la pauvre Lola en était, elle aussi, victime…

Benony la plaignait beaucoup. Il pensait assez bien connaître Stan et, même s'il s'inquiétait pour son couple depuis quelque temps, il n'avait jamais imaginé qu'il puisse lever la main sur Elisa dont il n'avait aucune raison de mettre la parole en doute. Sans rien dire, il avait remarqué des changements dans l'attitude de la jeune femme au cours des dernières années, il lui semblait maintenant en comprendre la raison. Elle avait beau faire de son mieux pour n'en rien laisser paraître, il l'avait bien souvent sentie abattue, déprimée ou pensive. Et il comprenait maintenant qu'elle portait parfois dans sa chair les marques de ces brutalités, par exemple quand elle prétextait être tombée dans l'escalier, avoir fait une chute en montant sur une chaise ou s'être coincé la main dans la porte d'un placard. Lorsqu'ils s'étaient croisés devant la maison l'autre jour, elle boitait, et quand Benony lui avait demandé ce qui lui arrivait, elle avait éludé sa question. Cela durait sans doute depuis très longtemps.

– Et Lola ? demanda-t-il. Tu dis qu'elle est aussi sa victime ?

– J'ai… j'ai surpris Stan dans sa chambre il y a quelques nuits… elle m'a dit que ce n'était pas la première fois qu'il y entrait en catimini. Il était en train de remonter son pantalon.

Benony la dévisagea.

– Comment ça ?

– Il est allé plusieurs fois dans sa chambre pendant la nuit.

– Stan ?

– Oui.

– C'est pour ça que tu as envoyé Lola à la campagne ?

Elisa hocha la tête.

– Quelle ordure, cracha Benony. Comment… ? Comment il peut… ? Tu es sûre de ce que tu dis ?

– C'est un monstre, répondit Elisa, et cette nuit, j'ai bien cru que j'allais… que je… Je ne veux pas vivre comme ça. Je ne peux pas vivre ainsi. Je ne peux pas. C'est impossible.

22

Elisa avait à peine achevé sa phrase qu'ils entendirent quelqu'un descendre l'escalier à la hâte. Ils échangèrent un regard apeuré, craignant de voir Stan apparaître à la porte. Elisa s'éloigna de Benony, elle n'avait pas le temps de remonter à l'étage. L'instant d'après, à leur grand soulagement, Mikki apparut dans l'embrasure en leur demandant si tout allait bien. Il avait sans doute l'impression de les avoir dérangés. Il les regarda tour à tour d'un air inquisiteur. Elisa annonça qu'elle devait remonter à la cuisine et lui adressa un sourire en guise d'au revoir avant de gravir les marches quatre à quatre.

– Je vous ai interrompus ? demanda Mikki. Il se passe quelque chose ?

– Non, démentit Benony, cherchant une réponse à la va-vite. Il ne se passe rien. On discutait juste de la meilleure manière de boucher ce trou dans le mur.

– Ah, je vois, acquiesça Mikki, peu convaincu par les propos de son copain. Donc, tu ne fricotes pas avec elle, ajouta-t-il, l'index levé vers le plafond.

– Elisa ? rétorqua Benony, feignant la consternation. Tu es dingue ou quoi ?

– Voilà qui ne plairait pas à l'Américain, reprit Mikki en riant. Mais bon, tu sais, il est souvent absent, toi, tu es là, dans la cave, et elle est seule.

– Ne dis pas n'importe quoi.
– Ah bon, vraiment… ?
– Il n'a pas à s'inquiéter de moi. Mais toi, qu'est-ce que tu viens faire ici ? demanda Benony pour changer de conversation. Je croyais que tu ne pouvais pas venir.
– Tu n'as toujours pas de nouvelles de Tommi ?
– Non, je voulais lui demander de venir m'aider sur le chantier, mais je ne sais pas où il est.
– Quel crétin ! Je suppose qu'il est parti boire tout son argent, s'agaça Mikki. Je ne l'ai pas vu. J'espère qu'il ne raconte pas nos exploits à tout le monde. Tu sais qu'on a été cambriolés ?
– Hein ?
– Tu ne trouves pas ça plutôt comique ?
– Cambriolés ?!
– Oui, c'est vraiment ridicule ! lança Mikki avant d'expliquer qu'il était rentré dans l'appartement qu'il occupait avec Tommi tard la veille au soir. Il avait trouvé la porte grand ouverte, les pièces étaient sens dessus dessous. Les cambrioleurs avaient tout retourné et emporté les quelques objets qu'ils possédaient en commun comme l'électrophone auquel Tommi tenait tant.
– Tu t'es vanté de notre coup ? demanda Mikki.
Benony jura que non, il n'en avait parlé à personne. En réalité, ce cambriolage était pour lui un mauvais souvenir dont il n'était pas fier. Mikki assura également que ni lui ni sa copine n'avaient rien dit à quiconque.
– Nous en avons parlé au bijoutier, fit remarquer Benony.
– Oui, mais il ne ferait jamais une chose pareille, affirma Mikki. Je le connais. Il ne s'introduirait jamais chez nous, d'autant plus que c'est à lui qui nous proposons ce qui a le plus de valeur.

Les soupçons s'orientaient donc sur Tommi. S'il buvait comme un trou, il s'était peut-être montré trop bavard. Ils ne l'avaient pas vu depuis deux jours et ignoraient où il était.

– Il faut qu'on le retrouve, insista Mikki, ne serait-ce que pour lui dire de tenir sa langue.

– Qu'est-ce qui te fait croire que le cambriolage de votre appartement est lié à notre casse ? demanda Benony. Il continuait à songer aux aveux d'Elisa sur le comportement de Stan. Il savait qu'il allait devoir parler à l'Américain des accusations de sa femme, mais n'avait pas la moindre idée de la manière dont il allait s'y prendre.

– À mon avis, ce sont des gens qui ont cru qu'on était riches, répondit Mikki. J'espère qu'il s'agit d'un malentendu. Les bijoux sont bien en sécurité chez toi, n'est-ce pas ? Je dois revoir ce type ce soir.

– Non, ils ne sont plus chez moi, répondit Benony.

– Ah bon ? Ils sont où ?

Benony hésita.

– Benni, ils sont où ?

Benony pointa l'index sur le trou dans le mur.

– Ils sont là ? s'exclama Mikki, stupéfait, en s'avançant vers le mur. Pourquoi tu les as mis là-dedans ?

– Je me suis débarrassé de tout le reste, répondit Benony en lui faisant signe de baisser le ton. Je n'ai pas trouvé de meilleur endroit. Je ne voulais pas garder tout ça chez moi. Personne ne connaît l'existence de cette cache.

Benony fit pénétrer sa main à l'intérieur, attrapa le sac contenant les bijoux et le tendit à son acolyte qui en vérifia le contenu. Le bijoutier avait donné rendez-vous à Mikki dans la baie de Nautholsvik. Il viendrait seul et exigeait que Mikki le soit aussi. Il ne voulait pas qu'on apprenne qu'il faisait du recel et il avait été très contrarié que Mikki amène Benony à la cale sèche de Danielsslippur. Ils devaient procéder à la transaction tous les deux et il avait assuré se livrer à ce genre de commerce pour la dernière fois.

– Tu crois que tout se passera bien ?

– J'ai déjà traité avec lui, répondit Mikki en dissimulant le sac sous ses vêtements. Ce ne sont que des mots. Il est stressé et un peu borné. Tout ira bien. Je me débrouillerai. Ne t'inquiète pas. Ça ira.

23

Un peu plus tard, Mikki s'abritait du vent du nord, blotti près d'un baraquement militaire de la crique de Nautholsvik, s'efforçant d'être discret. Il écrasa sa cigarette en scrutant la nuit. Ces baraquements, vestiges de la guerre, avaient été construits au plus fort du conflit par la Royal Air Force. Winston Churchill était censé avoir éteint un cigare dans l'un d'entre eux. Mikki connaissait bien ce type de bâtiments dont il existait des centaines un peu partout en ville. Il avait passé son enfance dans ceux de Laugarnes, tout très de Holdsveikraspitalinn, l'ancien hôpital pour lépreux. Après la guerre, les pauvres et les indigents s'étaient installés dans ces quartiers militaires désaffectés. La mère de Mikki et son beau-père avaient passé de longs mois d'hiver à grelotter avec leurs cinq enfants dans une de ces carcasses en carton recouvertes de tôle ondulée. Leur baraquement laissait passer la pluie et le vent, le sol nu leur gelait les pieds et le poêle à charbon était vide parce que le beau-père dépensait tout son salaire à boire avec ses copains quand il avait du travail.

Mikki alluma une nouvelle cigarette et observa la route, espérant voir des phares. En vain. Il commençait à perdre patience. Il était venu à ce rendez-vous sur un vélo qu'il avait volé dans un jardin du quartier de Thingholt. Sa monture gisait dans l'herbe à ses pieds. Il se demandait s'il devait la restituer quand tout serait fini. Il était transi, cet endroit désert le mettait mal à l'aise et il regrettait de ne pas être venu avec un copain, Benony ou Tommi, où qu'il soit. Il devait cuver quelque part en ville.

Il donna un coup de pied dans la selle du vélo qui semblait tout neuf en se disant qu'il ferait peut-être mieux de le revendre et entendit tout à coup le son d'un moteur. Jetant un œil au coin du baraquement, il vit des phares approcher lentement le long de l'étroite route en terre. Le chauffeur semblait hésiter. Il fit mine de s'arrêter à quelques dizaines de mètres, puis continua à approcher. Les phares s'éteignirent en même temps que le moteur.

Mikki jeta sa cigarette et sortit le sac qu'il avait glissé sous sa veste. Il espérait que la transaction serait brève. Que le bijoutier ne ferait pas de difficulté et qu'il ne marchanderait pas trop. Mikki n'aimait pas le chipotage. Il avait fixé un prix et comptait s'y tenir.

Le joaillier apparut à l'angle du baraquement avec deux autres hommes. Mikki ne s'attendait pas à la présence de ces inconnus. Le premier semblait boiter très légèrement. Le second, plus jeune et plus costaud, le regardait d'un air patibulaire, manifestement impatient d'en découdre.

– Tu devais venir seul, fit le cambrioleur en reculant machinalement vers la paroi du baraquement.

– J'ai préféré amener mes amis au cas où tu poserais problème, répondit le bijoutier.

– Toi aussi, tu pourrais faire des difficultés.

– Ne t'inquiète pas.

– Tu ne préfères pas qu'on règle l'affaire en vitesse ? suggéra Mikki en regardant tour à tour les trois acolytes. Tu as apporté l'argent ?

– Ah oui, il y a autre chose, j'ai oublié ce petit détail, répondit le bijoutier.

Adossé au baraquement, Mikki le dévisagea, regarda les deux autres types et comprit qu'il était dans le pétrin. Les trois hommes formaient un demi-cercle et s'avançaient vers lui.

– Dans ce cas, nous n'avons rien à faire ici et tu ferais mieux de rentrer chez toi, rétorqua-t-il.

– Mais tu vas d'abord me remettre ces bijoux, n'est-ce pas ? rétorqua l'autre tout sourire. Tu me donnes le tout et on oublie cette histoire, qu'est-ce que tu en dis ?

Mikki lui rendit son sourire.

– C'est pour ça que tu es venu au rendez-vous avec Pim et Poum ?

Le bijoutier laissa échapper un rire.

– D'après moi, c'est la meilleure solution. C'est bien toi qui as cambriolé cette maison, non ? Je sais qui est le propriétaire de ces bijoux, certains viennent même de mon propre atelier. C'est une bonne connaissance à moi et un excellent client. Luther, que voici, est un de ses amis, il a voulu m'accompagner pour te poser quelques questions sur le cambriolage, l'identité de tes complices et ce que vous avez dérobé exactement. Je ne connais pas l'autre gars, mais d'après Luther, c'est une vraie brute. Je suis désolé que ça se passe comme ça. Je t'aime bien, Mikki, et j'espère que ça ne changera rien à nos relations futures. Tu pourras toujours venir t'adresser à moi. Ça ne change rien, mais je me suis senti obligé de prévenir le propriétaire de ces bijoux. Il se montre plutôt grand seigneur, il comprend que vous ayez fait ça. Il y aura toujours des voleurs. Il veut juste récupérer son bien. Je propose que tu collabores avec ces deux hommes. Excuse-moi, mais je suis gelé. Je vais attendre dans la voiture pendant que vous discutez tous les trois.

Le plus jeune des deux autres continuait à observer Mikki d'un air menaçant. Luther arborait un rictus permanent. L'orfèvre tendit la main en attendant que Mikki lui remette les bijoux. Ce dernier hésitait.

– Pourquoi personne n'est au courant de ce cambriolage ? demanda-t-il, la main serrée sur le sac. On dirait qu'il n'a jamais eu lieu.

– Le propriétaire tient à régler cette affaire discrètement, expliqua le bijoutier. Il désire éviter les problèmes. Il ne vous veut pas de mal et préfère ne pas mêler la police à tout ça. Il tient juste à récupérer ce que vous lui avez volé.

– On a déjà tout revendu, répondit Mikki. On n'a plus rien.

– Dans ce cas, il faut que tu communiques à ces deux hommes le nom des acheteurs. Je te conseille de coopérer, si tu le fais, tu n'as pas à t'inquiéter.

L'orfèvre tendit à nouveau la main.

– Espèce de connard ! s'écria Mikki.

– Eh bien, ce n'est pas…

– Sale menteur !

– Ce n'est pas comme ça que tu vas t'en tirer, reprit le bijoutier. D'ailleurs, toi non plus, tu n'es pas un enfant de chœur.

– Mais je ne suis pas un sale type comme toi !

Mikki serrait le sac de bijoux dans sa main. La situation était désespérée. Même s'il parvenait à se débarrasser de ces hommes en les tabassant, même s'il leur échappait, ces derniers pourraient le retrouver n'importe quand. Il sortit le sac de sous sa veste et le tendit à contrecœur.

– Tu n'as qu'à te les carrer au cul ! cracha-t-il.

Le bijoutier prit le sac, y jeta un œil pour vérifier que tout y était, puis l'emporta sans un mot à la voiture.

– Il ne demande pas à tout récupérer, précisa Luther sans effacer son rictus.

– Qui ça ?

L'homme que vous avez cambriolé. Il ne veut pas que vous lui rendiez tout. Vous pouvez garder les saletés que vous avez prises, mais il veut l'argent. Et encore, pas la totalité. Seulement les livres et les dollars. C'est un homme très raisonnable.

– Les devises étrangères ?

– Elles étaient dans une enveloppe. C'est cette enveloppe qu'il veut récupérer.

Mikki s'accorda un instant de réflexion. Il s'était partagé avec ses copains les dollars et les livres sterling, il avait déjà dépensé sa part. D'après lui, Tommi était quelque part, occupé à boire ses dernières couronnes et Benony avait sans doute encore ses livres et ses dollars.

– C'est vous qui avez pénétré chez moi ? demanda Mikki.

Luther hocha la tête.

– À cause de cette enveloppe ?

– Notre commanditaire exige de la récupérer. Vous pouvez garder le reste. On peut aller la chercher chez toi ? Comme ça, ce serait réglé.

– Eh bien, ce n'est pas possible, regretta Mikki.

– Pourquoi ?

– Parce que l'argent qu'elle contenait n'y est plus. J'ai déjà changé ma part en couronnes islandaises. Je ne sais pas ce que les autres ont fait. Je ne vais pas pouvoir récupérer tout ça. Il ne reste plus rien. Plus rien.

Luther jeta un œil à son acolyte.
– Et l'enveloppe ? demanda-t-il.
– L'enveloppe ?
– Tu l'as gardée ?
– Comment ça ? rétorqua Mikki en se demandant où Luther voulait en venir. On l'a jetée. Qu'est-ce qu'elle a donc de spécial, cette maudite enveloppe ?

Sitôt la question posée, Mikki se rappela la seconde enveloppe qui ne contenait pas d'argent mais des photos. Sans réfléchir, il lâcha :
– Tu parles de ces photos dégoûtantes ?
– Tu les as gardées ? demanda Luther.
– Les photos de cette gamine ? C'était dégueulasse. Du porno étranger. Tu veux les récupérer ?
– Qu'est-ce que vous en avez fait ?
– On les a balancées, répondit Mikki spontanément. Avec les enveloppes. Personne n'en voulait. Personne n'a voulu de ces horreurs.

Luther le contempla un long moment. Son rictus avait disparu. Mikki fit de son mieux pour rester impassible lorsqu'il comprit que ces clichés n'avaient peut-être pas été réalisés à l'étranger. En fin de compte, parmi tout ce qu'ils avaient dérobé dans la maison du médecin, c'étaient peut-être ces photos qui avaient la plus grande valeur.
– Tu es vraiment sûr de les avoir jetées ? insista Luther. Mikki vit une lame luire dans sa main.
– C'était de la saleté. Qu'est-ce que tu fais avec ce couteau ?

Luther ne répondit pas.
– Tu ne crois pas que c'est inutile ? demanda Mikki en désignant l'arme.

Luther continuait à le dévisager en silence, tenant son couteau le long de la cuisse. Poum s'était contenté d'écouter leur conversation, muet, avec un air idiot ; il contemplait Mikki de son regard fixe, impatient de pouvoir le passer à tabac.

– Je crois surtout que tu nous mens, répondit Luther.

– Je me fous de ce que tu penses, répondit Mikki.

Puis un poing s'abattit sur son visage sans qu'il ait eu le temps de le voir venir.

24

Seul dans sa maison d'Arbaer, Konrad avait étalé par terre les documents qui lui venaient de son père, il avait renversé du vin sur ses vêtements et infligé une trace de brûlure supplémentaire à la moquette tout en réfléchissant au moment où sa vie avait commencé à dérailler. Il pensait à son père. À Svanhildur. À Leo. À Erna. Il se demandait comment il avait perdu contact avec ses anciens collègues. Comment il avait pu mentir à Erna pendant tout ce temps. Sans parler de son dernier exploit. Se fâcher avec Hugo, son propre fils. Tout cela se mélangeait dans son esprit en un magma brumeux qui n'était que reproches, colère et remords. Plus il se creusait la tête, plongé dans la pénombre, plus ce magma s'épaississait. Rikki. Lukas sur la corniche de la rivière Ölfusa. La dernière fois qu'il avait vu Sigurlaug, sa mère, et toutes les questions restées en suspens.

Il entendait encore la voix de sa sœur Beta lui annoncer au téléphone que leur mère avait été admise à l'Hôpital national et que ses jours étaient comptés. C'était en plein hiver. En déneigeant les marches devant sa maison, dans les fjords de l'Est, Sigurlaug avait ressenti une douleur à la poitrine presque aussitôt suivie d'un infarctus et elle s'était effondrée sur le trottoir. Un passant qui avait assisté à la scène avait prévenu les secours. La mère de Konrad et Beta avaient été conduites à l'hôpital d'Egilsstadir. Dès son arrivée, les médecins avaient décidé de la transférer à Reykjavik pour la confier aux mains d'un chirurgien. Ils étaient cependant assez pessimistes, elle risquait de ne pas survivre à l'opération, ni même au trajet.

Konrad l'avait trouvée à bout de forces après l'intervention. Elle dormait dans sa chambre d'hôpital, le visage étrangement serein. Elle lui avait un jour confié que son plus grand regret dans la vie était de ne pas l'avoir emmené avec elle quand elle était partie avec Beta, mettant un terme à la vie commune avec Seppi. Ce dernier avait catégoriquement refusé qu'elle lui prenne aussi son fils et Sigurlaug voulait avant tout mettre Beta à l'abri de son père. Toutes les tentatives qu'elle avait faites pour convaincre Seppi de la laisser prendre Konrad sous son toit ensuite avaient été vouées à l'échec. Toutes les fois qu'elle avait fait le voyage à Reykjavik pour chercher un arrangement concernant son fils, elle était rentrée bredouille. C'était pour Seppi une manière de se venger d'elle. Elle avait d'ailleurs dit, beaucoup plus tard, parce qu'elle n'aimait pas trop aborder ce sujet, que Seppi s'était délecté de la voir souffrir.

Assis à son chevet, Konrad avait pris sa main dans la sienne. Le calme régnait dans les couloirs de l'hôpital. La neige, tombée en abondance depuis le matin, rendait la circulation de plus en plus difficile. Au bout d'un moment, Sigurlaug s'était réveillée, elle eut un grand sourire en découvrant son fils à ses côtés.

– Comment vas-tu, mon petit ? avait-elle demandé comme chaque fois qu'ils se voyaient. Cela n'avait rien d'une simple salutation, ce n'étaient pas des paroles en l'air. Elle tenait réellement à s'assurer que tout allait bien dans la vie de son fils et savoir si elle pouvait lui être utile.

– Je vais très bien, avait répondu Konrad.

– Et Hugo ?

– Il est en pleine forme. Erna te passe le bonjour. Elle viendra te voir tout à l'heure.

– Ce que je peux vous causer comme souci…

– Ce sont des choses qui arrivent. Tu n'avais jamais eu d'alerte ? Tu ne te sentais pas malade ?

– Je suis fatiguée depuis un moment, avait-elle répondu. Très fatiguée. Surtout depuis la mort de Raggi.

Raggi était son second mari. Elle l'avait rencontré dans les fjords de l'Est où elle avait refait sa vie. Konrad ne savait pas grand-chose de cet homme, si ce n'est qu'il avait beaucoup aidé sa mère à se remettre des violences conjugales que lui avait fait subir Seppi. Il était décédé l'année précédente.

– Ce n'est pas à toi de déneiger tes marches, avait fait remarquer le fils.

– Il faut bien que quelqu'un le fasse.

Konrad esquissa un sourire en repensant au courage de sa mère, capable de déplacer des montagnes. Un jour, elle lui avait dit qu'elle était très heureuse qu'il soit entré dans la police pour devenir enquêteur à la Criminelle. Persuadée qu'il était très consciencieux, elle lui avait conseillé de traiter tous ceux dont il croisait la route dans son travail sur un pied d'égalité. Personne n'était à l'abri d'un écart de conduite, avait-elle dit. Elle, qui avait dû supporter un homme comme Seppi. Il lui avait fallu du temps pour comprendre à quel point Josep était tordu. C'était sa seule excuse. Elle n'avait entrevu la véritable nature de son mari qu'après la naissance de Konrad, alors qu'elle était enceinte de Beta.

– J'aimerais tant avoir plus de souvenirs avec toi, avait murmuré Sigurlaug comme si elle lisait dans les pensées de son fils.

Konrad n'avait pas su quoi répondre.

– J'aurais préféré que ça se passe autrement, avait-elle repris.

– Tu ne pouvais rien y changer.

– Tu crois que tu peux me pardonner ?

– Il n'y a rien à pardonner, avait répondu Konrad. Je comprenais bien que tu devais partir.

Elle avait fermé les yeux. Il ne voulait pas trop la fatiguer.

– Surtout, sois gentil avec Erna, avait-elle chuchoté.

– Je fais de mon mieux.

– Je sais, mon petit. Je sais que tu fais de ton mieux. Et depuis toujours.

Elle avait rouvert les paupières et regardé son fils comme si elle avait quelque chose sur le cœur. Elle avait été sur le point de le lui dire puis y avait renoncé.

– Qu'est-ce qu'il y a ? avait-il demandé.

– Il y a longtemps qu'ils ont abandonné l'enquête sur la mort de ton père, n'est-ce pas ?

– Oui, il y a des années qu'elle est au point mort, avait-il répondu, surpris par sa question. C'était la première fois que sa mère prenait l'initiative de parler du meurtre de Seppi. Les rares fois où Konrad avait tenté d'aborder le sujet, elle avait changé de conversation. Il savait qu'elle n'aimait pas en discuter et même Beta, pourtant plus proche d'elle, n'avait jamais réussi à lui faire dire quoi que ce soit en dehors du fait que Seppi avait été l'artisan de sa propre fin.

– Ne va pas t'empêtrer dans cette affaire, avait-elle conseillé.

– Je n'en ai aucune envie.

– Parfait. Je ne veux pas que tu penses à lui. C'était un homme monstrueux et je ne veux pas qu'il empoisonne ton existence plus qu'il ne l'a déjà fait. Je t'en supplie.

– D'accord, avait promis Konrad.

– J'aimerais tant avoir plus de souvenirs avec toi, avait-elle répété, serrant un peu plus fort ses doigts. Je repense si souvent à ces moments, quand on marchait tous les deux en ville en se tenant la main. Quand je te lisais des histoires au lit et que tu t'endormais. Quand tu m'embrassais pour me souhaiter bonne nuit. Tu as toujours été tellement doux et gentil.

– Ne t'inquiète pas, avait répondu Konrad. Il faut d'abord que tu te remettes et, ensuite, on pourra parler de tout ça.

– On doit en parler, avait-elle corrigé. On doit parler de tout ce qui est arrivé. On ne l'a jamais vraiment fait et j'en suis désolée. Je trouve dommage de ne jamais t'avoir tout expliqué.

– On le fera, avait promis Konrad.

– On doit en parler, avait-elle murmuré, épuisée, en regardant par la fenêtre avant de fermer les yeux, comme assoupie. Ce que c'est beau, toute cette neige, avait-elle chuchoté.

Elle lui avait confié un jour qu'elle craignait que la police ne le désigne comme suspect principal. Ils sont tout à fait capables d'essayer de te faire porter le chapeau, avait-elle souligné lorsqu'ils s'étaient dit au revoir à la gare routière quelques jours après le drame. Elle repartait dans l'Est après avoir été interrogée sans ménagement par les enquêteurs. À nouveau, elle lui avait demandé s'il était bien sûr d'avoir passé toute la soirée du meurtre avec ses copains. Comme si elle ne le croyait pas. Konrad lui avait répété ce qu'il lui avait déjà dit. Plus tard, sans vraiment savoir pourquoi, il s'était demandé si les questions de sa mère n'avaient pas eu pour but de faire diversion en évitant qu'il ne nourrisse des soupçons à son encontre. Il avait fait en sorte d'écarter cette idée, mais sans parvenir à s'en débarrasser entièrement. Puis un accord tacite s'était installé entre eux. Elle ne lui demandait jamais de détails concernant cette soirée. Il ne cherchait jamais à savoir si elle s'était absentée de chez sa sœur.

Beta était venue le relayer à l'hôpital. Konrad était à peine rentré chez lui qu'elle l'avait appelé pour lui annoncer que leur mère était morte. Le cœur avait lâché et les tentatives pour la réanimer avaient été vaines. Il avait accueilli la nouvelle avec calme. Plus tard ce même soir, Beta était venue les retrouver, lui et Erna, ils avaient passé une grande partie de la nuit plongés dans leurs souvenirs en s'efforçant d'en évacuer Seppi. Beta avait une foule d'anecdotes à raconter sur leur mère après son arrivée dans l'Est. Konrad était heureux de savoir qu'elle avait réussi à se reconstruire dans ce nouvel environnement. Sa sœur avait hésité à lui dire que la plus grande tristesse de Sigurlaug résidait dans son rapport avec lui. Elle avait l'impression qu'ils avaient échoué à construire une véritable relation et, lorsqu'il avait atteint l'âge d'homme, il n'avait pas semblé intéressé de renouer avec elle. Elle avait fait promettre à Beta de ne jamais en parler à son frère.

Dix jours plus tard, à l'enterrement, Konrad avait rencontré sa tante, la sœur de Sigurlaug, en train de fumer une Camel dans son coin pendant le vin d'honneur. Elle avait toujours fumé. Le teint gris, la peau ridée, elle avait les os aussi saillants qu'une anorexique. Il était allé la rejoindre, elle l'avait serré dans ses bras comme elle l'avait déjà fait à l'église en lui demandant à nouveau comment il allait. Il avait répondu qu'il ne pouvait pas se plaindre. Puis elle lui avait dit que sa mère avait été très heureuse de la tournure que sa vie avait prise et fière de sa carrière à la Criminelle.

Il avait souri. Ils avaient parlé de l'enterrement, du petit chœur qui avait si joliment chanté dans l'église et du beau prêche du pasteur que ni l'un ni l'autre ne connaissaient. C'est Beta qui l'a contacté, avait précisé Konrad.

La voix éraillée par ses années de tabagie, Addy avait allumé une autre Camel. Ils étaient tranquilles à l'écart et, l'air de rien, Konrad avait peu à peu réussi à orienter la conversation sur son père et la funeste soirée. Et, bien sûr, sa mère.

– Elle venait chez vous chaque fois qu'elle séjournait à Reykjavik, avait-il dit pour empêcher la discussion de se tarir.

Il n'était pas très proche d'Addy ni de sa famille. Son père y avait veillé.

– Oui, la pauvre, avait répondu la tante.

– Ce soir-là aussi.

– Oui, avait confirmé Addy. Évidemment… bien sûr qu'elle était chez nous.

– Toute la soirée ?

Addy avait tiré sur sa cigarette en le regardant comme si elle devenait dure d'oreille.

– C'est une question ? avait-elle demandé.

– Tu te rappelles comment vous avez appris la nouvelle ? Qui vous a prévenus ?

– Pourquoi m'interroger aujourd'hui ? s'était étonnée Addy. Tu trouves le lieu et le moment bien choisis, mon cher petit ? Je suis désolée de devoir te le dire, mais ton père était une ordure. Une véritable ordure.

– Non, je… c’est juste qu’il m’arrive parfois de penser à tout ça.

– Deux policiers sont venus chez nous, je crois que c’est toi qui leur avais dit qu’on hébergeait Sigurlaug. Et on a eu un sacré choc en apprenant ce… ce drame.

– J’imagine.

– Mais pourquoi tu me parles de ça maintenant ? s’était étonnée Addy. C’est une affaire classée.

– Bien sûr.

– J’aurais fait n’importe quoi pour elle.

– Oui, évidemment.

Konrad avait hésité avant de poursuivre.

– N’importe quoi pour elle ? Je ne comprends pas…

– Non, mon petit. La seule chose que tu dois comprendre, c’est que ta pauvre maman était un ange. Un ange qui a dû supporter des tas de choses, mais qui n’a jamais fait de mal à une mouche.

Elle avait éteint sa Camel et s’était tue. Plus jamais elle et son neveu n’avaient parlé du soir où Seppi avait été poignardé.

Konrad scrutait la nouvelle brûlure qu’il avait faite sur la moquette. Il pensait à sa mère et à ce qui l’avait empêché de reprendre l’enquête sur la mort de son père à l’époque où il était à la Criminelle. Il venait d’essayer de joindre Hugo, son fils n’avait pas décroché. Il eut envie d’appeler Svanhildur mais préféra finalement s’abstenir et se traîna jusqu’à la chambre où l’attendait une longue nuit d’insomnie.

25

L'expert-comptable le reconnut immédiatement en levant les yeux de son écran. Konrad le vit à son expression. L'étonnement céda bientôt place à la lassitude. Puis l'agacement se fit jour sur son visage, crispant ses joues épaisses et ses grosses lèvres.

Konrad était déjà venu l'importuner dans le passé avec Eyglo pour lui parler d'une imposture mise au point par leurs pères respectifs, qui leur avait permis d'extorquer de l'argent à la tante du comptable. Celui-ci n'avait pas apprécié leur visite. Il avait eu beaucoup de réticence à évoquer le sale tour que Seppi et Engilbert avaient joué à la pauvre femme qui venait de perdre son mari et son fils. Seppi s'était renseigné sur ces derniers et avait usé d'un stratagème simple pour s'assurer que la tante du comptable croie tout ce que lui racontait Engilbert pendant ses séances de spiritisme.

Au contact de Stella, toute la noirceur d'âme de Seppi s'était manifestée. Il se montrait d'autant plus coriace que sa victime était vulnérable. L'affaire était très embarrassante pour l'entourage de cette femme car impliquant une bonne part de crédulité et de foi en l'existence d'une vie dans l'au-delà, la famille n'avait pas déposé plainte et n'abordait pas ouvertement cette histoire, comme si tout cela n'avait jamais existé.

L'expert-comptable était le fils de Haukur, qui avait tenté de récupérer une partie de l'argent de sa cousine, mais était rentré bredouille de chez Seppi. Mécontent de recevoir la visite de Konrad à son cabinet, il le lui fit savoir sans ambiguïté.

– Qu'est-ce que vous venez faire ici ? demanda-t-il sèchement. Je suis occupé. Je n'ai pas le temps de vous parler.

– Juste une petite question concernant votre père et je m'en vais, promit Konrad.

– Une petite question… ?

– Est-ce qu'il connaissait des francs-maçons ?

– Pardon ?

– Est-il possible qu'il ait été franc-maçon ?

– Franc-maçon ? C'est quoi ces conneries ? rétorqua le comptable. Ça ne vous regarde pas et je n'ai pas à vous répondre. Je vous prie de me laisser tranquille. Je n'ai pas le temps. Mon rendez-vous va arriver d'un instant à l'autre.

– C'est un renseignement qui m'aiderait beaucoup. Son ami Henning n'a pas pu me certifier qu'il ne faisait pas partie de cette confrérie. Disons, vers 1960. Ça vous dit quelque chose ?

Le comptable s'était levé pour raccompagner Konrad à la porte. Il gérait son cabinet tout seul et semblait débordé. Plusieurs écrans d'ordinateur étaient allumés sur sa table de travail, des piles de documents et des dossiers encombraient son bureau où flottait une odeur de sueur que son déodorant longue durée avait du mal à masquer.

Il ne lui répondit pas. Inflexible, campé face à l'intrus, il attendait qu'il s'en aille. Konrad refusant de renoncer, il employa une autre méthode.

– Je ne viendrais pas vous importuner comme ça, reprit-il, si votre père et le mien n'avaient pas été tout sauf des amis. À ma connaissance, ils se sont vus au moins deux fois à cause de cette histoire impliquant votre tante Stella peu avant le meurtre de mon père. Je ne pense pas que le vôtre ait été impliqué dans ce crime, mais il n'est pas impossible qu'il ait eu connaissance de certains détails concernant le mien. Par exemple, le fait qu'il aurait attendu une rentrée d'argent. Qu'il aurait détenu des informations compromettantes sur un homme, qu'il aurait essayé de le faire chanter et qu'il aurait promis à votre père de rembourser l'argent extorqué à Stella dès que cet homme l'aurait payé. Ça vous dit quelque chose ?

Le comptable continuait à le fixer d'un air renfrogné.

– Celui que mon père essayait de faire chanter était peut-être médecin, poursuivit l'ancien policier. Haukur en était persuadé après leur seconde entrevue. En tout cas, d'après Henning.

– Ça ne me dit absolument rien, concéda enfin l'expert-comptable. Je ne vois pas du tout de quoi vous parlez. Je vous prie de sortir d'ici. Je préférerais ne pas en arriver à appeler la police.

– Je sais que tout cela n'est pas drôle, je sais aussi que Haukur refusait d'aborder ce sujet, reprit Konrad. Vous me l'avez déjà expliqué. Cela dit… il a quand même déclaré qu'il voulait saigner mon père comme on saigne un chien enragé et ça, je ne peux pas en faire abstraction.

– C'est Henning qui vous a raconté ça ? demanda le comptable.

– Je suis allé le voir, en effet. Mais pas seulement, j'ai interrogé d'autres gens.

– Henning vous a dit qu'il avait lui-même été franc-maçon ?

– Je lui ai posé la question, mais il m'a certifié que non.

– Ah, d'accord, rétorqua le comptable d'un air moqueur. Dans ce cas, ce doit être vrai. Puisqu'il le dit.

– Il m'a menti ?

– Mon père et lui sont entrés en même temps dans la confrérie. Je ne sais pas sur quoi d'autre il vous a menti. À votre place, je prendrais ses déclarations avec des pincettes. Henning et mon père étaient… leur amitié était parfois extrêmement houleuse, et elle a pris fin après l'accident.

– L'accident ?

– J'étais trop jeune à l'époque pour m'en souvenir. J'ignore ce qu'il s'est passé, si ce n'est que Henning tenait mon père pour responsable. Je crois qu'il a été gravement brûlé.

On entendit du bruit dans le couloir. Un homme qui semblait familier des lieux apparut dans l'embrasure.

– Je vous en prie, entrez, s'exclama le comptable.

– Pardon, je vous dérange ? Vous m'aviez dit deux heures, répondit le visiteur en regardant sa montre.

– Nous avons fini, assura l'expert en faisant les gros yeux à Konrad. Nous en avons terminé.

Elle eut tout à coup l'impression de suffoquer. Elle avait de plus en plus de mal à respirer, elle avait beau ouvrir la bouche pour happer l'oxygène, la sensation ne faisait que s'amplifier et, bientôt, elle ne vit plus que du noir. Elle enfonça ses doigts dans le drap, levant les bras en les agitant désespérément, puis tenta de lever la tête et de hurler. Elle avait beau tenter de trouver un peu d'air, c'était inutile. Elle se débattait comme une folle, mais luttait contre bien plus fort qu'elle. Plus elle se tortillait, plus elle suffoquait. Comme si quelqu'un lui plaquait la main sur le nez et la bouche pour l'immobiliser et l'empêcher de crier.

Elle sentait la vie la quitter…

Eyglo bondit hors du lit, les yeux écarquillés, happant frénétiquement l'oxygène. Hors d'haleine, la peau moite, elle prit de profondes inspirations pour dissiper son affolement. Enfin, elle se mit à respirer à nouveau normalement.

Puis, elle se recoucha et dormit à poings fermés jusqu'au lendemain matin.

26

Le jour commençait à décliner. Benony monta l'escalier et trouva Elisa seule dans sa cuisine. La radio diffusait le programme musical de fin d'après-midi, qu'elle écoutait en sourdine. Elle leva les yeux, esquissa un sourire et lui demanda s'il avait fini sa journée. Elle semblait vidée de toute son énergie. Benony et elle avaient longuement discuté dans la matinée, elle lui avait demandé de faire comme si de rien n'était face à Stan tant qu'elle n'était pas certaine de la suite.

La peur que lui inspirait son mari n'échappait pas au jeune maçon qui se disait que Stan avait petit à petit réussi à ôter à sa femme toute confiance en soi et toute ténacité. Il s'étonnait aussi qu'Elisa craigne pour leur réputation et appréhende que les gens apprennent ses ennuis de couple. Elle avait apparemment l'impression de partager la responsabilité de cet échec. Benony avait du mal à suivre son raisonnement. Elle ne s'était pourtant pas souciée des on-dit lorsqu'elle avait emménagé avec ce soldat de la base. Il se demandait si, à l'époque, elle avait gardé ses inquiétudes pour elle et si elles jouaient un rôle dans le manque d'assurance qu'elle manifestait aujourd'hui. En revanche, il ne comprenait absolument pas comment elle pouvait imaginer être aussi responsable que Stan de leur naufrage conjugal.

Quoi que Benony puisse lui suggérer pour lui venir en aide, elle redoutait de mettre ses conseils en pratique. Quand il avait proposé de l'accompagner au commissariat et de la soutenir, elle avait refusé puis fondu une fois de plus en larmes en lui disant qu'elle n'avait pas la force de parler à la police ni à qui que ce soit de ses problèmes. Comment allait-elle expliquer qu'elle s'était retrouvée, brandissant un couteau au-dessus de son mari endormi, à deux doigts de le lui enfoncer dans la poitrine ? Comment s'y prenait-on pour raconter ce genre de choses ? Elle avait tenté d'exposer la situation au pasteur, et ça n'avait pas été une réussite. Lorsque Benony avait émis l'idée de quitter le domicile conjugal en lui offrant refuge dans sa petite chambre, elle avait répondu que c'était impossible.

– Merci de m'avoir écoutée, lui dit-elle lorsqu'il arriva dans la cuisine. Il lui demanda s'il pouvait faire quelque chose de plus pour l'aider ou si elle désirait qu'il attende Stan avec elle.

Elle secoua la tête.

– Je vais essayer de lui parler pour lui faire comprendre que ça ne peut plus durer. Il devrait s'en rendre compte. Il devrait comprendre qu'il faut mettre fin à tout ça, que nous devons divorcer et repartir chacun de notre côté. Il devrait comprendre. Il faut qu'il comprenne.

– Viens plutôt avec moi, répéta Benony. Je lui parlerai. Et je lui dirai que c'est terminé.

– Non, je ne veux pas… je n'aurais pas dû te mêler à ça. Je ne veux pas que vous vous disputiez par ma faute. Je ne veux surtout pas.

– Ne t'inquiète pas pour ça, insista Benony.

– Non, je vais lui parler, répéta Elisa. Il a été correct l'autre jour, il m'a écoutée et j'ai eu l'impression qu'il voulait trouver une solution. Il doit bien voir que ce serait le mieux. Je vais encore essayer de le convaincre, ensuite on verra.

Elle avait déjà dit ce genre de choses plusieurs fois. Benony tenta de l'encourager en lui rappelant qu'elle pouvait toujours s'adresser à lui en cas de besoin. Puis il redescendit à la buanderie pour ramasser ses affaires, mais au lieu de rentrer chez lui comme d'habitude, il attendit Stan à l'angle de la maison.

Il faisait maintenant nuit noire. Benony était invisible depuis la rue. Il entendit enfin la voiture approcher et se garer sur le trottoir.

– Eh bien, tu es encore là ? s'étonna Stan en le voyant soudain apparaître. Dis donc, tu n'aurais pas pris ma voiture sans me prévenir ? ajouta-t-il en verrouillant sa portière.

– Non, assura Benony. Qu'est-ce qui te fait croire ça ?

– Je trouve qu'elle consomme beaucoup ces temps-ci. Et ce n'est pas Elisa. Elle ne sait pas conduire.

– Elle devrait peut-être passer son permis.

Stan répliqua :

– Elle n'est pas censée conduire une voiture.

– Et pourquoi donc ? Qu'est-ce qui l'empêche de le faire ? rétorqua Benony dont le ton furibond surprit son copain.

– Eh bien, ça ne va pas ? s'inquiéta-t-il. Tu m'as l'air drôlement énervé.

– Je vais très bien et je ne suis pas énervé.

– Ah bon ? Ce n'est pas mon impression.

– Et toi, tout va bien ? riposta Benony. Tu n'es pas énervé ?

– Que… qu'est-ce que… ?

– Elisa m'a parlé de ce que tu fais, poursuivit le maçon. Elle est assise dans la cuisine, en larmes, et elle ose à peine respirer en ta présence. Tu trouves ça normal ?

– Qu'est-ce que… ?

– Tu trouves ça normal ?!

– Dis donc, mon vieux…

– Et ta fille ! grommela Benony, craignant que sa voix ne résonne trop fort dans la rue. Ta propre fille ! Ça aussi, tu trouves ça normal ?

Stan le dévisagea.

– Non, mais qu'est-ce qui t'arrive ? Qu'est-ce que cette bonne femme est allée te raconter comme mensonges ?

– Elle m'a dit comment tu es et ce que tu lui fais subir.

– Comment je suis ?! Tu es malade ? Putain, comment je suis ? Mais ça ne te regarde pas !

– Tu n'as pas le droit de te comporter comme ça avec elle. Ni avec ta fille !

– Écoute, Ben, tu ne crois pas que ça suffit ? Tu ne préfères pas… ?

– Laisse Elisa tranquille, l'interrompit Benony en l'attrapant par le bras. S'il lui arrive quoi que ce soit, j'irai moi-même te dénoncer à la police.

Stan se dégagea et le regarda d'un air suspicieux.

– C'est à se demander si… dis donc, tu ne fricoterais pas avec ma femme ? demanda-t-il.

Sa question déconcerta le jeune maçon.

– C'est pour cette raison que tu agis comme ça ? reprit Stan d'un ton menaçant. Que tu écoutes ses sornettes ? Tu fricotes avec elle quand vous êtes seuls à la maison ?

– Si tu les touches encore une fois… elle ou ta fille… je le saurai et…

– Je te conseille de la laisser tranquille et de déguerpir, grogna Stan. Je ne veux plus te voir ici. Ton chantier est terminé. Dégage. Fous le camp et ne pointe plus ton nez chez moi ! C'est compris ?! Je ne veux plus jamais te voir ici !

– Je t'ai à l'œil, insista Benony. Tu ne la touches pas !

– Ta gueule ! J'ai pas besoin de ton autorisation pour quoi que ce soit. Tu ne devrais pas te laisser embobiner par toutes ces conneries !

Les deux hommes restèrent à se toiser un bon moment. Stanley repoussa Benony d'un geste méprisant puis monta l'escalier et entra dans la maison. Benony resta là sans trop savoir quoi faire. Il avait beau tendre l'oreille, il n'entendait pas le moindre bruit à l'intérieur. Il souhaitait de tout son cœur que son intervention serve à quelque chose et que Stan laisse Elisa tranquille. Ce dernier savait maintenant qu'elle n'était plus seule à porter son secret. Benony espérait que cela empêcherait son mari de la frapper jusqu'au moment où elle parviendrait à le quitter, que cela le ramènerait à la raison et qu'il finirait par accepter de divorcer sans poser de problèmes.

27

Mikki se releva à grand-peine. Les types qui s'en étaient pris à lui avaient disparu dans la nuit après lui avoir mis une terrible raclée, faisant pleuvoir sur lui une volée de coups qui l'avaient atteint à la tête, au dos et au ventre. Il était dans un premier temps parvenu à riposter, son poing avait atterri sur le visage de Luther avant de s'écraser sur celui de l'homme qu'il avait surnommé Poum, et qui s'était retrouvé le nez en sang. Puis le jeune homme était tombé à terre. Furieux d'avoir reçu son poing en pleine figure, Poum l'aurait sans doute tué si Luther ne les avait pas séparés. Les deux acolytes s'étaient ensuite disputés avec véhémence, Luther avait fini par repousser Poum, puis était venu s'agenouiller à côté de Mikki dont le visage était en sang.

– Attends-toi à nous revoir, l'avait-il mis en garde. On veut cette enveloppe. Débrouille-toi pour la retrouver avec tes copains. Elle pourrait même te rapporter un peu de fric. On est prêts à te la payer si tu nous la rends rapidement et sans faire de difficultés. Tu comprends ce que je te dis ?

– Ta gueule… gémit Mikki.

– Ce n'est pas une plaisanterie, espèce de crétin ! On veut absolument récupérer ces photos. Et le plus vite sera le mieux, c'est compris ?

Luther s'était relevé, il avait scruté les alentours et aperçu dans l'herbe le vélo volé. Il l'avait soulevé et jeté sur Mikki qui avait hurlé de douleur quand le cadre d'acier était retombé sur lui. Poum observait la scène à distance, il avait éclaté de rire en entendant les hurlements de Mikki et s'était mis à l'imiter. Puis Luther l'avait éloigné en le poussant devant lui.

Mikki ignorait combien de temps il était resté allongé là avant de trouver la force de se remettre debout. Il était tout contusionné et endolori. Adossé au baraquement, il attrapa à grand-peine une cigarette qu'il alluma aussitôt. Les lèvres en feu, l'œil droit tellement gonflé que sa paupière était presque fermée, il avait le nez en sang et l'oreille entaillée. Il resta là un bon moment le temps de reprendre ses esprits. Apparemment, il ne souffrait d'aucune fracture. Il pouvait bouger les bras et les jambes bien que tout mouvement soit douloureux. Et même s'il avait très mal, il se disait qu'il n'y avait rien de grave.

Après une seconde cigarette, il ramassa le vélo, vérifia qu'il était en état de rouler, s'installa avec difficulté sur la selle puis se laissa porter par sa monture jusqu'à la route où, ayant retrouvé son équilibre, il pédala jusqu'au centre.

Préférant ne pas se rendre chez le médecin, il pansa lui-même ses blessures à son retour chez lui. Il nettoya ses plaies, se fit des bandages et mit des pansements partout où c'était nécessaire. Puis il s'allongea en prenant garde à ne pas se faire mal. Tommi n'était toujours pas là. Il se demandait vraiment où il était passé, et se mit à réfléchir à ce qui venait de lui arriver à Nautholsvik et aux exigences des deux hommes. Il ignorait leur identité mais était quasi sûr qu'ils ne faisaient pas partie de la racaille indigente des bas-fonds qu'il connaissait en ville.

Il pensa à ces photos dégoûtantes, pour lui dénuées de valeur, qu'il avait offertes à Seppi en bonus et qu'ils avaient découvertes parmi leur butin. Le médecin tenait à les récupérer et semblait disposé à aller assez loin pour ce faire. Mikki ne les avait regardées que très brièvement. Ce qu'il avait vu sur ces clichés noir et blanc l'avait mis aussi mal à l'aise que Tommi et Benony. Apparemment, ils avaient été réalisés dans le cabinet d'un médecin lors d'un examen médical qui n'avait rien de classique. La gamine qui se trouvait dessus devait avoir douze ans. Sur l'un d'eux, on distinguait vaguement le profil d'un homme et, sur un autre, il apparaissait nu, debout devant la table d'examen où était allongée la petite, également dénudée. Personne d'autre n'était visible sur ces photos. Mikki supposait que le médecin les avait prises lui-même. La qualité du grain était excellente et l'angle de vue suggérait que c'était lui qui tenait l'appareil.

– Espèce d'ordure, murmura Mikki, seul dans sa chambre, sentant la douleur se réveiller sur son visage dès qu'il entrouvrit la bouche. Putain d'ordure.

Le lendemain, il se sentit suffisamment remis pour rendre visite à Seppi dans Skuggahverfi, le quartier des Ombres. Ne le trouvant pas chez lui, il l'attendit en fumant quelques cigarettes, puis Josep fit son apparition dans la rue. Mikki l'interpella. Seppi leva les yeux, manifestement surpris. Il ralentit le pas, sembla sur le point de tourner les talons, au lieu de quoi il s'approcha d'un pas vif de Mikki, le salua et lui demanda sur un ton agressif ce qu'il venait faire là. Mikki lui conseilla de se calmer, ajoutant qu'il voulait lui parler, et de préférence ailleurs qu'en pleine rue.

– Bon sang, qu'est-ce qui t'est arrivé ? demanda Seppi en contemplant son œil au beurre noir, ses lèvres tuméfiées et son entaille à l'oreille. Tu as eu un accident de voiture ?

– J'ai eu un petit problème. Rien de grave. Si tu voyais la tête de l'autre, répondit Mikki, esquissant un sourire douloureux.

Après bien des hésitations, Seppi consentit à l'inviter dans son appartement en sous-sol en précisant qu'il devait bientôt repartir et qu'il n'avait pas vraiment le temps.

– Tu as les photos que je t'ai données l'autre jour ? demanda Mikki sitôt à l'intérieur. Les photos de ce cambriolage ?

Seppi le regarda d'un air ahuri.

– Les photos ? répondit-il comme s'il n'en avait jamais entendu parler.

– Celles de la gamine. Celles que je t'ai données. Où on voit cet homme et cette fille !

Seppi feignait toujours de ne pas comprendre.

– La gamine toute nue, insista Mikki, fébrile. Je croyais que c'était du porno étranger. Enfin, les photos ! Celles que je t'ai offertes en bonus !

– Ah oui, celles-là, fit Seppi d'un air indifférent, semblant enfin comprendre.

– Tu les as ?

– Non, je ne les ai pas.

– Elles sont où ?

– Je les ai jetées, assura Seppi sans hésiter.

– Jetées ? Où ça ?

– Eh bien, à la poubelle. J'imagine qu'elles sont maintenant à la décharge.

– Tu mens, rétorqua Mikki, qui avait fait de même quand les deux brutes lui avaient posé la question.

– Tu me traites de menteur ?
– Tu n'avais aucune raison de t'en débarrasser.
– Ces trucs étaient dégoûtants. Tu l'as dit toi-même. C'était répugnant.
– Nom de Dieu ! se lamenta Mikki.
– Pourquoi tu veux retrouver ces photos ? demanda Seppi. C'est à cause de ça que tu as cette tête-là ?
– Tu connais un certain Luther ?
Seppi s'accorda un instant de réflexion.
– Il boite un peu, reprit Mikki. J'ignore le nom du gars qui l'accompagnait, mais c'est une vraie brute.
– Et il boite ?
– Il doit connaître l'homme qu'on a cambriolé, reprit Mikki. Ce médecin. Il ne veut pas porter plainte, il tient à ce que tout ça soit réglé discrètement. La seule chose qu'il veut récupérer, ce sont ces maudites photos. Il se fiche de tout le reste. On peut le garder. Ce Luther est entré par effraction chercher les clichés dans l'appartement que je loue avec Tommi. Il me l'a avoué.
– Et les flics ne se mêlent pas de cette affaire ?
– Le médecin ne veut pas faire appel à eux. Je crois que c'est à cause de la nature de ces photos. Il ne veut pas que la police les trouve.
– Et ces types se sont introduits chez toi ?
– Oui, ces gars-là ne plaisantent pas. Tu es sûr que tu t'es débarrassé des photos ?
– Je les ai mises à la poubelle presque aussitôt après ton départ, répondit Seppi en prenant un air soucieux. Tu leur as dit que je les avais ? Que tu me les avais données ?
– Non, je leur ai dit que je les avais jetées, mais j'ai l'impression qu'ils ne m'ont pas cru. En tout cas, ça vaut pour Luther. L'autre n'est qu'un imbécile. Je m'attends à ce qu'ils reviennent me voir, mais là, je

serai prêt à les recevoir. Ces ordures, ils vont me payer ce qu'ils m'ont fait…

La porte de l'appartement s'ouvrit, un adolescent entra, toisa le visiteur d'un air maussade sans même le saluer, puis regarda Seppi. Il revenait de la crémerie où il avait acheté du lait, du skyr et quelques produits qu'il rangea en silence dans le réfrigérateur.

– Je ferais mieux d'y aller, déclara Mikki. Ça reste entre nous, hein ?

– Évidemment. Préviens-moi si jamais tu revois ces mecs. Dis donc, Konni, tu étais passé où depuis ce matin ? demanda-t-il au gamin d'un ton sec.

– Tu ne m'as pas chargé de t'acheter du skyr ? rétorqua l'adolescent sans répondre à sa question. Puis il jeta un nouveau coup d'œil à Mikki, avant de traverser la cuisine pour se rendre dans sa chambre en claquant la porte.

28

Lorsqu'il se réveilla le lendemain, l'esprit encore embrumé par son cauchemar, Konrad n'était pas dans son assiette. Il rampa hors du lit, les yeux pleins de sa propre image sur la corniche au-dessus de la rivière Ölfusa et les oreilles vrillées par un cri de détresse. Les paroles de Léo concernant l'homme qui l'avait roulé dans la farine pendant trois décennies résonnaient encore dans sa tête. Elles avaient réveillé de douloureux souvenirs qui s'étaient invités dans ses rêves. Pensant un instant qu'il allait vomir, il resta immobile et respira calmement jusqu'à ce que ça passe. Il avait oublié la brûlure qu'il avait infligée la veille à la moquette et la redécouvrit en se rendant à la cuisine. Il fixa la tache noire un moment en se demandant comment elle était apparue, puis secoua la tête avant d'aller se faire un café bien fort.

Ce malaise le tenaillait depuis des mois, très exactement depuis le moment où il avait résolu une enquête criminelle dans laquelle il s'était empêtré pendant des dizaines d'années. Le dénouement de cette affaire avait eu lieu dans la bourgade de Selfoss où Konrad avait commis l'erreur de s'asseoir avec Lukas, le coupable, sur une corniche rocheuse en surplomb de la tumultueuse rivière Ölfusa. L'ancien policier n'avait pas envisagé que les choses puissent dérailler à ce point, l'homme se montrait coopératif, cerné par le paysage grandiose qu'il avait choisi lui-même pour faire ses aveux. Il savait qu'à la fin de leur entretien, il serait placé en détention provisoire. Konrad et lui s'étaient redressés. Lukas avait alors glissé sur la roche, il avait désespérément tenté de s'agripper à l'ancien policier qui lui avait tendu son bras malade, sachant pertinemment qu'il ne serait pas d'un grand secours au malheureux qui était alors tombé dans la rivière où il avait trouvé la mort. Konrad avait presque aussitôt regretté son geste. Plus le temps passait, plus il s'en voulait. Sa mauvaise conscience revenait le ronger à la moindre occasion, de jour comme de nuit.

Son téléphone sonna quelque part dans la maison. Il se leva d'un bond et se précipita dans le salon, espérant que c'était Hugo. L'appareil était introuvable, il cessa de sonner. Quand il finit par mettre la main dessus, il vérifia ses appels manqués. Eyglo venait d'essayer de le joindre. Il la rappela aussitôt.

– Tu voulais me parler ? demanda-t-il.

– Ça ne va pas ? s'inquiéta-t-elle, percevant immédiatement à sa voix qu'il n'était pas dans son état normal. Je te dérange ?

– Non, pas du tout.

– Qu'est-ce qui se passe ?

– Rien du tout, Eyglo. Ce n'est rien. J'ai juste un peu forcé sur le vin hier soir. Et j'ai trop fumé. Dis-moi, poursuivit-il, pressé de changer de conversation. Tu sais si Engilbert, ton père, avait un lien avec la franc-maçonnerie ?

Il y eut un silence à l'autre bout de la ligne. Konrad voulait le lui demander depuis un certain temps, mais n'avait pas osé jusque-là, craignant de se disputer avec elle. Un jour, avec pour seuls indices le fait que les deux hommes s'étaient acoquinés pour une affaire d'escroquerie et qu'Engilbert avait tenu sur Seppi des propos peu flatteurs, il avait insinué qu'il était peut-être impliqué dans l'assassinat de son père. D'après Konrad, leur amitié avait fini par mal tourner et il n'excluait pas qu'Engilbert ait pu sortir un couteau. Eyglo avait très mal pris ces suppositions. Certes, son père n'était pas un enfant de chœur, mais elle avait de lui des souvenirs très précieux.

– Pourquoi tu as bu hier soir ? éluda-t-elle. Tu as des soucis ?

Il hésita. Il appréciait beaucoup Eyglo. Elle était franche et n'hésitait pas à aborder les problèmes de front. Leurs pères avaient fait ensemble un bout de chemin dont ils découvraient de plus en plus le détail fort peu réjouissant. Cette histoire tout en laideur et en bassesse qui s'était achevée devant les abattoirs de la rue Skulagata liait Konrad et Eyglo d'une étrange manière. Jamais elle n'avait été aussi vivante pour eux que depuis que l'ancien policier cherchait à comprendre ce qui était arrivé à son père.

– Des histoires de cœur, répondit-il. De vieilles histoires de cœur. Et d'anciennes enquêtes criminelles si tu veux savoir la vérité.

– D'anciennes enquêtes ?

– J'ai repensé à Lukas.

– L'homme qui est tombé dans l'Ölfusa ?

– Oui, lui et d'autres. Mais je n'ai ni envie ni besoin d'en parler.

– J'ai pourtant l'impression qu'il le faudrait. Qu'est-ce qui s'est passé exactement cette fois-là ? demanda Eyglo.

Elle lui avait déjà posé cette question et l'avait senti gêné. Il avait changé de conversation, elle n'avait pas insisté.

– Lukas est tombé.

– Et tu as fait de ton mieux pour le sauver, n'est-ce pas ?

– J'essaie toujours de faire de mon mieux, répondit Konrad, sachant qu'elle comprendrait qu'une fois encore il se dérobait.

– Pourquoi cette question sur les francs-maçons ?

– Engilbert en faisait partie ?

– Tu es encore en train d'imaginer qu'il a tué ton père ?

– J'étudie les différents chemins que l'assassin a pu emprunter pour s'enfuir. On m'a communiqué un petit indice, certes presque insignifiant, mais je n'ai pas grand-chose d'autre à me mettre sous la dent. C'est une histoire de fumoirs et de boutons de manchette.

– De boutons de manchette ?

– Oui, je suppose que je deviens à moitié timbré, reconnut Konrad.

Il lui expliqua que, longtemps après le meurtre, un employé des abattoirs avait découvert dans le tiroir d'un fumoir un insigne franc-maçon. On pouvait imaginer que l'assassin de Seppi avait échappé à la police en se cachant dans l'un des fumoirs puisque deux d'entre eux n'étaient pas allumés ce soir-là. L'hypothèse était toutefois tirée par les cheveux. Konrad en avait parfaitement conscience. L'existence d'un lien entre ce bouton de manchette et le tueur lui semblait peu probable.

– Je ne vois pas du tout où tu veux en venir, observa Eyglo. Je pense pouvoir affirmer que mon père n'a jamais été franc-maçon. Et, surtout, il n'aurait jamais pu poignarder quelqu'un. C'est tout à fait exclu, je te l'ai déjà dit et je préférerais ne pas avoir à me répéter.

– Cet accessoire est bien arrivé là d'une manière ou d'une autre, répondit Konrad en cherchant son paquet de cigarillos avant de se rappeler qu'il les avait tous fumés la veille. Cet objet a été découvert au fond du tiroir sous la cendre et la suie laissées par les morceaux de tourbe, les bûches de bois, les brins de paille. Or ce tiroir n'est pas un coffre à bijoux et ce bouton de manchette n'y avait pas sa place.

– Et les histoires de cœur ? demanda Eyglo. Il y a des femmes qui t'ennuient ?

– Ce n'est pas vraiment…

Konrad cherchait les mots adéquats. Il ne voulait pas la vexer. Elle ne le méritait pas.

– … mon affaire ? compléta-t-elle.

– Disons que j'ai différents soucis, je t'en parlerai peut-être plus tard.

– Comme tu veux. Je ne peux pas dire que je meurs de curiosité. À part ça, qu'est-ce que tu sais de l'apnée du sommeil ?

La question déconcerta l'ancien policier.

– Qu'elle se manifeste par des difficultés à respirer pendant la nuit. Tu en fais ?

– Je ne sais pas exactement comment définir ça, répondit Eyglo, mais il m'est arrivé quelque chose cette nuit et je me suis réveillée complètement épuisée. Un bon moment, j'ai eu l'impression de ne pas pouvoir respirer. Je n'ai jamais ressenti un truc pareil.

– À ton avis, qu'est-ce que c'est ?

– J'avais l'impression d'étouffer et de devoir me débattre pour ne pas mourir. On aurait dit que quelqu'un me plaquait sa main sur la bouche et le nez pour m'empêcher de respirer, et en même temps ce n'était pas vraiment moi qui vivais la scène.

– Ah bon ?

– Je ne sais pas vraiment comment t'expliquer ça. C'était une sensation très particulière. Et très violente.

– Comment ça ?

– Ce n'était pas moi qui suffoquais, précisa Eyglo, c'était quelqu'un d'autre.

29

Encore négligé et pas mal distrait, Konrad sortit de chez lui vers midi pour se rendre chez Henning dont il découvrit que le bip avait en fin de compte été bien utile. Le matin même, alors que le vieil homme se trouvait dans sa salle de bains, victime d'un étourdissement, il s'était effondré et presque assommé en heurtant le lavabo avec sa tête. Il était toutefois parvenu à actionner le bip et les secours étaient arrivés rapidement. Une ambulance l'avait aussitôt emmené à l'Hôpital national.

Konrad apprit la nouvelle de la bouche d'une voisine qui installait son bébé dans sa poussette. Ayant remarqué qu'il attendait à la porte de Henning, elle lui raconta en détail ce qui était arrivé, ajoutant que le vieil homme était conscient lorsque les ambulanciers l'avaient porté dans l'escalier, mais qu'il avait la tête enveloppée de bandages.

Henning ne cacha pas sa surprise de le voir débarquer dans sa chambre, plus tard dans la journée. Parfaitement lucide, il expliqua qu'il attendait le médecin et qu'il ignorait combien de temps il serait hospitalisé. Le vieil homme était d'humeur maussade, Konrad avait l'impression qu'il n'appréciait pas vraiment sa visite. Peut-être parce qu'il trouvait gênant de discuter avec lui, allongé dans un lit d'hôpital. Ou simplement parce qu'il était fatigué de répondre à ses questions sur des événements qui remontaient à des dizaines d'années et dont il n'avait pas un souvenir très précis. Les soignants lui avaient ôté ses vêtements et fait enfiler une casaque de malade.

– Je crains de ne pas pouvoir vous aider plus que ça dans vos recherches, déclara Henning d'un ton las. En outre, je ne veux pas recevoir… de visites. Je trouve que ce n'est pas correct de votre part de… c'est à croire que vous êtes… incapable de me laisser tranquille.

– Bien sûr, je vous comprends parfaitement, concéda Konrad qui s'excusa de venir l'importuner sans cesse en ajoutant qu'hélas il était le seul à pouvoir éclaircir certaines choses qui le tracassaient. Il lui promit que ce serait sa dernière visite et le remercia d'avoir été aussi serviable jusque-là. Préférant ne pas trop s'attarder dans la chambre, il en vint au fait. Il se sentait plutôt mal à l'aise de venir poursuivre cet homme jusqu'à l'hôpital. Cela ressemblait un peu à du harcèlement. Comme si le sort de Seppi, dont il s'était longtemps si peu soucié, était maintenant devenu une véritable obsession.

– Je voulais savoir si vous pouviez m'en dire plus sur ce médecin dont nous avons déjà parlé concernant mon père…

– Vous trouvez le moment bien choisi ? rétorqua Henning d'un air hargneux.

– Si je pouvais avoir son nom ou disposer d'un peu plus d'informations…

– J'ignore l'identité de cet homme, je vous l'ai déjà dit. Je ne suis même pas sûr qu'il était médecin. C'était simplement une supposition de Haukur, après une conversation avec votre père. Je ne sais rien de plus. Et je crois que c'était aussi le cas de Haukur.

– D'accord, il nous reste juste à voir cette histoire de franc-maçonnerie, reprit Konrad, ensuite je m'en vais. Je suis allé rendre visite au fils de Haukur. Il m'a dit que son père et vous étiez entrés ensemble dans la confrérie. Je vous avais posé la question et vous m'avez répondu n'en avoir jamais fait partie. Donc… il y a quelque chose qui cloche.

– Le fils de Haukur ? Qu'est-ce qu'il en sait ?

– Il était catégorique, assura Konrad.

– Dans ce cas, soit il vous ment, soit il ne sait pas ce qu'il raconte, rétorqua Henning.

– Vous en êtes sûr ? Il était pourtant très convaincant.

– Évidemment que j'en suis sûr, qu'est-ce que c'est cette histoire ? Je vais vous demander de me laisser tranquille maintenant ! Je ne peux pas vous aider davantage. J'ai besoin de repos. Je ne peux rien de plus pour vous. Désolé.

– D'accord, répondit Konrad. Le fils de Haukur m'a aussi dit que vous aviez arrêté de parler à son père après votre accident et que cet événement avait mis fin à votre amitié.

– Mon accident ?

– Si j'ai bien compris, vous avez été gravement brûlé. Et vous avez accusé Haukur d'en être responsable.

Henning regarda Konrad. Sa surprise ne tarda pas à se transformer en colère.

– Quoi ? Vous parlez de moi tous les deux ? Qu'est-ce que ça signifie ?

– Il y a quelque chose qui ne colle pas dans tout ça, reprit Konrad d'un ton conciliant. Et j'aimerais bien tirer cette histoire au clair. Ensuite, je m'en irai et vous ne me reverrez plus.

– Il vaudrait mieux que vous partiez tout de suite. Je suis fatigué.

– Donc, vous n'avez pas de traces de brûlures sur le corps ?

– De quoi je me mêle ? rétorqua Henning.

– Je peux vérifier ?

– Certainement pas !

Konrad empoigna la couette et la souleva juste assez pour découvrir les jambes de Henning. Ses pieds étaient parsemés des cicatrices qui lui montaient jusqu'aux chevilles et ne pouvaient être que les traces de brûlures anciennes. Konrad laissa aussitôt retomber la couette sur les jambes du vieil homme, cela n'avait duré que quelques secondes.

– Dehors ! hurla Henning. Comment osez-vous… ?!

– Qu'est-ce qui vous est arrivé ? Comment vous vous êtes fait ça ? insista Konrad.

– Sortez !

– Comment c'est arrivé ? Comment vous avez eu ces brûlures ?

– Allez-vous-en ! ordonna Henning qui avait saisi la sonnette pour appeler à l'aide et enfonçait frénétiquement le bouton en fusillant Konrad du regard.

– C'est arrivé aux abattoirs du Sudurland ?

– Taisez-vous !

– Dans un des fumoirs ? s'entêta Konrad. Votre pantalon a pris feu ?

– Espèce de malade ! hurla Henning en continuant à s'acharner sur la sonnette. Comment osez-vous me traiter ainsi ?! J'ai fait de mon mieux pour vous aider… j'ai essayé de répondre à toutes vos questions…

– Je crains que vous ne m'ayez pas dit toute la vérité. J'ai bien peur que…

Une infirmière apparut à la porte et, voyant le vieil homme hors de lui, demanda ce qui se passait. Henning expliqua que Konrad l'importunait, il voulait qu'il s'en aille. Étonnée, l'infirmière regarda le visiteur : il était plutôt rare que les patients formulent de telles exigences.

– Les histoires de famille, prétexta Konrad. Il pria Henning de bien vouloir l'excuser, prit congé, puis quitta la chambre et se rua vers la sortie, le regard fuyant, comme s'il venait de commettre un cambriolage.

30

Même s'ils s'étaient efforcés de ne pas hausser le ton, Elisa avait entendu la dispute entre Benony et Stan. Croyant le jeune maçon parti depuis un bon moment, elle s'étonna de le voir encore devant la maison lorsqu'elle se mit à la fenêtre de sa cuisine. Elle avait fait attention à ce que les deux hommes ne remarquent pas sa présence, les avait écoutés sans toutefois parvenir à distinguer la teneur exacte de leur échange. Benony semblait à la fois en colère et déprimé. Quant à Stan, qui ne s'était visiblement pas attendu à trouver son copain de si mauvaise humeur, il semblait ne pas comprendre ce qui lui arrivait.

Il avait fini par repousser Benony, puis s'était précipité dans la maison en claquant la porte. Elle l'avait entendu marmonner des jurons dans l'entrée et ils s'étaient retrouvés face à face à côté de l'escalier. Par la porte ouverte de la chambre de leur fille, on apercevait le lit désert. Elisa avait passé toute la journée accablée. Lorsque Benony était monté la voir dans la cuisine, elle était épuisée, mais à présent elle avait réuni son courage pour affronter l'homme qui lui empoisonnait la vie depuis trop longtemps. Sachant qu'il fallait s'attendre à tout de sa part, elle avait le souffle court et tremblait comme une feuille. Elle espérait qu'il ne percevrait pas sa peur. Il ne devait pas savoir ce qu'elle ressentait en son for intérieur et elle s'efforçait de masquer cette terreur qu'elle avait tant de mal à contrôler.

– Quel connard, maugréa Stan. Ce pauvre type n'est qu'un sale connard !

– Tu parles de Benony ? demanda-t-elle en essayant de respirer calmement. Je vous ai vus discuter sur le trottoir.

– Qu'est-ce que vous manigancez tous les deux ? Pourquoi il se mêle de tes affaires ? De nos affaires ? Il se prend pour qui ? Et toi, qu'est-ce que tu lui as raconté comme bobards ? Putain, ce qui se passe sous notre toit ne le regarde pas !

– Je lui ai raconté que j'étais à deux doigts de te poignarder dans ton sommeil, avoua Elisa, d'une voix faible. Je lui ai dit que j'étais descendue à la cuisine en pleine nuit, que j'avais pris ton grand couteau dans le tiroir, que j'étais remontée dans la chambre et que j'avais voulu… te l'enfoncer dans la poitrine. J'ai raconté tout ça à Benony parce que j'avais besoin d'en parler et que je ne pouvais le dire à personne d'autre. Je lui ai expliqué que je ne voulais plus vivre comme ça. Je lui ai parlé de Lola en lui disant que je ne voulais plus qu'elle et toi habitiez sous le même toit. Que j'avais essayé de te raisonner, mais que ça n'avait servi à rien. Je lui ai parlé de la manière dont tu me traites. Des coups. De la manière dont tu t'adresses à moi depuis des années. Je lui ai dit que je n'avais plus la force de supporter tout ça. Je lui ai dit que j'étais prête à me résoudre à cette solution extrême, que j'avais eu envie d'en finir avec toi et que je ne savais pas ce qui m'avait retenue de le faire.

Étrangement, Elisa se sentait comme apaisée d'avouer à Stan que son désespoir l'avait conduite jusqu'au tiroir à couteaux. Elle inspira profondément. Elle avait l'impression que ses paroles n'étaient pas inutiles. Stan l'écoutait. Il la laissait parler. Elle avait remarqué qu'il avait sursauté quand elle avait dit qu'il s'en était fallu de peu qu'elle ne le poignarde dans son sommeil. En voyant sa réaction, elle avait compris que désormais elle n'était plus totalement désarmée face à lui. Elle-même surprise d'avoir imaginé recourir à une telle violence, qui était à des lieues de sa manière d'être, mais elle éprouvait soudain une étrange sensation de liberté, ayant compris qu'elle pouvait user à l'encontre de son mari des mêmes moyens dont il usait envers elle.

Le visage de Stan se durcit subitement, il leva la main comme pour la frapper, Elisa resta immobile. Elle le détaillait, observait ses yeux cernés et le rictus dévoilant ses canines, il ressemblait à un prédateur prêt à bondir sur sa proie. Il ressemblait à une hyène.

– Peut-être, reprit-elle d'un ton calme, que je le ferai la prochaine fois que tu dormiras et que j'aurai ce couteau à la main, qui sait, je céderai peut-être à mon envie…

Elle n'eut pas le temps de voir arriver le coup qui l'atteignit à la tempe, la projeta sur la rambarde de l'escalier et la laissa gisant au sol. Stan lui asséna plusieurs coups de pied, l'attrapa par les cheveux et leva à nouveau le poing. Elle le défia du regard, elle n'avait plus peur de lui. Au contraire, on aurait dit qu'elle l'encourageait à continuer à faire pleuvoir les coups sur elle pour qu'il comprenne bien qu'un jour, ce serait sur lui que les coups s'abattraient. Il la frappa à nouveau au visage, la tête d'Elisa cogna à terre, il la releva en la tirant par les cheveux. À nouveau, elle le défia du regard, elle n'avait plus peur.

Il sembla sur le point de lever encore la main sur elle, mais laissa retomber son bras, lui lâcha les cheveux, se redressa et attendit qu'elle se relève.

– Je t'interdis de me parler comme ça, lança-t-il en lui assénant un coup de pied qui la mit une nouvelle fois à terre.

Elle resta un moment immobile, se releva et se campa face à lui. Elle avait mal partout, mais se sentait plus forte. Elle venait de lui montrer de quel bois elle se chauffait, elle venait de le provoquer plutôt que de reculer en lui montrant sa peur. Elle avait le goût du sang dans la bouche, et ce goût lui plaisait.

– À ta place, je ne passerais pas la nuit ici, murmura-t-elle d'une voix à peine audible en passant son index sur sa lèvre fendue.

– Quoi ?

– À ta place, je ne passerais pas la nuit ici, répéta-t-elle plus haut.

– C'est une menace, espèce de salope ?! Tu oses me menacer ?

– Disons que tu serais plus en sécurité ailleurs, ajouta-t-elle. J'ai mon couteau sous le matelas. Tu peux vérifier. Ça me rassure de savoir qu'il est là. Et il y en a d'autres dans les tiroirs de la cuisine. Il y en a aussi à la cave. Qui sait si je n'en ai pas caché partout dans la maison ?

Il la toisa sans rien dire, monta l'escalier, alla dans leur chambre et redescendit aussitôt avec le grand couteau à fileter. Elisa l'attendait dans l'entrée. Elle ne fuyait plus.

– On est deux à pouvoir jouer à ce petit jeu, déclara-t-il en passant son doigt sur la lame effilée. Il s'efforçait de plastronner comme à son habitude, mais il était évident qu'Elisa l'avait désarçonné.

– Dans ce cas, vas-y, tue-moi, rétorqua-t-elle. La mort ne peut pas être pire que ce que je supporte chaque jour avec toi.

Il s'avança vers elle et posa la lame sur son cou dont la peau s'enfonça très légèrement.

– Ce serait tellement facile.

Ils ne se quittaient pas des yeux. Au lieu de se dérober, Elisa appuya son cou sur le tranchant.

– Allez, vas-y, dit-elle.

Une demi-heure plus tard, l'homme sortit chargé d'une grosse valise, deux paires de chaussures calées sous le bras. Il descendit les marches, rejoignit sa voiture, jeta ses bagages dans le coffre qu'il claqua. Il observa quelques instants la maison avant de s'installer au volant, puis mit le contact et enclencha la première. La voiture s'ébranla et quitta la rue en hoquetant.

La porte s'ouvrit à nouveau. Campée dans l'embrasure, Elisa le regarda s'éloigner avant de disparaître au bout de la rue. Les lieux étaient déserts, il n'y avait personne aux fenêtres. Tout était parfaitement calme, comme si rien ne s'était passé. Elle se recoiffa, lissa son chemisier du plat de la main et remarqua les deux gouttes de sang tombées sur l'étoffe quand il l'avait frappée. Elle scruta encore une fois le bas de la rue pour s'assurer qu'il était bien parti, puis rentra chez elle sans un bruit.

31

Occupés à faire leurs courses en ville, les gens remarquaient à peine la présence de Mikki. Il s'efforçait de passer inaperçu dans la ruelle d'où il sortait régulièrement la tête pour épier la bijouterie, située un peu plus haut dans la rue. Apparemment, on ne s'y bousculait pas, seuls quelques clients y entraient. La plupart de ceux qui passaient devant se contentaient de ralentir le pas pour jeter un œil aux bijoux exposés dans la vitrine. La petite boutique scintillait de toutes parts d'or et de diamants, de beaux objets en argent, de colliers, de boucles d'oreilles et de montres hors de prix. Mikki y était entré plus d'une fois. Il avait admiré les vitrines somptueusement éclairées où les bijoux reposaient sur des nuages de coton, comme si rien n'était trop beau pour accueillir pareils trésors.

Le bijoutier était seul à y travailler. Vêtu de sa blouse grise, l'homme avait installé son atelier dans l'arrière-boutique et n'en sortait qu'à l'arrivée d'un client. Il apparaissait alors au comptoir, ses lunettes sur le nez et, fixées à l'avant des verres, deux loupes qui lui permettaient de peaufiner ses créations jusque dans les moindres détails.

La première fois que Mikki était entré là, c'était après avoir volé une bague dans un bar où il avait trouvé la victime idéale. L'homme en question avait beaucoup bu, il avait importuné quelques clients avant de s'effondrer, ivre mort, sur une banquette dans un coin. Mikki l'avait repéré, il était venu s'asseoir près de lui, l'avait discrètement dépouillé de son portefeuille et délesté de sa bague qu'il avait glissée dans sa poche. C'était une pierre de couleur noire sertie dans un anneau d'or dont il pensait tirer un bon prix. Il avait donc décidé d'aller la proposer aux bijoutiers de la ville, espérant que l'un d'eux serait intéressé.

C'était ce bijoutier-là qu'il était allé voir en premier. L'homme avait pris l'anneau, était allé dans son atelier, l'avait pesé et examiné avec soin derrière les loupes fixées à ses lunettes, vêtu de sa blouse de travail, en vrai professionnel. Puis il avait demandé à Mikki pourquoi il souhaitait le vendre et comment il l'avait eu en main. Mikki avait inventé à la va-vite un mensonge selon lequel c'était un héritage de son père. Le bijoutier lui avait répondu que l'or n'était pas de grande qualité, mais que la pierre noire l'intéressait.

– Toutes mes condoléances, avait-il ajouté en ôtant ses lunettes.

– Merci, avait répondu Mikki, sans trop saisir pourquoi il lui disait ça. Il avait espéré ne pas avoir de difficulté à vendre cet anneau.

– Il est décédé récemment ?

Mikki hocha la tête.

– Vous lui avez fait un beau cadeau. Vous ou votre famille.

Il avait à nouveau hoché la tête, même si les propos du bijoutier lui paraissaient toujours obscurs.

– Je vois que vous l'avez même fait graver, précisa l'orfèvre, voyant que son client hésitait.

Mikki avait gardé le silence.

Le bijoutier lui avait montré l'inscription à l'intérieur de la bague, détail qui avait totalement échappé au voleur. *À papa, 50 ans.*

– Ah oui, avait répondu le gamin, tout penaud. C'est… il avait cinquante ans quand…

– Cette bague n'est pas à vous, n'est-ce pas ?

Le jeune homme n'avait pas répondu.

– Vous l'avez volée ?

Mikki avait continué à garder le silence, le visage empourpré.

– Ça ne signifie pas qu'on ne puisse pas faire affaire ensemble.

Mikki avait mis un moment à comprendre que cet homme était disposé à lui acheter des objets volés. Il avait inventé un autre mensonge, plus simple, disant qu'il avait trouvé cet anneau, mais avait bien vu que le bijoutier ne le croyait pas non plus, même s'il n'en disait rien. Ce dernier lui avait répondu que la manière dont il l'avait acquis n'avait pour lui aucune importance. Il lui avait proposé un prix. Mikki avait réfléchi un instant en se disant que la somme semblait honnête, mais il avait essayé d'obtenir cinquante couronnes de plus, au cas où ça fonctionnerait. L'homme avait accepté. Ils s'étaient serré la main. Le bijoutier lui avait souri en ajoutant que, s'il avait d'autres choses à lui proposer, il pouvait le contacter et ils essaieraient de trouver des arrangements qui leur profiteraient à tous les deux.

Depuis, Mikki était retourné le voir chaque fois qu'un objet de valeur arrivait en sa possession. Cela ne se produisait que rarement, et chaque fois dans les bars. Le bijoutier l'avait toujours bien accueilli, sans poser de questions, et le prix qu'il lui offrait était convenable.

Lorsqu'il avait trouvé les bijoux dans la maison du médecin, Mikki avait aussitôt pensé à lui.

Il commençait à en avoir assez d'attendre dans la ruelle. Constatant qu'il y avait moins de passage devant la boutique, il traversa la rue et se faufila à l'intérieur. Le bijoutier était dans son atelier, derrière le rideau. Une sonnette retentissait lorsqu'on entrait, signalant l'arrivée d'un client. Mikki referma la porte et retourna l'écriteau fixé à la vitre. FERMÉ. Il se tenait au milieu de la boutique, campé sur ses jambes écartées, lorsque le bijoutier apparut en écartant le rideau. Le commerçant le reconnut immédiatement, il haussa les sourcils et se réfugia dans son atelier. Mikki le suivit et le poussa vigoureusement, si bien qu'il s'affala sur la chaise devant sa table de travail.

– Tu croyais peut-être que je ne viendrais pas te rendre une petite visite ? demanda Mikki sur un ton calme et détaché. Tu pensais que tout était réglé après ce qui s'est passé à Nautholsvik ? Tu imaginais que tout allait pour le mieux ?

– Qu'est-ce que tu veux ? Qu'est-ce que tu viens faire ici ?

– Je voulais prendre de tes nouvelles, répondit Mikki. Vérifier qu'ils ne t'avaient pas mis le visage en bouillie comme à moi.

Il portait encore des traces très visibles des coups dont Luther et son acolyte l'avaient roué. Le bijoutier comprit immédiatement qu'il s'était fait berner.

– Ce sont… ce sont ces types qui t'ont fait ça ? demanda-t-il.

– À ton avis ?

– Je ne pouvais pas connaître leurs intentions. Ils m'ont dit qu'ils voulaient juste te parler. Je ne savais pas… je pensais qu'ils allaient tout au plus te bousculer un peu.

– Ouais, c'est ça, dis plutôt que ce sont de sales brutes ! C'est qui, ces types ?

– Je n'en ai aucune idée. Ils… ils ont débarqué ici quand j'ai prévenu l'homme que vous avez cambriolé. Ils m'ont dit qu'ils voulaient te parler, ils ont voulu m'accompagner à mon rendez-vous avec toi, et j'ai… ils m'ont menacé… Ils disaient qu'ils voulaient s'assurer que tu rendrais bien tous les bijoux.

– Le premier s'appelle Luther, tu connais le nom de l'autre ?

– Non, je n'en ai pas la moindre idée. Je ne sais pas qui sont ces gars. Je ne les avais jamais vus. Je te dis la vérité, je n'ai aucune idée de leur identité.

– Ce ne sont pas les bijoux qui les intéressent, souligna Mikki.

– Ils me les ont quand même tous pris et jusqu'au dernier quand ils m'ont ramené. Ils étaient venus me chercher en voiture, et en rentrant ils m'ont jeté chez moi sans me dire merci ni au revoir. Ils n'ont pas dit un mot de tout le trajet jusqu'à Nautholsvik ni au retour. Et tu peux me croire, ce ne sont pas mes amis.

– Et le médecin, tu as de ses nouvelles ?

Le bijoutier ne fanfaronnait pas autant que la dernière fois qu'ils s'étaient vus à Nautholsvik. Il avait peur de Mikki, il voyait qu'il avait envie de se venger et s'efforçait de se dégager de toute responsabilité.

– Il… il m'a offert une petite gratification, avoua-t-il. Mais c'est tout. C'est un bon client. Je me suis senti obligé de lui parler de ces bijoux. Comme je le ferais avec n'importe quel bon client. Quand j'ai compris où toi et tes copains les aviez volés. J'aurais mieux fait de la fermer et de vous les racheter sans demander mon reste. Je m'en rends compte. Je n'aurais jamais dû le contacter.

– Ces deux types m'ont dit qu'ils se fichaient des bijoux, ils s'intéressaient uniquement à des photos que nous avons volées dans cette maison, répondit Mikki. Ils m'ont posé des tas de questions. Ça te dit quelque chose ?

– Des photos ?

– Ton copain, ton client, est sans doute une espèce de pervers puisqu'il collectionne ce genre de clichés. Ce sont des photos pornographiques sur lesquelles on voit des enfants. Ou, en tout cas, une gamine.

– Je ne suis pas au courant.

– On a d'abord pensé que ces photos provenaient de l'étranger…

Le regard de Mikki tomba sur un diamant enchâssé dans une belle bague en or sur laquelle l'orfèvre travaillait dans son atelier. Il prit le bijou, l'examina et la glissa dans sa poche.

– À toi de voir si tu veux porter plainte pour vol, dit-il. Dans ce cas, je n'hésiterai pas à informer la police de nos petits arrangements.

Le bijoutier grimaça.

– Tu trouves vraiment ça nécessaire ? demanda-t-il.

– Au début, on croyait que ces photos venaient de l'étranger, reprit Mikki comme si de rien n'était. Étant donné l'enveloppe où on les a trouvées. Et aussi parce qu'on n'imaginait pas qu'elles aient pu être réalisées en Islande. Puis Luther m'en a parlé, il m'a même cassé la figure pour les récupérer et je crois qu'en réalité elles ont été prises bien plus près de chez nous qu'on ne l'a d'abord pensé. Cette pauvre gamine. Le sale type qu'on y voit. Le cabinet du médecin.

– Je ne sais rien de ces photos, répéta le bijoutier. Je ne comprends pas ce que tu racontes.

– Tes copains, ils n'en ont pas parlé ? Ni de la gamine qu'on voit dessus ?

– Ce ne sont pas mes copains. Ils n'ont rien dit et je ne pense pas que je les reverrai. Je ne veux pas me mêler de cette histoire. Je n'aurais jamais dû prévenir ce… ce maudit bonhomme…

Mikki se retenait de lui flanquer une bonne baffe, il mourait d'envie de se venger de cet homme qui avait emmené ces deux fumiers à Nautholsvik sachant qu'ils ne manqueraient pas de le malmener. Sentant probablement ce qui se préparait, le bijoutier répéta qu'il ignorait les intentions de ces brutes, qu'il n'était pas responsable de ce que ces hommes lui avaient fait et qu'ils n'étaient pas ses amis.

– La seule chose que j'aie entendue, ou plutôt, qu'il m'a semblé comprendre, bredouilla-t-il, vu que j'étais assis sur la banquette arrière et eux à l'avant de la voiture, c'est qu'ils parlaient d'un baraquement.

– Un baraquement ?

– Oui, c'est tout.

– Quel baraquement ?

– Je ne sais pas. Et j'ai peut-être mal compris.

– Et qu'est-ce qu'il aurait de spécial, ce baraquement ?

– Je te dis la vérité, je ne sais rien de plus. Et je me suis peut-être fait des idées, mais il m'a semblé entendre ça.

Quelques instants plus tard, la sonnette de la bijouterie résonna, Mikki sortit, referma soigneusement la porte et s'éloigna dans la rue en se frottant la main droite comme s'il venait de se faire mal.

32

Alors qu'il quittait précipitamment l'hôpital, Konrad reçut un appel inattendu. Palmi se trouvait à Reykjavik où il avait à faire, il lui proposait de prendre un café. Il était rare qu'il l'appelle, Konrad s'étonna de son coup de fil. Palmi lui donna rendez-vous dans un café qu'il connaissait bien et, après un instant de réflexion, il accepta, ajoutant qu'il y serait dans environ vingt minutes.

Il laissa sa voiture sur le parking de l'hôpital et décida de se rendre à pied dans le centre. Il faisait beau et il avait besoin d'un peu d'exercice. Il avait toujours été svelte, mais il lui semblait avoir pris du poids depuis quelque temps même s'il ne s'en alarmait pas vraiment. Konrad ne faisait pas de gymnastique et n'avait jamais mis les pieds dans une salle de sport. Il marchait beaucoup dans le quartier d'Arbaer, là où la nature était la plus belle, dans la vallée de la rivière Ellidaa. C'était la seule activité physique qu'il pratiquait. Il lui arrivait aussi d'écouter l'émission de gymnastique matinale à la radio, assis dans son salon. Jamais il ne s'était vraiment soucié de sa santé. Jamais il ne s'était réellement occupé d'entretenir son corps. Son régime alimentaire était désastreux, du gras et du sucre, et pour couronner le tout, il fumait des cigarillos. Malgré ça, il avait une santé de fer. Il était rarement malade et, quand cela lui arrivait, il s'en remettait très vite.

Tandis qu'il se dirigeait vers le centre, il tenta à nouveau de joindre Hugo, qui ne répondit pas plus que la veille. Il se demandait combien de temps il allait lui battre froid. Il comprenait son fils et sa colère, peut-être fallait-il même parler de haine. Ces sentiments lui étaient familiers, il les avait éprouvés envers son propre père. Mais la situation n'était pas du tout comparable. Konrad s'était appliqué à ne jamais rompre le contact avec Hugo, quoi qu'il puisse arriver, jamais il ne lui avait tenu de propos désobligeants, contrairement à Seppi qui s'était montré sans pitié avec son fils, le traitant de tous les noms, allant jusqu'à passer ses colères sur lui et à le frapper à coups de poing.

Cette violence physique avait cessé le jour où Konrad avait été en mesure de se défendre. Alors âgé de seize ans, il avait été aussi surpris que Seppi lorsqu'il avait riposté. Son père l'avait envoyé récupérer le paiement pour un bidon de vingt-cinq litres de vodka qu'il avait vendu illégalement au propriétaire d'un bar. Konrad avait remis l'argent récolté auprès de ce dernier à Seppi qui l'avait alors accusé de vol en disant que le compte n'y était pas.

– C'est tout ? Espèce de sale voleur ! s'était-il écrié en lui agitant les billets sous le nez.

Konrad lui avait conseillé de s'adresser au type qui lui avait acheté l'alcool. Pour sa part, il s'était contenté de prendre les billets qu'il lui avait remis et les avait rangés directement dans sa poche sans même les compter. Seppi était d'humeur massacrante. La nuit précédente, il avait bu et joué aux cartes avec ses copains, si bien que Konrad avait à peine pu fermer l'œil dans la pièce exiguë qui lui servait de chambre. Voyant que son fils lui tenait tête, qui plus est en l'insultant, il lui avait décoché un coup de poing dans la poitrine, aussitôt suivi d'un deuxième en plein visage, puis allait continuer, mais Konrad en avait eu assez. Il avait amorti son troisième coup avec le coude et l'avait violemment repoussé. Surpris, Seppi était tombé à la renverse. Konrad avait alors perdu son sang-froid, il l'avait frappé à coups de pied, l'avait attrapé par le col et lui avait cogné la tête sur le plancher en le giflant à plusieurs reprises.

– Je ne t'ai pas volé une couronne ! avait-il hurlé.

En balayant l'appartement du regard, il avait aperçu la caisse à outils de son père. Il y avait pris une clef à tube dont il s'était servi une fois pour mettre fin au harcèlement que lui infligeaient certains camarades d'école alors qu'il était tout gamin. Il s'était avancé vers son père, toujours allongé au sol, avait brandi la clef pour le frapper. Seppi l'avait regardé d'un air suppliant. Konrad avait maintenu la clef quelques instants au-dessus de lui, la main tremblante, avant de baisser le bras et de jeter l'outil par terre.

Quand Seppi s'était relevé, très choqué, la nuque en sang, son fils avait déjà disparu.

Après cet événement, Seppi n'avait quasiment plus jamais levé la main sur Konrad. Certes, il n'hésitait pas à l'abreuver de jurons très inventifs avec toute la méchanceté qui le caractérisait. Cette journée avait marqué le début d'un nouveau chapitre dans leur relation houleuse. Ils ne s'étaient plus battus jusqu'au moment où, assis dans un café, Konrad avait appris la manière dont il avait traité sa sœur, avant que leur mère ne le quitte en emmenant la petite dans les fjords de l'Est, le plus loin possible du quartier des Ombres.

C'était d'ailleurs ce dont Palmi voulait lui parler. Konrad arriva légèrement en retard et le trouva attablé devant une part de gâteau. Palmi lui fit signe de venir le rejoindre. Après un instant de réflexion, Konrad commanda une bière. Les deux hommes discutèrent de la pluie et du beau temps, des touristes qui envahissaient le centre-ville, de la découverte du squelette dans le mur et du silence obstiné dont la police enveloppait l'enquête. Puis Palmi jugea le moment venu de lui faire part de ce qu'il avait sur le cœur.

– Je voulais revenir sur la dispute entre ton père et toi le jour de sa mort.

Konrad resta silencieux. Étonné que Palmi aborde ce sujet, il se demandait ce qu'il avait en tête. Jamais il n'avait reconnu avoir eu une violente altercation avec son père ce jour-là, même si les voisins avaient déclaré les avoir entendus s'invectiver et se battre comme des chiffonniers.

– Vois-tu, j'ai pas mal réfléchi à l'enquête sur la mort de ton père, et un certain nombre de détails me sont revenus, reprit Palmi, voyant que Konrad se taisait. C'est ta faute. Tes visites des derniers mois et tes questions sans fin n'y sont pas étrangères. Pour tout te dire, je m'intéresse à nouveau à cette histoire. Qui aurait cru une chose pareille ?

– Excuse-moi, je ne voulais pas troubler ta tranquillité.

– Il me semble me souvenir que c'est ici que tu avais rendez-vous avec ta mère le jour où Seppi a été poignardé, poursuivit Palmi en regardant autour de lui avant de feuilleter d'anciens documents.

Konrad esquissa un sourire. Le lieu avait bien changé. À l'époque, ce café était le rendez-vous des écrivains, artistes et journalistes de Reykjavik. Aujourd'hui, à la fois bar et discothèque, il servait principalement de halte aux touristes. Il ne restait plus rien de ce qui faisait autrefois sa renommée. Tout avait disparu sans que personne ne tente de le préserver.

– En effet, confirma Konrad en buvant une gorgée de bière. Il s'était promis de ne pas avaler une goutte d'alcool de la journée, mais n'avait pas tardé à oublier sa résolution.

– Puis tu es rentré chez toi et c'est là que tu as vu ton père pour la dernière fois ?

– Oui.

– C'est là que, d'après vos voisins, vous vous êtes disputés ? Tu as toujours refusé de le reconnaître.

– Palmi, tu sais déjà tout ça. Où est-ce que tu veux en venir ?

– Ta mère nous a parlé de Seppi et de ta sœur Elisabet. Elle nous a dit qu'elle avait quitté ton père dès qu'elle avait compris qu'il abusait de la petite. Tout cela est consigné dans les procès-verbaux. C'était très pénible pour elle d'aborder ce sujet, bien entendu, tu le sais. Je ne suis pas sûr qu'elle en ait parlé à beaucoup de monde avant d'être interrogée par la police.

– Oui, ce que mon père lui a fait subir était très douloureux pour elle.

– Assez pour qu'elle ait envie de se venger ?

– Elle avait un alibi.

– Oui, mais, enfin, tu sais, sa sœur et son beau-frère…

– Et il y avait des années qu'elle ne vivait plus avec mon père.

– Soit, mais ce n'est pas le genre de choses qu'on oublie facilement.

– C'est toi qui étais chargé de l'enquête, répondit Konrad. Tu devrais le savoir mieux que moi. C'est toi qui l'as interrogée. Qui lui as posé toutes ces questions.

Tu l'as eue en face de toi. Pour ma part, je ne dispose que des photocopies de tes questions et de ses réponses, les seules choses que je puisse interpréter sont celles qui sont couchées sur le papier.

– Je ne crois pas que ces photocopies t'apprendront quoi que ce soit de neuf. Tu as reconnu pendant ton interrogatoire que tu te disputais parfois avec Seppi même si tu as nié toute altercation ce jour-là.

– Palmi, je te l'ai répété je ne sais combien de fois, nos relations étaient houleuses. Je n'en pouvais plus de lui et j'avais déjà plus ou moins déménagé.

Palmi le contempla sans rien dire.

– Quels étaient exactement les motifs de ces disputes ? finit-il par lui demander.

– La plupart du temps, il m'accusait de lui avoir fait des entourloupes, répondit Konrad. De l'avoir volé. Ou de ne pas être assez rapide. Par exemple, quand j'allais lui acheter du tabac. Ou lui rapportait de l'alcool de chez ses copains.

– Quand as-tu appris ce qu'il avait fait à ta sœur ? demanda Palmi.

– Lorsque l'enquête l'a révélé, répondit Konrad. Pourquoi toutes ces questions ?

– Et pas lorsque ta mère a déménagé dans l'Est avec Elisabet ?

– Non, elle ne m'a rien dit à l'époque. J'étais tout gamin. Je n'avais pas vraiment compris pourquoi elle était partie. Pour moi, Seppi était simplement méchant avec elle. Il la battait. Il était violent.

– À quel moment tu as appris pour Elisabet ?

Konrad but un peu de sa bière et prit un air pensif.

– Comment tu l'as appris ? insista Palmi, voyant que la réponse se faisait attendre.

– Tu enquêtes sur moi ? s'étonna Konrad. Alors que je fais tout pour découvrir ce qui est arrivé ? Tu crois que je suis à ma propre recherche ?

Palmi eut un sourire.

– J'aimerais bien avoir les pièces qui manquent au puzzle, répondit-il. Tu sais comment c'est. Je me suis replongé dans cette histoire pour la millionième fois et je me suis rendu compte qu'il y avait une pièce manquante. Que tu n'as jamais été sérieusement interrogé sur ce détail. Peut-être parce qu'on te plaignait. Parce qu'on vous plaignait, toi et ta mère. Et les interrogatoires n'étaient peut-être pas aussi précis à l'époque.

– Il me semble que ma mère m'a parlé de ces abus après son interrogatoire, répondit Konrad. Ils avaient été évoqués et elle avait dû répondre aux questions de la police à ce sujet.

– Et tu es bien sûr que ce n'était pas le jour où tu avais rendez-vous avec elle ? s'entêta Palmi. Le jour du drame ?

Konrad secoua la tête.

– Si tel avait été le cas, tu ne crois pas que c'était une raison suffisante pour te battre avec ton père ? poursuivit Palmi. Si elle t'avait appris ça à ce moment-là ? C'est bien ici que vous aviez rendez-vous ? Dans ce bar ?

– Palmi, pourquoi toutes ces questions ?

– J'ai pas mal pensé à vous depuis que tu viens régulièrement chez moi pour m'interroger sur le meurtre. Je me suis demandé si je n'avais pas été trop compatissant. Avec toi. Avec ta famille. Et si je n'avais pas commis une erreur.

– Avec moi ?

– Pendant toutes tes années dans la police, tu ne m'as jamais posé une seule question sur la progression de l'enquête, reprit Palmi. C'est un détail que j'avais oublié. Tu ne m'as jamais demandé si on avançait. On aurait dit que tu n'avais pas envie de connaître l'identité de l'assassin.

– Bien sûr que je t'ai demandé…

– Non, Konrad, pas une seule fois.

– Je ne me suis pas battu avec lui ce jour-là, martela Konrad. L'autopsie n'a révélé aucune trace permettant de prouver qu'il s'était battu avant sa mort.

– On peut se battre sans que ça laisse de traces. La question est de savoir si tu étais en colère contre lui après ton rendez-vous avec ta mère. C'était le cas ? Est-ce qu'elle t'a parlé de Seppi et de ta sœur quand elle t'a vu, plus tôt dans la journée ?

Konrad ne répondit pas.

– Comment tu as réagi quand elle t'a appris ça ? insista Palmi.

– Je savais que cet homme était capable de tout, répondit Konrad.

– Tu t'es mis en colère ?

– Évidemment.

– Assez pour vouloir le tuer ?

– Quand ma mère m'a dit ça, il était déjà mort.

– Imaginons qu'elle te l'ait dit avant.

– Palmi…

– Qu'elle te l'ait dit dans la journée. Ici. Et qu'ensuite, tu sois allé le retrouver.

Konrad hésita à nouveau à lui répondre.

– Dis-le-moi. Dis-moi comment tu aurais réagi si tu avais su ce que Seppi avait fait à ta sœur avant de le rencontrer pour la dernière fois.

33

Konrad dévisagea longuement Palmi, conscient que ce n'était pas un hasard s'il avait souhaité le rencontrer dans ce bar. Il scruta le renfoncement où écrivains et artistes se retrouvaient jadis. Un des habitués du lieu était le poète préféré de sa mère, connu pour son bras estropié*. Elle affirmait que ce handicap avait joué un rôle dans son destin contrarié, mais qu'il avait également fait de lui un excellent poète, défenseur des exclus et des faibles.

– Pourquoi tu t'es disputé avec Seppi ce jour-là ? reprit Palmi.

– Il n'y a pas eu de dispute.

– Tu étais au courant pour ta sœur ?

– Palmi, je ne comprends pas ce que tu veux. J'essaie moi-même de découvrir qui l'a poignardé. Tu crois que je fais ça pour m'amuser ? Par jeu ? Pour te mener en bateau ?

– J'ai l'impression qu'il y a anguille sous roche, répondit Palmi. Et c'est en rapport avec toi.

Konrad garda le silence.

– Beaucoup de collègues pensaient que tu étais l'auteur du crime. Même quand tu es entré dans la police.

* Il s'agit de Steinn Steinarr, grand poète du XXe siècle. (*NdT*)

Certains étaient persuadés que vous étiez complices, ta mère et toi. Elle avait beaucoup de réticence à parler des abus subis par ta sœur. Selon elle, c'était de l'histoire ancienne et tu n'en avais pas connaissance. Ni à l'époque où ils avaient lieu, ni plus tard.

– Tu ne crois pas qu'on ferait mieux de changer de sujet ?

– J'ai envie de comprendre, répondit Palmi. La colère est une arme puissante. Et tu es peut-être mieux placé que quiconque pour le savoir.

– Je ne vois pas ce que tu veux que je te dise.

– Est-ce que ta mère t'a protégé ? Est-ce que Sigurlaug pensait qu'elle avait besoin de te disculper ?

– Je n'en sais rien.

– Elle craignait que ce soit toi qui aies tué ton père ? Elle t'a posé la question ?

– Je ne m'en souviens pas, répondit Konrad, sentant qu'il commençait à perdre patience.

– Tu as un fils. Et des petits-enfants.

– Et alors ?

– Vous avez de bonnes relations ?

– Pas en ce moment, avoua Konrad. Mais je ne vois pas le rapport.

– Tu n'as pas peur que ton fils puisse penser que tu as tué ton père ?

– Non, répondit Konrad. Et je n'aime pas la tournure que prend cette conversation. Palmi, qu'est-ce qui t'arrive ?

– C'est peut-être pour lui que tu fais tout ça. Que tu feins de reprendre l'enquête après toutes ces années. Ensuite, tu t'arrangeras pour la résoudre de manière confortable et pour que ton fils n'ait plus aucun doute sur ton innocence. Tu prépares ainsi l'avenir et le moment où tu ne seras plus là.

– Je n'ai pas besoin de faire quoi que ce soit pour le convaincre.

– Pour finir, tu trouveras un bouc émissaire, un type décédé depuis des lustres, dont tu pourras prouver qu'il était sans doute le coupable même s'il y a peu de chances que tu en obtiennes la preuve formelle.

– Palmi, c'est ridicule. Qu'est-ce qui te prend ? Si tu continues comme ça, je m'en vais. Peut-être qu'au contraire, je veux nous laver de tout soupçon, régler une bonne fois pour toutes cette histoire qui nous colle à la peau depuis. Ça ne t'est pas venu à l'esprit ?

– Comment ça, nous ?

– Qu'est-ce que tu veux dire ?

– Tu as dit *nous*.

– Je parle de ma mère et de moi. Puisque tu nous crois complices.

– Konrad, c'était toi ? C'est toi qui as poignardé ton père ?

– Palmi…

Palmi le fixa longuement. La tension qui s'était accumulée pendant leur discussion sembla retomber.

– Pardonne-moi, dit-il. Je… je sais que je ne devrais pas te poser ce genre de questions. Mes hypothèses sont plutôt tirées par les cheveux, c'est peut-être la vieillesse, mais… j'ai l'impression que tu n'as pas été totalement honnête avec moi. Je t'ai toujours traité avec respect et compassion. Parfois j'ai l'impression qu'il n'en a pas été de même de ton côté.

Konrad se taisait.

– D'accord, répondit-il. Mais ça reste entre nous.

– Oui.

– Tu as raison. Ma mère me l'a dit. Ici. Dans ce bar. Ce jour-là. Elle m'a expliqué qu'il s'en était pris à Beta et que c'était la raison pour laquelle elle était partie en me laissant avec lui. J'étais très en colère. En revenant à la maison, je me suis disputé avec mon père. Violemment. Nous nous sommes battus. J'avais envie de le tuer. Je venais d'apprendre ça et j'étais vraiment furieux. Tu as raison, la colère est une arme très puissante. Cela dit, ma rage n'était pas uniquement due à cette histoire avec Beta, mais à toute cette situation. À tout le reste. Tout ce qu'il représentait. Qu'il s'en soit pris à ma sœur n'était qu'un élément de plus à toutes les conneries qu'il accumulait…

Konrad s'interrompit. Jamais il n'avait fait cette confession à personne en dehors de Beta. Il le regretta aussitôt et préféra se taire. Palmi le regardait d'un air abasourdi, conscient d'être soudain en possession de nouveaux éléments qui changeaient la donne d'une enquête à l'arrêt depuis des dizaines d'années.

– Pourquoi ne pas me l'avoir dit à l'époque ? demanda-t-il après un long silence.

– Sans doute parce que j'avais peur que la police s'en serve contre moi.

– C'est ce que nous aurions fait.

– Sans doute.

– Voilà qui change un certain nombre de choses. Tu t'en rends compte.

– Pas en ce qui me concerne, répondit Konrad. Ça ne change rien pour moi.

– Mais…

– Tu ne penses tout de même pas te servir de cette information ? s'alarma Konrad. Je te rappelle que je te l'ai confiée dans le cadre d'une conversation privée.

– Est-ce que toi et ta mère vous étiez mis d'accord pour passer sous silence le fait qu'elle t'avait parlé des abus subis par Beta quelques heures avant le meurtre ?

– Non, Palmi, on ne s'était pas mis d'accord.

– Elle croyait que c'était toi qui avais tué ton père ?

Konrad ne répondit pas immédiatement.

– Non.

– Ce sont quand même des éléments nouveaux, fit remarquer Palmi.

– Il n'y a rien de nouveau là-dedans.

– Et ils sont importants, poursuivit Palmi.

– Importants pour qui ? Je ne les aurais jamais dévoilés à personne d'autre qu'à toi parce que tu m'as aidé, parce que tu t'es montré compréhensif, et je ne veux pas que tu me croies coupable d'une chose pareille.

– Tu aurais… vous auriez dû en parler de suite. Faire preuve d'honnêteté dès le début. Tu ne trouves pas ? Je veux dire, rétrospectivement.

– Oui, c'était… enfin, dans un sens… ça ne nous semblait pas raisonnable, répondit Konrad.

– Pas raisonnable ?

– Et j'espère que ce que je viens de te confier restera entre nous.

– Oui, je…

Palmi sortit son portable de sa poche de chemise et regarda l'heure. Il le rangea et annonça qu'il était en retard à son rendez-vous avec sa fille.

– C'est une affaire privée, une affaire de famille, martela Konrad. C'est toujours ainsi que je l'ai considérée. Pour moi, ces informations n'auraient fait que compliquer l'enquête parce que, justement, je n'ai pas tué mon père.

– Tout à fait. Et tu as gardé ces éléments pour toi tout ce temps.

– Il faut que tu le comprennes ! Je ne suis pas un meurtrier !

– Ah bon ? répondit Palmi. Mais tu as quand même appris tout ça juste avant.

Konrad secoua la tête.

– Bon, je dois y aller, déclara Palmi en se levant et en sortant l'argent pour régler son gâteau.

– Je sais que tu as eu de la compassion pour moi, reprit Konrad, j'avais perdu mon père.

– Tu n'étais qu'un gamin désemparé, tu t'es bien débrouillé depuis.

Tous deux esquissèrent un sourire. Konrad le regarda franchir la porte. Il termina sa bière et alla la payer en se maudissant d'avoir eu ce moment de faiblesse. Il avait l'impression que Palmi l'avait pris la main dans le sac et il espérait qu'il ne ferait pas de bêtise.

34

Le visage paisible, elle ferma les yeux, prête à écouter le voyant. C'était la mi-journée, elle avait allumé quelques bougies et tiré les rideaux du salon silencieux pour créer une atmosphère propice au calme et à la méditation. Seppi donna discrètement à Engilbert le signal qu'il pouvait commencer. Ils avaient tout de suite senti cette femme très réceptive. Josep avait pris des renseignements sur elle auprès d'un copain qui lui avait appris qu'elle avait perdu deux membres de sa famille et lui avait fourni d'autres détails qui, d'après lui, pouvaient toujours être utiles. Elle les avait grassement payés avant le début de la séance, soulignant qu'elle détestait devoir de l'argent, comme s'il lui importait beaucoup d'être à jour dans tous les domaines.

Bientôt, Engilbert annonça qu'il avait établi le contact avec plusieurs défunts et se mit à décrire une bourgade des fjords de l'Ouest qui faisait penser à Isafjördur. Il donna des noms de rue, mentionna des bâtiments et des lieux-dits. La femme reconnut la petite ville de son enfance. Engilbert y allait doucement, prononçant au hasard quelques noms tout à fait communs dont certains résonnaient pour leur hôtesse et d'autres non.

Ils s'étaient présentés comme appartenant à la Société islandaise de spiritisme, sachant que cela représentait une bonne caution, un grand nombre de spirites convaincus tenait cette association en haute estime. Engilbert avait pris le temps de lui expliquer, avant de prendre la pose, qu'il tombait dans un état de semi-transe impliquant qu'il entrait dans une dimension parallèle, mais que cela ne l'empêchait pas de répondre aux questions qu'on lui posait dans le monde des vivants.

– Je sens… la présence d'une très belle femme, déclara-t-il au bout d'un moment. Assis dans un fauteuil moelleux, les yeux mi-clos, il avait souligné que le contact établi était d'excellente qualité et qu'il percevait des ondes positives. Il me semble… est-ce qu'elle… s'appellerait Lydia ? Elle a des cheveux très fournis, une chevelure magnifique et… c'est le genre de femme qui… apporte du réconfort. Elle a dû en faire sa profession. Elle aidait son prochain.

– Oui, elle était sage-femme dans les fjords de l'Ouest, acquiesça leur hôtesse, fière de sa tante.

– Je vois des enfants…

Engilbert lança un regard discret à Seppi avant de poursuivre, leur victime était totalement en confiance.

– Oui, je vois des enfants autour d'elle, des tas d'enfants, reprit-il. Elle vous dit de ne pas vous inquiéter, tout ira bien. Elle dit que votre père vous salue, il est heureux là où il est, et son frère également.

Engilbert s'attarda un moment sur Lydia, sa chevelure et tout le bien qu'elle avait dispensé autour d'elle au cours de sa longue vie. Puis Seppi toussota, la séance n'avançait pas assez vite. Il fit signe à son complice d'accélérer. Seppi l'avait prévenu qu'il ne pourrait pas rester trop longtemps, il avait rendez-vous.

– Elle dit… elle parle d'un étranger…

– Un étranger ?

– Il y a un jeune homme à côté d'elle, il est timide, il n'ose pas se manifester, mais vous le connaissez bien, reprit Engilbert. D'après Lydia, il est en uniforme.

Seppi vit leur hôtesse sursauter et dévisager Engilbert. Seppi avait appris par hasard qu'elle avait fréquenté un soldat anglais pendant la guerre. Il connaissait une femme qui avait travaillé comme serveuse au White Star et qui avait vu leur proie au bras d'un soldat. Tous deux, ils étaient souvent venus se distraire dans ce bar et l'ex-serveuse avait révélé à Seppi qu'elle avait été très affectée par la mort de son petit ami, tombé au champ d'honneur en Europe à la fin de la guerre. Josep avait décidé d'exploiter ces informations, sachant d'expérience que plus les descriptions fournies pendant les séances étaient précises, plus les clients étaient disposés à les payer grassement.

– La manière dont les choses se sont passées le rend malheureux, poursuivit Engilbert, feignant de se concentrer, comme s'il avait besoin de renforcer son contact avec l'au-delà. Il dit qu'il était heureux en Islande, il me demande de vous saluer et vous remercie pour tout.

– C'est… Trevor ? demanda la femme après un instant de réflexion, à la fois surprise et impatiente.

– C'est assez imprécis, répondit Engilbert, qui perdait légèrement sa concentration, sachant que Seppi était pressé. D'après Lydia, il est très timide, mais il pense beaucoup à vous et il sait qu'il vous manque. Son prénom commence par un T, mais je n'arrive pas à voir son nom de famille.

– Il aimait tellement… les motos, déclara leur hôtesse qui semblait se rendre compte que quelque chose ne tournait pas rond.

– Il dit à Lydia qu'il vous a toujours aimée, elle a l'impression d'entendre des moteurs en bruit de fond, comme en sourdine… ça ressemble à tout un régiment motorisé.

– Il nous arrivait d'aller nous promener jusqu'à l'îlot de Grotta, reprit la femme, comme pour les guider.

– Il parle de moments délicieux passés avec vous. Lydia dit que ces promenades lui manquent beaucoup.

Leur hôtesse les regarda à tour de rôle.

– C'est incroyable, dit-elle.

– Oui, tant de choses apparaissent pendant les séances d'Engilbert, des choses auxquelles il n'existe aucune explication, répondit Seppi d'une voix mielleuse, certain que tout allait pour le mieux. Je dois dire que le contact semble excellent chez vous. Vraiment excellent. Et ce n'est pas Engilbert qui me contredira.

– Qu'est-ce que tout cela signifie ? demanda leur hôtesse.

– On ferait peut-être mieux de continuer pour le savoir ?

– Vous me dites que j'ai fréquenté un soldat ? Qui est cet homme ?

Seppi pensa à son amie qui avait travaillé au White Star.

– Vous me mentez ?! tonna brusquement la femme, devant leur silence.

– On n'oserait pas, jura Seppi l'air consterné.

– Ce que vous me racontez n'a ni queue ni tête !

– Comment ça ?

– Vous êtes qui exactement ?

– Eh bien, cet homme est le médium Engilbert, répondit Seppi, constatant que l'attitude de leur hôtesse avait radicalement changé et que des nuages menaçants s'amoncelaient dans le salon. Il a tenu des centaines de séances comme celle-ci, des voyances qui ont permis à des gens de communiquer avec leurs proches…

– Qu'est-ce que c'est que ces conneries ? Je n'ai jamais fréquenté aucun soldat. Ni pendant la guerre ni après. J'ai toujours été farouchement opposée à ce type de liaisons. Comme d'ailleurs toute ma famille. Je n'aurais jamais fait une chose pareille. Vous insinuez que j'aurais eu la cuisse légère ?

– Mais vous venez de nous donner le nom de ce gars. Et sa passion pour la moto, alors ?

– Je voulais voir jusqu'où vous alliez vous enfoncer. Et j'ai ma réponse, c'est le moins qu'on puisse dire. Vous êtes venus sous mon toit pour me ridiculiser ? s'emporta-t-elle. J'exige des explications !

Seppi comprit qu'il était coincé. Engilbert sortit aussitôt de sa semi-transe.

– Vous êtes bien membres de la Société de spiritisme ? vérifia-t-elle.

– En effet, répondit Seppi dans une tentative pour sauver la face. Il arrive évidemment qu'il y ait des… des télescopages… que des défunts profitent de la connexion établie depuis l'au-delà sans y avoir été invités. Surtout si cette connexion est excellente, comme en ce moment. C'est un phénomène bien connu, naturellement, et…

– J'ai surtout l'impression d'avoir affaire à deux escrocs, coupa-t-elle en se levant, excédée. Vous essayez de me berner ! Et je crois que je ferais mieux d'appeler la police.

– Non, non, c'est inutile, s'alarma Seppi.

– Ah bon, vous en êtes sûr, mon cher ?

Engilbert les avait écoutés sans intervenir et en les regardant tour à tour. Leur hôtesse était de plus en plus persuadée que tout cela n'avait rien à voir avec une séance de spiritisme et il était impossible de lui prouver le contraire.

Elle les pria de rendre immédiatement l'argent qu'elle leur avait donné, ajoutant qu'elle n'avait jamais vu ça et qu'elle n'hésiterait pas à contacter la Société de spiritisme pour lui signaler les agissements de ces deux escrocs. Ils auraient dû avoir honte. Elle leur demanda s'ils s'amusaient régulièrement à berner les gens comme elle.

Comme ils ne lui répondaient pas, elle les menaça à nouveau d'appeler la police s'ils ne lui rendaient pas son argent. Comprenant que les choses allaient mal tourner, Seppi la remboursa à contrecœur, soulignant qu'il s'agissait d'un regrettable malentendu qu'ils pouvaient aisément dissiper sans l'aide de la police. Leur hôtesse était véritablement furieuse et il voulait à tout prix éviter qu'elle prévienne les autorités.

– Quelle sale morue ! éructa-t-il en sortant de chez elle. Dis donc, tu ne m'as pas beaucoup aidé, ajouta-t-il en se tournant vers Engilbert qui sortit une flasque de sa poche et le regarda d'un air las. Le médium lui rappela qu'il lui avait conseillé de mettre fin à leurs escroqueries. Les choses ne s'étaient pas mieux déroulées la dernière fois qu'ils avaient organisé une séance avec le vieux couple du quartier de Thingholt.

– J'aurais pu la rouler si je n'avais pas mentionné ce maudit soldat, regretta Engilbert. Je t'avais prévenu que c'était risqué !

– Quelle sale morue ! répéta Seppi. Il se moucha, puis s'essuya le nez d'un revers de main qu'il passa ensuite sur son pantalon, furieux d'avoir rendu à cette femme l'argent qu'elle lui avait donné. Maudite bonne femme !

– Pourquoi tu es aussi pressé ? demanda Engilbert lorsqu'ils se séparèrent. Tu vas où ?

– J'ai rendez-vous chez un médecin, répondit Seppi.

35

La petite salle d'attente était bondée. Toutes les chaises étant occupées, Seppi dut s'adosser à un mur. Il y avait là des mères avec leurs enfants, des jeunes femmes, des hommes âgés. Certains avaient rendez-vous. D'autres venaient directement, espérant que le médecin les prendrait. L'air était moite, la seule fenêtre de la pièce étant bloquée. Certains discutaient à voix basse, d'autres restaient silencieux, comme Seppi, appuyé à la cloison lambrissée. Le regard perdu dans le vague, ils venaient consulter parce qu'ils avaient de la fièvre, une otite, une mauvaise toux ou une douleur aiguë dans les poumons…

Seppi fixait la porte du cabinet, impatient de la voir s'ouvrir. Il aurait aimé arriver plus tôt, encore furieux de la manière dont la séance de spiritisme s'était terminée. Il était cependant seul coupable. Depuis quelque temps il prenait des risques, il n'aurait pas dû gober cette histoire de soldat anglais qui n'était en fin de compte qu'un ragot. Parfois, quand les informations qu'il avait rassemblées étaient justes et Engilbert en forme, tout allait comme sur des roulettes. L'année passée, ils avaient réussi à extorquer une coquette somme à une veuve qui avait perdu son fils dans un accident. Seppi était allé au cimetière, il avait trouvé la tombe du mari et du jeune homme, s'était documenté sur l'existence de sa future victime et avait décroché le gros lot en apprenant que son fils était un excellent pianiste. Il avait alors fabriqué à partir d'une boîte à musique un petit objet émettant un son comparable à celui d'un piano, certes la note était sans grande pureté, mais tout à fait convaincante pour peu que les conditions soient réunies. En tout cas, il n'avait jamais obtenu une telle gratitude en monnaie sonnante et trébuchante que celle que leur avait offerte leur victime à la fin des séances.

Il avait donc été d'autant plus surpris de recevoir la visite du cousin de celle-ci, qui avait exigé d'être remboursé. Ce dernier était venu le menacer, il ne le lâchait pas, revenant régulièrement à la charge. C'était un snobinard qui ne supportait pas qu'une racaille comme Seppi vienne souiller l'honneur de sa famille. Il n'avait que ces mots à la bouche : souillure, honneur et racaille. Seppi avait besoin d'un peu d'argent pour le faire taire. Il avait depuis longtemps perdu au jeu tout ce qu'il avait gagné là, et il ne supportait pas de rendre une chose dont il considérait qu'elle lui appartenait. Engilbert et lui n'avaient rien fait d'autre que de soulager la souffrance de cette pauvre femme.

La porte du cabinet s'ouvrit, un jeune homme en sortit, suivi du médecin qui demanda aux gens dans la salle qui était le prochain. Il sursauta en apercevant Josep qui se faufila en un clin d'œil dans son cabinet en passant devant lui. Une femme avec un bébé dans les bras s'était levée, pensant que c'était son tour. Le médecin lui fit signe qu'il n'en avait que pour un instant et ferma la porte dont la plaque en cuivre portait son nom et son titre : *A. J. Heilman. Docteur en médecine.*

– Qu'est-ce que tu viens faire ici ? grommela-t-il en se tournant vers Seppi qui, assis sur la table d'examen, balançait ses jambes dans le vide en observant le cabinet d'un air détaché, comme s'il n'avait pas mieux à faire que de venir le déranger.

– Les photos porno que je t'ai procurées ne t'ont pas suffi, fit Seppi.

– La ferme ! grogna le médecin, le regard fixé sur la porte de la salle d'attente. Qu'est-ce que tu viens faire là ?

– Il a fallu que tu en prennes toi-même.

– Qu'est-ce que tu veux ?

– C'est toujours sympa de passer ici, éluda Seppi. Il était déjà venu au cabinet pour apporter au médecin des publications et des films pornographiques en format 8 mm qu'un de ses copains marins lui avait rapportés de l'étranger. Seppi avait aussi un copain dans la police, un type surnommé saint Nikulas qui, en venant un jour récupérer chez lui sa part de marchandises passées en contrebande, avait vu qu'il avait en sa possession ce genre de magazines. Il lui avait dit que, si ça l'intéressait, il pouvait le mettre en relation avec un acheteur. C'est ainsi que Seppi avait rencontré ce médecin qui l'avait correctement payé. Quant à Josep, il n'avait jamais posé de questions jusqu'à maintenant qu'il avait mis la main sur les photos de la fille.

– Je ne comprends pas pourquoi tu viens me voir ici, ni pourquoi on ne peut pas procéder autrement, s'agaça le médecin. Tu vois bien que je suis débordé. Tu as vu le monde dans la salle d'attente ? Je ne veux pas que tu viennes me déranger quand je travaille.

– Disons que subitement il m'a semblé plus sûr de passer te voir à ton cabinet. En plein jour. Seul à seul.

– Eh bien, je ne vois pas ce que tu veux dire. C'est quoi ces histoires ?

– J'ai entendu parler de ton copain Luther, répondit Seppi. Et d'un de ses acolytes. Tu n'as pas intérêt à me les envoyer. C'est clair ? Je ne veux pas que ces gars m'approchent.

– Luther ? Qu'est-ce que tu sais de lui ?

– Qu'il a récupéré tes bijoux.

Le médecin mit un instant à comprendre qu'il faisait sans doute référence au cambriolage dont il avait été victime. Seppi remarqua qu'il essayait de masquer son étonnement.

– Je ne vois pas de quoi tu parles.

– Bien sûr que si. Je parle de ce que les petits gars t'ont volé, répondit Seppi, cessant de balancer ses jambes dans le vide. Je connais ceux qui ont fait le coup. Et ne viens pas me dire que tu n'as pas été cambriolé. Je sais que si. Je crois aussi savoir pourquoi tu as fait appel à Luther au lieu de prévenir la police.

– Comment ça ?

– C'est à cause de ça, non ? demanda Seppi en lui tendant une des photos que Mikki lui avait données.

Le médecin la prit, l'examina et le regarda.

– C'est toi qui les as ? demanda-t-il.

Seppi hocha la tête.

– Il faut que je les récupère.

– Je n'en doute pas, répondit Josep avec un petit rire. Qu'est-ce qui t'a pris ? J'ai tout de suite reconnu ton cabinet ! C'est évident que c'est toi qui as réalisé ces clichés !

– Tu les as sur toi ?

– Non, je ne les ai pas sur moi. Tu me prends pour un idiot ?

Le médecin ne répondit pas.

– Tu es complètement dingue ! Par qui tu les fais développer ?

– Ça ne te regarde pas. Rends-moi ces photos.

– Tu veux que j'aille montrer celle-là à tes patients dans la salle d'attente ? menaça Seppi. Ça te dit ? Tu veux que je le fasse ? Ça ne pose aucun problème. Il me suffit de sortir d'ici et de la faire passer de main en main. Qu'en dis-tu ?

– Je les développe moi-même, avoua le médecin. Ici. Combien tu en veux ?

– C'est bien elle ?

– Personne n'était censé voir ces photos. Je veux les récupérer. Elles m'appartiennent. Combien tu en veux ?

– C'est bien elle ? répéta Seppi, l'index pointé sur la gamine qui apparaissait sur la photo.

Le médecin garda le silence.

– Tu crois que je ne sais pas qui c'est ? Tu crois que je ne sais pas ce qui lui est arrivé ?

– Tu veux combien pour ces photos ?

– Je me souviens de l'avoir vue en haut de la colline de Thingholt, éluda Seppi. Je connais son connard de beau-père. C'est lui qui l'a amenée chez toi ? Tu l'as payé ? Combien tu lui as donné ?

Le médecin continuait à se taire. Il le fixait en essayant de garder son sang-froid.

– Sa mort par noyade dans l'étang de Tjörnin n'était peut-être pas tout à fait accidentelle, hein ?

– Tu veux combien pour ces photos ? répéta une fois encore le médecin.

– C'était un accident ?

Le médecin secoua la tête.

– Au fait, comment elle s'appelait ? demanda Seppi, feignant de chercher le nom dans sa mémoire alors qu'il s'en souvenait parfaitement. Un prénom très court, ajouta-t-il. Ah, aide-moi !

Le médecin était écarlate.

– Nanna ? C’est bien ça ? poursuivit Seppi. C’était bien le nom de cette gamine ? Elle habitait dans un baraquement en haut de la colline de Thingholt. C’est bien elle sur ces photos ? La petite qui s’est noyée dans l’étang de Tjörnin ?

36

La voiture n'était pas devant la maison. Benony s'arrêta dans la rue, tout semblait parfaitement calme. Stan était sans doute parti au travail. Elisa devait être chez elle, à moins qu'elle ne soit allée faire des courses. La matinée n'était pas encore terminée, il n'y avait personne dans le quartier.

Il alla prendre la clef du sous-sol dans sa cachette, ouvrit la porte et commença à rassembler les outils qu'il avait laissés là : un marteau, quelques tournevis et une chignole qu'il rangea dans sa sacoche en cuir. Il y avait peu de chance qu'il reprenne le travail chez son copain après leur dispute de la veille.

Il n'était cependant pas juste venu récupérer ses affaires. Il s'inquiétait pour Elisa et espérait la trouver chez elle pour pouvoir vérifier qu'elle allait bien. Après avoir rassemblé ses outils, il s'attarda un peu dans la cave avant de gravir d'un pas hésitant l'escalier qui montait à l'étage, fermé par une porte donnant directement sur le couloir. Il resta un bon moment aux aguets derrière la porte, il n'entendait aucun bruit, son inquiétude grandissait de minute en minute. Il avait à peine fermé l'œil de la nuit. Il regrettait de s'être disputé ainsi avec Stan, de l'avoir mis en colère et de l'avoir ensuite laissé aller retrouver Elisa dans cet état. Il se disait qu'il aurait dû réfléchir un peu. Et s'y prendre autrement.

Il posa la main sur la poignée. La porte n'était pas fermée à clef. Il l'ouvrit et chuchota le nom d'Elisa, elle semblait absente. Il l'appela à nouveau, un peu plus fort, sans obtenir de réponse. Il se demandait ce qu'il devait faire. Peut-être simplement attendre qu'elle rentre ou qu'elle se manifeste. Il avait l'impression d'être seul dans la maison. Il regarda dans la cuisine puis dans la chambre des enfants avant de prendre l'escalier qui montait au premier, sans vraiment savoir pourquoi.

En arrivant à la porte de la chambre, il trouva Elisa allongée sur le lit, couchée à même la couette, la tête posée sur l'oreiller. Il remarqua aussitôt les marques sur son visage et sentit son cœur s'emballer, craignant l'espace d'un instant qu'elle ne soit morte. Il resta figé dans l'embrasure jusqu'au moment où, à son grand soulagement, elle bougea un bras, ouvrit les yeux et remarqua sa présence.

– C'est toi ? demanda-t-elle. Elle n'avait pas sursauté en le voyant, il avait l'impression qu'elle était encore à moitié endormie. Je me suis assoupie, ajouta-t-elle, comme pour s'excuser. Je n'ai pas dormi de la nuit.

Elle se redressa dans le lit en gémissant. Elle avait mal partout.

– Je suis passé prendre mes outils, répondit Benony. Je ne voulais pas te déranger. J'ai croisé Stan hier soir. Je vois qu'il s'en est encore pris à toi. Il a fait ça quand il est rentré ? Quelle mauvaise idée j'ai eu de lui parler… Je suppose que ça n'a fait que l'encourager à te frapper.

Elle tourna son visage, dévoilant les marques qu'avaient laissées les coups de son mari.

– Benony, ce n'est pas ta faute, répondit-elle. Tu m'as aidée. Il ne faut pas t'en vouloir.

– J'aurais dû t'emmener avec moi.

– Il m'a frappée, puis il est parti. J'ai bien cru qu'il allait me tuer, mais… finalement il a pris quelques vêtements, sa brosse à dents et son rasoir, et il a pris sa voiture. Je ne sais pas où il est. Il ne m'a pas donné de nouvelles.

– Qu'est-ce que tu as sur le cou ? demanda Benony en découvrant l'éraflure sur sa peau et les gouttes de sang sur son chemisier. Il avait pris un couteau ? Il t'a blessée ?

– Je lui ai parlé du couteau caché sous le matelas, expliqua Elisa. Je crois qu'il a été plutôt surpris quand je lui ai dit que j'avais bien failli m'en servir. Que je pouvais parfaitement imaginer en arriver à cette extrémité une de ces nuits. Tout à coup, je n'avais plus peur de lui et je crois qu'il l'a senti.

Elle raconta à Benony les choses pour ainsi dire irréelles qui s'étaient passées la veille au soir. Elle avait eu la force de s'opposer à Stanley et, pour la première fois depuis le début de leur vie commune, ce dernier avait capitulé face à elle. Elle en était encore abasourdie et n'arrivait pas vraiment à expliquer ce qui s'était passé dans la tête de son mari. Elle n'avait pas dormi de la nuit, craignant de le voir revenir, encore plus violent que d'habitude. Mais il n'était pas revenu et, au petit matin, elle s'était assoupie dans le lit.

– Il a peut-être pris une chambre d'hôtel, supposa-t-elle, même si l'idée lui semblait ridicule. Et il a dû aller au travail ce matin. Enfin, j'imagine, il doit être au boulot, tu ne crois pas ?

– Quelle ordure, maugréa Benony en s'asseyant au bord du lit. Je ne l'aurais jamais cru capable d'une telle violence. D'accord, c'est mon ami, mais… je n'imaginais pas qu'il pouvait être aussi ignoble.

– J'espère qu'il comprend enfin et qu'il regrette, répondit Elisa. Regarde un peu ma tête. Je suis affreuse, n'est-ce pas ?

– Pardon, tu préfères que je parte ? Je ne voulais pas te déranger. Je ne voulais pas entrer dans ta chambre. Je voulais juste vérifier que tout allait bien.

– Reste un peu avec moi, répondit-elle. Je suis encore pas mal déboussolée. J'ai appelé à la ferme… Lola me manque tellement. Je lui ai promis qu'elle pourrait bientôt rentrer à la maison, que tout serait arrangé, mais j'ai l'impression qu'elle ne m'a pas crue. J'étais au bord des larmes. Elle a même essayé de me consoler. Elle est tellement forte, cette petite…

Benony la serra dans ses bras.

– Tout ira bien, rassura-t-il. Tout se passera bien pour elle. Tu as fait le nécessaire.

– Tu crois ?

– Tu devrais aller voir la police. Leur raconter ce qu'il te fait subir. Au cas où il arriverait quelque chose. Rien ne dit qu'il en restera là. Même s'il est parti.

Elisa regarda Benony et lui prit la main.

– Je ne sais pas ce que je ferais sans toi. Je crois que c'est aussi à toi que je dois d'avoir été capable de le défier. Ça me fait du bien de pouvoir parler de tout ça. De savoir que je ne suis pas responsable de cette situation. De savoir que je ne suis pas seule. Que j'ai un confident.

– Bien sûr que tu n'es responsable de rien, répondit Benony. Et tu sais, tu n'es jamais affreuse.

Elisa le regarda, esquissa un sourire, puis lui embrassa la main et déposa prudemment un baiser sur sa bouche. D'abord emprunté et hésitant, il répondit bientôt à ses sollicitations avec tendresse et douceur. Il embrassa délicatement sa joue brûlante, embrassa l'éraflure qu'elle avait sur le cou. Embrassa ses lèvres jusque dans leurs moindres ridules. Elle se blottissait contre lui, se serrant dans ses bras, incapable de relâcher son étreinte. Lorsqu'elle s'allongea à son côté, elle sentit se rallumer en elle des braises depuis longtemps éteintes.

37

En rentrant chez lui à Arbaer, encore préoccupé par sa conversation avec Palmi, Konrad trouva parmi les prospectus publicitaires qui encombraient sa boîte à lettres une enveloppe en papier kraft. Elle était dénuée de timbre et de tampon. Il n'y figurait ni l'adresse de l'expéditeur ni celle du destinataire. La prenant pour un de ces courriers indésirables, il la jeta avec le reste sur la table de la cuisine. En dehors des factures, c'était aujourd'hui le seul type de lettres qu'il recevait, et toutes étaient ciblées sur les gens de son âge. Des pubs pour les prothèses auditives dernier cri, des médicaments miracle qui vous évitaient d'avoir à vous lever plusieurs fois la nuit pour uriner.

Il s'était arrêté dans un magasin d'alimentation et avait acheté quelques bouteilles de Dead Arm à la boutique des alcools. Il rangea le vin et se prépara quelque chose à manger, il était mort de faim. Il écouta les informations à la radio et tenta une fois encore d'appeler Hugo, son fils ne décrocha pas. La conversation qu'il avait eue avec Palmi dans ce café l'inquiétait, il avait envie de l'appeler pour lui répéter qu'il s'agissait d'une discussion privée et qu'il tenait à ce que ses confidences restent entre eux.

Il finit par s'assoupir devant une série policière diffusée à la Télévision nationale, et fut réveillé en sursaut par la sonnerie de son téléphone qu'il trouva au bout d'un moment dans la cuisine. C'était Hugo.

– Bonjour, mon petit, répondit-il, soulagé.

– Je vois que tu as cherché à me joindre, fit son fils d'un ton sec.

– Oui, je… je voulais te donner des explications. Je ne veux pas qu'on soit fâchés. Il faut qu'on se parle.

– Ah, OK, tu as le droit de faire ce que tu veux, de mentir et de trahir des années durant, et ensuite on peut en discuter, c'est ça ?

– Hugo…

– C'est le plus pratique pour toi, non ?

– Je n'ai jamais prétendu être parfait.

Son fils soupira.

– Tu n'as jamais dit non plus que tu avais trompé et trahi ma mère tout ce temps.

Konrad ne savait pas quoi répondre. Il était désolé d'apprendre qu'Hugo était encore en colère, qu'il ne lui faisait plus confiance et ne l'appréciait plus.

– Je vais être honnête avec toi, Hugo. Je me torture depuis des années à cause de ça. Je dois vivre avec cette culpabilité. Ce n'est pas facile, contrairement à ce que tu crois. Rien de ce que tu pourrais faire ou dire ne pourrait augmenter ma souffrance. Mais cette histoire ne concerne qu'Erna et moi.

– Et aussi Svanhildur, non ?

– Pour ta gouverne je ne la vois plus, répondit Konrad. Il y a des années que j'ai mis fin à notre relation. Je l'ai fait quand ta mère est tombée malade. L'autre jour, j'ai essayé d'aller la voir et elle m'a claqué la porte au nez. Comme tu sais, je suis assez doué pour me faire rabrouer.

Il y eut un silence à l'autre bout de la ligne. Konrad se taisait également. Un long moment passa. La lueur de l'écran diffusant la série policière nordique vacillait sur les murs. Konrad essayait de suivre l'intrigue sans y parvenir, incapable de dire depuis combien de temps il se tenait debout au milieu du salon. Tout à coup, il comprit qu'Hugo n'était plus là.

– Et les jumeaux, comment ils vont ? demanda-t-il, histoire de changer de sujet. Mais Hugo ne répondit pas. Allô ? Hugo ? Allô ?

Son fils avait raccroché. Konrad fut sur le point de le rappeler mais y renonça aussitôt, préférant lui laisser l'initiative. Le plus important, c'était qu'il venait de lui téléphoner, et c'était une bonne chose. Et il était persuadé que la prochaine fois ils discuteraient plus longuement.

Il pensa à Svanhildur et se demanda s'il devait l'appeler mais, craignant qu'elle ne le rembarre à nouveau, il préféra ne pas s'y risquer. Décidément, tout le monde lui claquait la porte au nez, quittait la table où il se trouvait et lui raccrochait au nez. Et il avait eu sa dose pour l'instant.

Il retourna dans la cuisine boire quelques gorgées de Dead Arm. Il comptait se contenter d'un verre avant de se mettre au lit. Et ne pas fumer, d'ailleurs il n'avait plus de cigarillos. C'est Erna qui lui avait fait connaître ce vin et lui avait expliqué l'origine du nom. Le bras mort. La particularité de la vigne dont il provenait était de développer un sarment difforme qui finissait par tomber, ce qui fortifiait le reste du pied et donnait un goût plus fort au vin. Erna avait vu dans cette étrangeté de la nature quelque chose qui lui rappelait son mari.

Konrad feuilleta les prospectus sur la table de la cuisine. Il y avait là un flyer annonçant la tenue d'une réunion de quartier du Parti de l'Indépendance dont le vice-président ferait un discours. La compagnie d'énergie prévoyait de couper l'eau chaude pendant deux jours pour entretenir le réseau. Un magasin de linge de maison annonçait des soldes. L'enveloppe en papier kraft était soigneusement scellée. Sans daigner lâcher son verre pour la décacheter, il faillit tout jeter à la poubelle mais sa curiosité l'emporta et il voulut savoir ce qu'elle contenait. Il l'ouvrit et vida sur la table les photocopies qui s'y trouvaient. Sur l'une d'elles, l'expéditeur avait collé un post-it annoté d'un laconique :

Désolé, mon vieux,
L

Il ne s'agissait pas d'un publipostage. Konrad devina aussitôt l'identité de l'expéditeur même s'il ne comprenait pas pourquoi il avait fini par se décider à lui communiquer ces documents. Leur dernière entrevue n'en avait rien laissé présager, bien au contraire. Quant à ce *Désolé, mon vieux*, il était encore plus surprenant. Peut-être qu'avec l'âge, il s'adoucissait. Ou peut-être qu'il était simplement ivre quand il avait mis le pli dans la boîte aux lettres. Jamais Konrad n'avait entendu Leo présenter des excuses à qui que ce soit.

En revanche, cet homme dont les paroles étaient rarement en adéquation avec les actes était capable de tout. Konrad avait appris, très vite après être entré dans la police, qu'il ne fallait pas se fier à ses propos. Cela dit, en cas de problème, c'était le meilleur collègue qu'on puisse imaginer même s'il était parfois menteur et malhonnête. Konrad le connaissait, il avait supporté ses défauts et appris à s'en accommoder. Même s'il lui en avait souvent coûté de se résoudre à des concessions auxquelles il n'était pas toujours prêt.

Il prit les feuilles où étaient inscrits par ordre alphabétique et sur papier à en-tête les noms des francs-maçons des années 1961 à 1963. Aucune information n'y figurait quant à leur date de naissance, leur adresse, leur profession ou leur position dans la loge. Seules les années avaient été ajoutées au stylo, en haut de la première page. Leo avait pourtant juré de ne jamais communiquer à son ancien collègue les renseignements qu'il était venu lui demander.

– Eh bien, mon salaud, murmura Konrad en parcourant la liste. Il repéra presque aussitôt le nom de Haukur, puis celui de Henning, qui avait pourtant soutenu dur comme fer n'avoir jamais été membre de la confrérie. Il passa en revue les autres noms, qui ne lui disaient rien, avant de s'arrêter soudain sur l'un d'eux, plus familier. Celui d'un médecin, à l'époque. Konrad n'était pas près d'oublier son patronyme à consonance étrangère. Il passa son doigt dessus, comme pour s'assurer qu'il était bien là, écrit noir sur blanc.

Anton J. Heilman.

38

Réveillé par la sonnette après une nuit courte, il entendit tambouriner à sa porte. Quelques instants plus tard, sorti de sa torpeur et ayant enfin saisi d'où venait le bruit, il se leva péniblement, enfila sa robe de chambre, alla ouvrir et découvrit face à lui deux inconnus qui lui demandèrent d'un air grave s'il était bien Konrad Josepsson avant de le prier de les accompagner au commissariat de la rue Hverfisgata pour y être interrogé.

L'un d'eux débita tout ça comme s'il avait appris une leçon tandis que son collègue restait muet. Il ajouta qu'ils travaillaient à la Criminelle, au cas où ce détail aurait échappé à leur interlocuteur. Les deux hommes avaient à peu près le même âge, ils étaient sans doute entrés dans la police après le départ de Konrad.

Il leur demanda le motif de cette convocation, surpris de recevoir une telle visite et plus encore de devoir suivre deux policiers au commissariat comme un vulgaire criminel. Le loquace répondit qu'il ignorait de quoi il retournait, on leur avait juste demandé à son collègue et à lui d'aller le chercher à son domicile. Il leur demanda s'ils ne pouvaient pas régler ça sur le pas de sa porte. Les deux hommes secouèrent la tête.

– Il est quelle heure ? Vous êtes drôlement matinaux ! lança Konrad.

Le loquace lui donna l'heure avant d'ajouter d'un ton sec qu'il devait s'adresser à d'autres s'il avait des plaintes concernant les horaires. Il manquait tellement d'humour que Konrad en était admiratif.

– Vous allez me menotter ?

Le loquace fit non de la tête.

Konrad retourna à l'intérieur chercher des vêtements. Déconcerté, mal réveillé après cette nuit trop brève, il se demanda si tout ça n'était pas une blague, peut-être concoctée par Marta. À moins que cette visite matinale ne soit en rapport avec une enquête difficile dans laquelle la police avait besoin de son aide, pour une raison qu'il ignorait. Il ne lui vint aucune autre explication à l'esprit jusqu'au moment où, assis dans la voiture banalisée des deux hommes, un peu réveillé et les idées plus claires, il repensa à sa conversation de la veille avec Palmi.

Les deux policiers le conduisirent rue Hverfisgata sans un mot. Ils se garèrent à l'arrière du commissariat et l'escortèrent dans le couloir où il était si souvent entré, puis le firent patienter dans le bureau d'un des inspecteurs de la Criminelle. Il attendit un long moment avec un des deux hommes sans essayer de lui faire la conversation. Enfin, la porte s'ouvrit, l'inspecteur arriva et salua Konrad en congédiant le planton.

– C'est quoi cette mise en scène ? demanda Konrad une fois installé en face de lui. On n'aurait pas pu tout régler par téléphone ?

– C'est un peu plus sérieux que ça.

Konrad ne connaissait pas bien cet homme, il n'avait jamais travaillé avec lui et se souvenait qu'il faisait partie d'un autre service à l'époque. Il était évident qu'on s'arrangeait pour qu'il n'ait pas affaire à des gens susceptibles de lui être favorables. Ce n'était pas très compliqué. La plupart d'entre eux avaient disparu ou étaient partis à la retraite.

– Où est Marta ? demanda-t-il. Je peux lui parler ?

– Elle est en congé, répondit l'inspecteur – Valdimar, si Konrad se souvenait bien. Cet homme était monté en grade de manière fulgurante. Excellent policier, il avait participé à plusieurs enquêtes de lutte contre la délinquance économique après la grande crise de 2008.

– En congé ?

– Pour une durée indéterminée, précisa Valdimar, portant son pouce à ses lèvres pour suggérer qu'elle buvait. Je ne t'ai rien dit, c'est bien clair ? Ça ne te gêne pas qu'on enregistre notre conversation ? ajouta-t-il en sortant un magnétophone.

– Depuis longtemps ? Je l'ai pourtant eue au téléphone il y a quelques jours, s'étonna Konrad, ajoutant qu'il ne s'opposait pas à l'enregistrement.

– Il vaut peut-être mieux que tu lui poses la question toi-même, je n'en sais pas plus, dit Valdimar en allumant le magnétophone. Excuse-nous pour toutes ces complications, mais il est préférable de faire les choses dans les règles, parce que, comme tu le sais, puisque tu as longtemps été dans la police, il ne faudrait pas qu'on imagine qu'on t'accorde un traitement de faveur. Sans parler du fait que tu es impliqué dans cette enquête d'une manière on ne peut plus personnelle.

– Comment ça, un traitement de faveur ? Qu'est-ce qui se passe ? Vous venez me chercher chez moi et… de quelle enquête est-ce que tu parles ?

– Celle sur le meurtre de ton père, répondit Valdimar. Je sais que cela remonte à très longtemps, mais il n'existe pas de prescription dans ce domaine. Les enquêtes restent en sommeil et, si de nouveaux éléments apparaissent, nous devons les examiner. Le meurtre de ton père ne déroge pas à cette règle.

– De nouveaux éléments ? C'est-à-dire ? demanda Konrad.

– Ils te concernent directement. Nous avons reçu un témoignage du policier chargé de l'enquête à l'époque…

– De Palmi ?

– Tout à fait. Il affirme que tu lui as avoué récemment avoir menti pendant ton interrogatoire. Ces mensonges et donc, ton faux témoignage, placent l'enquête dans un contexte tout à fait différent et exigent que cette affaire, c'est-à-dire ton attitude pendant l'interrogatoire, soit réexaminée. Tu comprends tout ce que je dis ?

– Évidemment que je comprends ce que tu me dis, mais je ne comprends pas ce que Palmi raconte.

– D'accord. Deux éléments nous questionnent. Le premier est en rapport avec la temporalité. Il s'agit de savoir à quel moment tu as eu connaissance d'une affaire d'inceste et d'abus d'enfant impliquant Josep P. Grimsson et Elisabet Josepsdottir. Le second concerne ce qui s'est passé quand tu as revu ton père après avoir appris ce qu'il avait fait à ta sœur. Tu as nié connaître ces informations avant de le voir pour la dernière fois, et tu as également nié en être venu aux mains avec lui. Palmi affirme que tu lui as finalement avoué avoir menti sur ces deux points. Tu lui as dit que tu avais été pris d'une violente colère, que tu t'étais battu avec ton père, puis que tu étais parti.

– Palmi a mal compris, répondit Konrad.

– Il pense, à juste titre, que si tu as pu mentir toutes ces années, tu as peut-être aussi menti sur tout le reste jusqu'à aujourd'hui et que, par exemple, il n'est pas impossible que tu aies revu ton père plus tard dans la soirée, qu'à nouveau les choses se soient envenimées entre vous à cause des informations dont nous parlions tout à l'heure et que cela se soit terminé par le drame que nous connaissons.

– D'accord, sauf que je ne lui ai jamais dit ça. Palmi a la mémoire qui flanche. Je n'irais jamais dire une chose pareille à personne, et encore moins à lui, évidemment. Tu devrais quand même t'en rendre compte. Je ne ferais jamais un tel aveu à l'homme qui a dirigé l'enquête à l'époque.

– Palmi nous a prévenus que tu démentirais et que tu dirais qu'il a tout inventé.

– C'est donc sa parole contre la mienne.

– Eh bien, ce n'est pas si simple.

– Je ne veux pas le traiter de menteur, répondit Konrad en se demandant comme il allait se tirer d'affaire. Je pensais que lui et moi étions bons amis et je ne comprends pas pourquoi il agit ainsi. Il doit y avoir un malentendu. Il m'a donné rendez-vous dans un café où nous avons discuté de tout et de rien. Il m'arrive d'aller le voir chez lui, pas très loin de Keflavik. Je ne veux pas affirmer quoi que ce soit qui risquerait de le blesser, mais il se fait vieux, et ces derniers temps il me semble qu'il a de plus en plus d'absences. Il est parfois un peu déboussolé, si tu vois ce que je veux dire. Je crois que c'est la seule explication. Il a mal compris ce que je lui ai dit. C'est un énorme malentendu.

– Ce n'est pas du tout son avis, insista Valdimar, il a d'ailleurs pris des dispositions.

Konrad se demandait ce qu'il entendait par là.

– Des dispositions ?

– Il nous a envoyé un courriel accompagné d'un fichier en pièce jointe, poursuivit le commissaire en se tournant vers l'ordinateur sur son bureau. Je vais te le retrouver.

Konrad l'observa d'un air impassible. Tout à coup, il se souvint que Palmi avait pris congé de lui précipitamment sous prétexte qu'il avait rendez-vous avec sa fille. Il avait alors sorti son portable pour vérifier l'heure et avait dit qu'il était en retard. Tandis qu'il regardait Valdimar explorer ses fichiers, Konrad comprit que Palmi n'avait pas sorti son téléphone pour savoir l'heure, mais pour vérifier que l'enregistrement avait bien fonctionné.

Ses soupçons s'avérèrent fondés. Le haut-parleur de l'ordinateur diffusa sa voix qui saluait Palmi dans le bar puis se plaignait de la foule de touristes en ville.

– Tu disais que tu ne voulais pas le traiter de quoi ? demanda l'inspecteur. De menteur, c'est ça ?

– Qu'est-ce que c'est que ce cirque ? s'alarma Konrad.

– Donc, Palmi serait parfois un peu déboussolé ? En tout cas, il était assez lucide pour enregistrer votre conversation sur son téléphone, sachant que tu nierais lui avoir dit quoi que ce soit, que tu nierais jusqu'au fait de lui avoir parlé, et pourquoi pas, que tu nierais l'avoir rencontré ne serait-ce qu'une fois dans toute ta vie.

Konrad ne savait pas quoi répondre.

– Tu comptes toujours maintenir que tu n'as jamais dit tout ça ?

Konrad gardait le silence.

– Ça fait quelle impression ? demanda Valdimar en se penchant sur son bureau.

– Quelle impression ? Comment ça ?

– D'être assis de l'autre côté, pris la main dans le sac.

39

Bien que décontenancé, Konrad s'efforçait de faire bonne figure tandis qu'ils écoutaient l'enregistrement. Lorsqu'ils atteignirent la fin, Valdimar le regarda d'un air inquisiteur. Konrad se contenta de hausser les épaules, comme pour souligner que les propos tenus n'avaient pas le moindre intérêt. Il fit remarquer qu'il était ridicule de le soupçonner après tout ce temps. Depuis plusieurs mois, lui-même enquêtait sur le meurtre de son père, Palmi pouvait en attester, tout comme la famille de Konrad et son amie Eyglo. Le fait qu'il n'ait pas révélé toute la vérité à l'époque ne changeait rien en soi. En outre, il avait un alibi solide.

– Nous savons maintenant que tu as menti et nous disposons par-dessus le marché d'un excellent mobile, répondit Valdimar. Je serais tenté de croire que cela mérite que nous nous intéressions d'un peu plus près à la question. Tu ne penses pas ?

– Je ne vois pas vraiment pourquoi.

– Les témoins qui t'ont fourni un alibi, les gars qui ont dit qu'ils étaient avec toi, ont tous les deux cassé leur pipe, n'est-ce pas ?

– Oui, ils sont morts tous les deux, répondit Konrad. L'expression choisie par Valdimar lui semblait bien peu respectueuse, il s'abstint toutefois de le lui faire remarquer. Le premier est décédé il y a trente ans et le second il y a une dizaine d'années. J'avais perdu le contact avec eux depuis un moment. On passait beaucoup de temps ensemble à l'époque puis… nos routes ont divergé.

– D'après Palmi, ce ne sont pas les témoins les plus fiables qu'il ait interrogés dans cette affaire. Loin s'en faut. Cela dit, on vous a vus dans un bar peu avant le drame, ce qui a conforté ton alibi même si l'horaire ne correspondait pas exactement à celui du meurtre.

– Ce qu'on entend dans l'enregistrement, ce sont des détails sans importance, protesta Konrad.

– Non, Konrad, ce ne sont pas de simples détails et tu le sais parfaitement, martela l'inspecteur, l'index pointé sur son écran. Ces détails précisent la temporalité, ils nous indiquent le moment où certaines informations ont été portées à ta connaissance et nous renseignent sur ton état d'esprit, tout cela compte beaucoup dans le meurtre de ton père, commis très peu de temps après. Ce sont de nouveaux éléments et nous devons en tenir compte. Palmi a eu raison de nous les signaler.

– N'importe quoi ! rétorqua Konrad.

– C'est ton droit de le penser, bien sûr, mais nous n'avons pas la même opinion et j'espère que tu te montreras coopératif.

– Sinon quoi ?

L'inspecteur hésita.

– Vous allez me placer en détention provisoire, c'est ça ? demanda Konrad.

Ses paroles furent suivies d'un long silence, comme si Valdimar réfléchissait sérieusement à l'idée de le placer en cellule.

– Nous n'avons pas de raison d'en arriver là, finit par dire l'inspecteur. Je ne vois pas quelles preuves tu pourrais détruire après tout ce temps. Je suppose d'ailleurs qu'aucun juge ne nous donnerait son aval. En revanche, nous allons rouvrir l'enquête à la lumière de ces nouveaux éléments. Par conséquent, tu dois t'attendre à recevoir d'autres visites de la police ou à être convoqué ici. Tu comptes partir à l'étranger prochainement ?

– Non. Vous allez m'interdire de quitter le territoire ?

– Si nous le jugeons nécessaire. Nous considérons l'affaire comme très sérieuse, Konrad, d'autant plus qu'elle concerne quelqu'un qui a travaillé chez nous pendant de longues années. Si cette histoire venait à s'ébruiter, nous ne voulons pas qu'on nous accuse de réserver aux policiers un traitement de faveur. Si ça ne te gêne pas, je voudrais prendre dès maintenant ta déposition formelle concernant ces nouveaux éléments. Évidemment, tu peux demander à être assisté d'un avocat si tu le souhaites.

– Je m'en passerai.

Ainsi commença pour lui un nouvel interrogatoire sur le meurtre de son père. On lui posa des questions qu'il n'avait plus entendues depuis des dizaines d'années, d'autres nouvelles, évidemment. Il fit de son mieux pour y répondre, reconnut que l'enchaînement des faits différait de celui qu'il avait fourni à l'époque et qu'il avait intentionnellement caché une partie de la vérité, considérant que ces informations risquaient de lui nuire et qu'elles n'avaient aucun rapport direct avec le drame. C'était sa mère qui lui avait appris ce que Josep avait fait à Beta, le jour même du meurtre. Il était allé chez lui, fou de rage, et les deux hommes en étaient venus aux mains. Il reconnaissait qu'il lui en avait voulu à mort, mais ce n'était pas allé plus loin.

L'inspecteur l'interrogea à plusieurs reprises sur ce mensonge et sur son état d'esprit lorsqu'il était rentré chez son père après le rendez-vous avec sa mère. Cet état d'esprit avait peut-être altéré son jugement. Comme Konrad l'avait supposé, s'étant plus d'une fois trouvé dans cette situation, l'intérêt de Valdimar s'orienta à un moment sur sa mère et il lui posa une série de questions sur elle et sur ses dispositions envers Josep. Il lui demanda s'il était possible qu'elle ait été impliquée dans le meurtre. Comme il l'avait toujours fait, Konrad répondit que c'était tout à fait exclu.

L'interrogatoire se termina sur des questions auxquelles il avait dû répondre des dizaines de fois : as-tu tué ton père ? Es-tu responsable de sa mort survenue en 1963 ? Certaines de ces questions l'agaçaient prodigieusement.

– Et ta mère ?

– Ma mère ?

– Est-ce qu'elle était complice ? demanda Valdimar.

– Non.

– Avez-vous planifié tous les deux l'assassinat de Josep P. Grimsson ?

– Non plus.

– Est-ce pour cette raison qu'elle était venue à Reykjavik ?

– Non.

– Est-ce que l'idée vous est venue pendant votre rencontre, plus tôt dans la journée ? Quand elle t'a expliqué qu'il avait abusé de ta sœur ?

– Non.

– Crois-tu qu'il soit possible que Sigurlaug ait tué ton père ?

– Non, c'est impossible.

– C'est toi qui l'as tué ?

– Non.
– Comment tu as réagi quand elle t'a dit ça sur ta sœur ?
– Ça m'a mis hors de moi.
– Tu n'étais pas au courant de cette histoire ?
– Non.
– Pourquoi ?
– Parce que personne ne m'en avait parlé.
– Est-ce que tu as vu ton père sous un autre jour après ça ?
– Oui.
– Pourquoi tu ne l'as pas dit pendant les premiers interrogatoires ?
– Pour moi, ça n'avait aucune importance.
– Vous vous êtes disputés à la suite de cette révélation ?
– Oui.
– Est-ce qu'on peut dire que tu haïssais ton père ?
– Eh bien… peut-être, je ne sais pas.
– Pourquoi ne pas l'avoir dit pendant les premiers interrogatoires ?
– Ça n'avait aucune importance à mes yeux.
– Est-ce que tu as tué ton père ?
– Non.
– Est-ce que ta mère t'y a incité ?
– Non.

Quelques instants plus tard, l'interrogatoire était terminé. Konrad supposa que la nouvelle de sa présence au commissariat s'était ébruitée. Assortie du motif : faux témoignage dans l'enquête sur le meurtre de son père. Il crut percevoir des regards entendus et des sourires railleurs tandis qu'on le raccompagnait vers la sortie. C'était peut-être juste le fruit de son imagination. En tout cas, il l'espérait.

Il ne prononça pas un mot dans la voiture banalisée qui le ramena chez lui. À peine avait-il franchi la porte de son domicile qu'il appela Palmi. Le vieil homme décrocha au bout de quelques sonneries.

– Pourquoi tu as fait ça ? demanda Konrad sans préambule.

– Ils t'ont parlé ? répondit Palmi.

– Parlé ?! C'était un interrogatoire ! Ils croient que c'est moi qui l'ai fait ! rétorqua Konrad, hors de lui.

– Et tu ne trouves pas ça logique ?

– Je trouve ça ridicule, Palmi ! Pourquoi tu as fait une chose pareille ?! Je croyais que notre conversation était privée.

– Il n'y a pas de privé qui tienne dans ce genre d'affaire, Konrad, tu le sais très bien. Je considère que c'était mon devoir de le signaler à la police. Et je crois que tu ne t'en porteras pas plus mal. Ça te fera du bien d'être honnête.

– Est-ce que tu imagines le pétrin dans lequel tu m'as mis ?

– Ne rejette pas la faute sur moi. C'est toi qui as choisi de mentir. Ce serait bien que tu sois parfois responsable de tes actes. Ça m'a blessé quand j'ai compris que tu m'avais menti pendant toutes ces années. Profondément blessé.

– Tu me crois coupable ?

– Je ne sais plus ce que je dois croire, répondit Palmi.

– Tu penses sérieusement que j'ai tué mon père ? Que j'étais de mèche avec ma mère ?

– Je ne sais pas, Konrad. Je ne sais plus. Toi. Ta mère. Quelqu'un qui lui devait de l'argent. Tu sais bien comment ça fonctionne. Tu m'as menti toutes ces années. Tu as menti à la police depuis le début de cette enquête qui porte sur des faits d'une grande gravité. Qu'est-ce que je dois croire ? Dis-le-moi. Qu'est-ce qu'il faut croire ?

40

Bercé par le souffle apaisé d'Elisa, Benony entendit tout à coup du bruit à la cave. Il se redressa, tendit l'oreille, sortit du lit en veillant à ne pas réveiller Elisa, profondément endormie, et s'avança à pas de loup vers le palier. Il ramassa son pantalon et son maillot de corps, les enfila en silence puis descendit l'escalier. La porte de la cave était restée ouverte, il avait l'impression d'avoir entendu quelqu'un y entrer et avait aussitôt pensé que Stan était revenu. Il n'avait pas peur de l'affronter. Au contraire, il se réjouissait à l'idée de lui flanquer une bonne torgnole.

Malgré ça, il était anxieux en descendant les marches en bois qui craquaient sous ses pieds, il s'arrêta et sentit l'odeur de tabac qui montait de la buanderie, puis il se remit en route et fut soulagé en reconnaissant la silhouette de Mikki. Assis sur un tabouret, cigarette à la main, il lui tournait le dos. Il se détendit aussitôt et lui demanda ce qu'il venait faire ici. Plongé dans ses pensées, Mikki ne l'avait pas entendu arriver. La question de Benony le fit sursauter.

– Ah, te voilà ! s'étonna-t-il. Je te cherchais. Tu étais où ? À l'étage ?

– Qu'est-ce qui t'est arrivé ? demanda Benony quand son copain se fut levé du tabouret, dévoilant son cocard et sa lèvre fendue.

– Ces ordures n'y sont pas allées de main morte.
– De qui tu parles ?
– Du type que nous avons cambriolé, ou plutôt de ses sbires. Ce sont eux qui m'ont fait ça, répondit Mikki, en lui montrant ses blessures.
Il jeta sa cigarette par terre, l'écrasa, puis lui raconta ses mésaventures avec le bijoutier. Il s'était battu avec Luther et son acolyte qui croyaient qu'il avait en sa possession les photos pornographiques volées dans la maison du médecin. Ils tenaient absolument à les récupérer et lui avaient même proposé de les payer.
– Elles sont où, ces photos ? demanda Benony.
– Je les ai données à Seppi qui m'affirme s'en être débarrassé. Mais je ne sais pas trop…
– Tu crois qu'il ment ?
– Peu importe, répondit Mikki. J'ai rendez-vous avec Luther ce soir. J'ai demandé au bijoutier de lui faire savoir que j'avais encore certaines de ces photos et que je voulais les lui vendre. Tu m'accompagnes ? Au fait, tu as des nouvelles de Tommi ? Ça serait bien utile qu'il vienne avec nous.
– Pourquoi est-ce qu'ils tiennent tant à récupérer ces clichés ? Ce sont de simples photos porno !
– Apparemment, non.
– Tu les as sur toi ?
– Non, je leur ai dit que je les avais, mais en fait je n'en ai plus aucune. Il fallait bien que je trouve un appât pour qu'ils acceptent ce rendez-vous. Je vais leur casser la gueule, ensuite j'irai chez ce médecin lui faire son affaire. Tu comprends ? Je ne supporte pas qu'on me traite comme ça ! Je ne supporte ça de personne, tu vois.
Mikki haussait le ton. Benony lui demanda de ne pas parler aussi fort.
– Aussi fort ? On n'est pas seuls dans la maison ?

Benony secoua la tête.

– Tu étais où ? demanda Mikki, les yeux levés vers le plafond. Elle est à la maison ? Elisa est à l'étage ?

Benony ne lui répondit pas. Son copain le dévisagea et remarqua sa gêne.

– Tu étais avec elle ? demanda-t-il, incapable de réfréner un sourire.

– C'est plus compliqué que ça… bredouilla Benony.

– Plus compliqué ? Qu'est-ce que vous manigancez tous les deux ? Tu étais là-haut, avec elle, pas vrai ?

– Elle veut divorcer, annonça Benony. Stan est parti. En tout cas, pour l'instant. Je ne sais pas ce que tout ça va donner et toi, tu ne dis rien. C'est compris ? Tu la fermes, hein ? Ça ne te regarde pas. Cette histoire ne concerne personne.

– Tu as couché avec elle ?!

Mikki continuait à sourire et dévisageait Benony, curieux d'en savoir plus.

– Tu la fermes.

– Je n'arrive pas à y croire ! s'exclama Mikki. Maintenant ? Cette nuit ? Ici, dans la maison ?

– Ce n'est pas ce que tu crois. Ce n'était pas… ça n'a rien à voir avec ce que tu imagines.

– Je n'imagine rien du tout. Je sais que cet Amerloque est un sale con. J'ai vu comment il traite Elisa. Vous allez faire quoi ?

– Je ne sais pas, répondit Benony. C'est tout récent. Elle a enfin trouvé la force de l'affronter, il est parti, mais je ne sais pas pour combien de temps.

– Elle a bien raison ! Alors, tu m'accompagnes ? Je dois trouver Tommi, ensuite on ira régler son compte à ce crétin de Luther. OK ? Puis on ira chez ce médecin lui faire son affaire. Tu en dis quoi ? Ces connards vont me payer ce qu'ils m'ont fait ! Ils ne vont pas s'en tirer comme ça ! Cette bande de salauds ! Ces ordures !

Benony remonta à l'étage après son départ. Elisa était réveillée. Tout en s'habillant, elle demanda d'un air craintif ce qui était passé, elle avait entendu du bruit à la cave. Benony s'empressa de la rassurer : ce n'était pas son mari, mais juste Mikki, il venait de repartir. Bien qu'encore inquiète, elle se calma. Elle répéta qu'elle avait été terrifiée lorsqu'elle s'était retrouvée seule dans la maison après la dispute de la veille. Certes, elle avait réussi à faire fuir son mari, mais ça ne mettait pas pour autant un point final à leurs discussions et altercations, et l'idée qu'il puisse revenir à tout moment l'angoissait terriblement.

– Viens chez moi, proposa Benony.

– Dans ce cas, il me poursuivra là-bas, répondit-elle. Ce n'est pas fini. J'en ai bien conscience. J'aimerais tellement que ce soit terminé, mais je suppose qu'en réalité ça ne fait que commencer.

Ils sursautèrent. Le téléphone sonnait, troublant le silence, comme une réponse à leurs inquiétudes. Ils échangèrent un regard. Elisa descendit dans l'entrée où le combiné noir reposait sur un petit guéridon. Elle décrocha, « allô, Elisa à l'appareil », silence à l'autre bout de la ligne. Puis il y eut un petit clic, suivi par la tonalité indiquant que son correspondant avait coupé la communication.

Elle raccrocha. Aussitôt, le téléphone se remit à sonner. Elisa le fixa, le son strident et insistant lui perçait les tympans. Debout dans l'escalier, Benony lui proposa de répondre.

Enfin, l'appareil se tut. Elle était soulagée.

Puis, à nouveau, la sonnerie reprit. Encore plus stridente. Encore plus insistante. Au bout de trois, elle décrocha.

– Allô ?

Aucune réponse.

– Allô ? Qui est là ?

Silence.

– Allô ? demanda-t-elle pour la troisième fois en regardant Benony d'un air interrogateur.

– Raccroche et ne décroche plus, murmura-t-il d'une voix à peine audible, craignant que le correspondant comprenne qu'il était là.

Elle plaqua l'écouteur sur son oreille. Il lui semblait entendre une respiration à l'autre bout de la ligne.

– C'est toi ?

Aucune réponse.

– Raccroche, murmura à nouveau Benony.

– Tu es avec qui ? demanda une voix qu'elle reconnut aussitôt.

– Qu'est-ce que tu veux ? éluda-t-elle.

– Tu es avec Benony ?

– Qu'est-ce que tu veux ? répéta Elisa.

– Tu l'as laissé te baiser ?!

– Je raccroche, répondit Elisa.

– Ne crois pas que c'est fini ! grommela Stan. N'imagine pas que tu vas…

Elle ne le laissa pas achever sa phrase et lui raccrocha au nez. Quelques instants plus tard, le téléphone se remit à sonner, Benony le fit taire en décrochant pour raccrocher aussitôt. Il sonna à nouveau au bout de quelques secondes. Il attrapa le combiné et le posa sur le guéridon. L'appareil se tint alors tranquille.

41

Konrad se gara sur le parking de Litla-Hraun et observa la vieille prison. Il y était venu plus d'une fois, mais jamais pour une affaire privée comme celle qui l'amenait aujourd'hui. C'était une chose d'être envoyé par l'administration interroger des détenus, parfois en détention provisoire, dans le cadre d'enquêtes qui ne le concernaient qu'en tant que policier. C'en était une autre de pénétrer dans cette prison à l'heure du parloir pour un motif strictement personnel. Konrad se sentait assez mal à l'aise en frappant à la porte du bâtiment 2 où les visites se déroulaient dans une salle à part.

Le détenu avait accepté de le rencontrer sans problème. Konrad s'attendait à ce qu'il rechigne, mais il ne s'était pas opposé à cette visite. Apparemment, il n'en recevait jamais et considérait que celle-là lui permettrait de rompre avec la routine. Konrad n'avait pas revu l'homme depuis son procès. Il avait quitté la salle du tribunal, condamné à une peine de seize ans ferme, avant que la cour suprême ne confirme la sentence.

Il était incarcéré depuis deux ans. En discutant avec un gardien qu'il connaissait de longue date, Konrad avait appris qu'il avait la vie dure en prison. On le surveillait particulièrement, autant par crainte qu'il ne se fasse du mal à lui-même que pour le protéger des autres prisonniers. Malgré ça, il était arrivé que ses codétenus s'en prennent à lui : les gens comme lui étaient détestés. Maniaque de l'hygiène, il nettoyait sa cellule au détergent, l'air y était frais, elle ressemblait presque à un laboratoire aseptisé, rutilant de propreté.

Konrad lui avait sauvé la vie quand sa jeep avait plongé dans l'étang de Tjörnin avant de se retourner. Roulant à tombeau ouvert dans la rue Soleyjargata, il avait perdu le contrôle de son véhicule au croisement avec Skothusvegur et s'était retrouvé au fond de l'eau, bloqué par sa ceinture de sécurité, jusqu'au moment où Konrad, qui le poursuivait à bord d'une autre voiture, l'avait libéré in extremis et ramené à la surface. L'homme ne l'avait jamais remercié. Konrad supposait qu'il avait ses raisons.

Le gardien qui l'accueillit au bâtiment 2, une autre vieille connaissance datant de ses années dans la police, vérifia pour la forme qu'il n'avait sur lui ni arme ni drogue et l'interrogea sur le motif de sa visite. Konrad se contenta d'une réponse évasive, il venait là pour affaire privée, il n'était plus policier, il ajouta qu'il envisageait d'écrire un livre qui raconterait sa carrière, en restant vague et imprécis. Il ne voulait pas être désagréable mais préférait ne pas trop en dire. Le geôlier lui glissa à l'oreille que le détenu était surveillé de près, même si cette surveillance s'était relâchée dernièrement. L'homme avait tenté de se suicider dans sa cellule. Sans lui donner plus de détails, il conduisit Konrad au parloir où il attendit le détenu en feuilletant des magazines.

L'attente s'éternisait. Il commençait à perdre patience et s'apprêtait à appeler le surveillant quand il entendit des pas derrière la porte. Le détenu entra dans la pièce, accompagné par le gardien. Konrad lui serra la main et constata qu'il avait beaucoup changé depuis son procès. Amaigri, il semblait s'être replié sur lui-même, ses épaules s'étaient affaissées et son corps ratatiné. Le teint grisâtre, le visage inexpressif, les joues creuses, il avait les cheveux d'un gris terne. Konrad se souvenait surtout de ses yeux enfoncés sous d'épais sourcils, froids et sans vie, conformes à son attitude générale. Désormais plus visibles, ils affleuraient sur son visage amaigri. Il parlait d'une voix nerveuse et grasseyante, on entendait un léger chuintement lorsqu'il respirait par le nez. Un détenu lui avait cassé la cloison nasale et la fracture n'avait pas été correctement réparée.

– Bon, je vous laisse, fit le gardien avec un sourire. Tu n'as qu'à m'appeler en cas de besoin, ajouta-t-il à l'intention de Konrad qui hocha la tête et le remercia.

– C'est la première visite que je reçois ici, expliqua le détenu en s'asseyant à la table. Vêtu d'une chemise et d'un pantalon, il portait des pantoufles dont les semelles claquaient quand il marchait.

– Merci d'avoir accepté de me voir, répondit Konrad.

– Ils ont vite déguerpi, reprit le détenu. Ma famille, mes amis, mes collègues à l'hôpital. Ils ont tous détalé. Aucun ne m'a contacté. Il n'y en a même pas un qui a essayé. Et ici personne ne m'adresse la parole. Du coup… ça me change.

– Vous vous attendiez à autre chose ? demanda Konrad.

– Non. Pas vraiment. Ces gens ne sont qu'un tas de crétins. N'allez pas croire que je me plains. Je dis juste ça comme ça.

Le détenu esquissa un sourire qu'il fit disparaître aussitôt, comprenant que rien ne le motivait. Konrad se souvenait que cet homme avait jadis été fringant. Le dos bien droit, il marchait la tête haute comme si, où qu'il aille, le monde lui appartenait. Hautain et imbu de lui-même, il avait fait de longues études et occupait un poste à responsabilités. Puis on avait découvert qu'il avait violé une petite fille et tenté de le dissimuler en la tuant.

Konrad avait été sollicité par la famille pour retrouver Danni, sa petite-nièce. La grand-mère de la petite connaissait Erna et l'ex-policier n'avait pu se résoudre à lui refuser son aide. La gamine n'avait plus ses parents, elle avait été élevée par sa grand-mère et son grand-père, elle avait sombré dans la drogue et accepté de faire la mule puis on l'avait retrouvée, morte d'une overdose, dans un repaire de junkies. Il était hélas trop fréquent que des jeunes décèdent ainsi et, au début, la police avait pensé qu'elle n'était qu'un triste exemple de ce phénomène. Puis il était apparu que la gamine avait eu l'intention de dénoncer les agissements de son grand-oncle sur un site Internet où les femmes confient les abus sexuels qu'elles ont subis. Elle comptait dévoiler son identité et toutes les fois où il l'avait violée lorsqu'elle était encore petite fille. Au début, elle avait voulu le faire chanter et lui extorquer de l'argent, mais plus tard elle avait juste décidé de raconter ce qui lui était arrivé. L'homme l'avait fait taire pour de bon en s'arrangeant pour qu'on croie qu'elle avait commis une imprudence en se piquant. En tant que médecin, il savait ce qu'il faisait.

– Vous venez me parler de Danni ? demanda-t-il d'un ton las en balayant d'un regard morne le parloir où il venait pour la première fois. Pourquoi vous vouliez me voir ?

– Non. Ça n'a rien à voir avec Danni, cette affaire est close.

– Ne me dites pas que c'est une visite amicale.

– Vous avez toujours voulu devenir médecin ? éluda Konrad.

– En fait, oui. Quelle drôle de question !

– Simple bavardage.

– Vous êtes venu ici pour bavarder ?! demanda le détenu en éclatant de rire.

Konrad eut un sourire.

– J'ai passé toute mon enfance chez un médecin, reprit le prisonnier en guise d'explication.

– Et vous avez été encouragé dans cette voie ?

– Peut-être. Je ne vois pas en quoi ça vous regarde.

– Par votre père ?

– Mon père ? Pourquoi vous me parlez de lui ?

– Il était médecin, comme vous.

– En effet.

– C'est lui qui vous a poussé à le devenir aussi ?

– Encore une chose qui ne vous regarde pas. Vous avez d'autres questions ?

– Vous l'admiriez ?

– Pourquoi vous me demandez ça ? Si je l'admirais ? Qu'est-ce que ça veut dire ?

– C'était le cas ?

– Je suppose que je l'admirais comme un fils admire son père. Et vous, vous admiriez le vôtre ? demanda le détenu.

– Il vous a peut-être formé ? poursuivit Konrad. Guidé ?

Le détenu ne répondit pas.

– Vous a-t-il enseigné autre chose que la médecine ?

– Oui, des tas de choses, comme tout un chacun avec ses enfants, je suppose. Cette conversation commence à me fatiguer. Je ne vois pas où vous voulez en venir.

– Il vous a enseigné quoi ?

– Pas mal de choses. Par exemple, il m'a appris à pêcher la truite.

– Il vous a montré ce qu'il faisait aux enfants ?

Comprenant tout à coup le but de sa visite, le détenu dévisagea longuement Konrad.

– Vous venez encore me parler de cette gamine qu'on a retrouvée noyée dans l'étang de Tjörnin ? Combien de fois je vais devoir vous le répéter ? Mon père n'avait rien à voir avec ça !

– Il l'avait violée. Il l'avait mise enceinte. Pourquoi ne se serait-il pas aussi débarrassé d'elle ?

– Vous ignorez comment elle a trouvé la mort. D'ailleurs, personne ne le sait.

– C'est exactement ce que vous avez fait avec Danni quand elle est devenue gênante, n'est-ce pas ?

– Vous m'agacez, répondit le détenu en regardant la porte. On ne pourrait pas appeler le gardien ?

– Votre père était votre modèle ?

L'homme secoua la tête.

– Vous vous appelez Gustaf Antonsson. Votre frère n'utilisait pas non plus le nom de famille de votre père.

– Non.

– Pourquoi ? Pourquoi ne pas avoir opté pour Gustaf Heilman à l'état civil ?

– Je vous ai déjà dit qu'on n'aimait pas les noms de famille. Ce n'est quand même pas un crime. Vous m'avez déjà posé la question.

– Ce ne serait pas plutôt parce que vous avez voulu renier votre père ?

– Non.

– Parce que vous étiez fâché avec lui ?

– Non.

– Il vous a fait du mal ?

– Non.

– Vous en êtes sûr ?
– Oui.
– Il n'a pas abusé de vous ?
– Non.
– Et de votre frère ?
– Vous m'avez déjà posé toutes ces questions, rétorqua le détenu. Vous n'en auriez pas de nouvelles ? Je pensais que les parloirs étaient plus agréables. À vrai dire, je me réjouissais presque de vous voir. Histoire de tromper la monotonie. Et votre psychologie de flicaille serait distrayante si elle n'était pas aussi simpliste et puérile.
– Votre père s'en prenait aux enfants. Vous aussi. Et vous me soutenez qu'il n'y a aucun lien ?
– Vous n'êtes pas allé bien loin dans votre scolarité, je me trompe ?
– Il ne s'en prenait qu'à vous ? Il laissait votre frère tranquille ? Ou c'était le contraire ?
– Peut-être que les petits garçons ne l'intéressaient pas, pauvre crétin, grogna Gustaf. Ça ne vous est pas venu à l'idée ? Vous ne me poseriez pas ces questions idiotes si vous réfléchissiez un peu !
– Donc, vous saviez comment était votre père ? Vous étiez au courant qu'il avait violé cette petite ?
– Bon, ça suffit ! rétorqua le détenu. Il se leva pour tambouriner à la porte en appelant le gardien. Konrad se leva également.
– Vous étiez au courant pour la gamine qui s'est noyée dans l'étang ?
La porte du parloir s'ouvrit. Le gardien apparut dans l'embrasure.
– Qu'est-ce que se passe ? demanda-t-il en les regardant tour à tour. Il y a un problème ?
– Je veux retourner dans ma cellule, réclama Gustaf.

– Vous me mentez quand vous dites que vous n'étiez pas au courant, Gustaf, je me trompe ? insista Konrad. Que vous n'avez jamais su à quoi se livrait votre père ?! Qu'il violait des enfants, tout comme vous, et qu'il s'arrangeait pour que ça ne s'ébruite pas ? C'est lui qui vous apprit comment faire ? C'est ça qu'Anton Heilman vous a enseigné avant tout, non ? Comment faire pour que tout cela reste secret ?

Gustaf s'éloignait dans le couloir.

– Mais ce n'est pas pour ça que je viens vous voir, cria Konrad.

Gustaf s'immobilisa.

– Je viens vous parler d'une autre enquête, en rapport avec le meurtre de mon père, ajouta l'ex-policier.

42

Gustaf hésita un instant, Konrad le vit murmurer quelque chose qu'il n'entendit pas au gardien qui hocha la tête et le ramena au parloir. La porte se referma, le geôlier disparut au fond du couloir.

– Pourquoi vous venez me voir ? fit Gustaf, adossé à la porte. C'est quoi le vrai motif de votre visite ?

– Est-ce que vous étiez au courant pour votre père ? s'entêta Konrad. Vous saviez ce qu'il faisait ? Vous l'avez imité ?

Lorsqu'il avait cherché à comprendre comment Danni était morte, Konrad avait découvert que l'histoire de Gustaf avait de nombreux points communs avec celle d'Anton, son père, qui, lui aussi médecin, avait violé une gamine vivant dans un baraquement au début des années 60. Anton était peut-être impliqué dans la mort de cette enfant, qu'on avait retrouvée noyée à Reykjavik dans l'étang de Tjörnin. On avait cependant échoué à en établir la preuve formelle. Le nom d'Anton n'apparaissait nulle part dans les procès-verbaux de l'époque, qui ne mentionnaient pas non plus que la petite était enceinte. Du reste, sa mort n'avait pas donné lieu à l'ouverture d'une enquête. Une récente analyse ADN des restes de la gamine avait révélé qu'Anton était responsable de cette grossesse et, d'après Konrad, rien n'excluait que le médecin ait pris des dispositions pour se débarrasser d'elle. Gustaf avait maintes fois déclaré qu'il ignorait les penchants de son père et l'existence de cette gamine. Apparemment, il n'était toujours pas prêt à revenir sur son témoignage.

– Je ne savais pas qu'il était comme ça, martela-t-il. Je vous l'ai répété je ne sais pas combien de fois. Pourquoi vous êtes ici ? Qu'est-ce que vous voulez en réalité ? De quoi vous avez besoin ?

– Je me demande s'il ne vous a pas forcé à participer à certaines choses, reprit Konrad. Il vous a peut-être embrouillé l'esprit et poussé à l'imiter. Le moins qu'on puisse dire, c'est que vous marchez sur ses traces dans plus d'un domaine.

– Arrêtez vos conneries ! tonna Gustaf. Pourquoi vous êtes ici ? Qu'est-ce que vous me voulez ? Et c'est quoi cette histoire avec votre père ?

– Vous connaissez tout ça mieux que moi. Nos parents nous transmettent un certain nombre de signes distinctifs, et nous en acquérons d'autres…

– Quel dommage que vous ne soyez pas allé plus longtemps à l'école ! soupira Gustaf en revenant s'asseoir.

– Pas besoin d'aller à l'école pour apprendre ça, rétorqua Konrad. Vous souvenez-vous d'avoir entendu Anton parler d'un dénommé Josep P. Grimsson ?

Gustaf s'accorda un instant de réflexion.

– Josep P. Grimsson ? C'était votre père ?

– Beaucoup de gens l'appelaient Seppi, son diminutif. Vous pourriez également avoir entendu ce nom-là.

Le détenu hésita.

– Ça ne me dit rien. Il faisait quoi dans la vie ?

Konrad lui résuma brièvement le parcours du petit délinquant qu'avait été son père. Avec un copain, ils s'étaient fait une spécialité d'organiser des séances de spiritisme douteuses pour escroquer les gens crédules. Une de ces séances s'était mal terminée pour Seppi, des hommes l'avaient retrouvé et menacé, exigeant qu'il rembourse les sommes importantes qu'il avait extorquées à une veuve. Josep leur avait promis qu'il paierait et avait ajouté qu'il attendait une grosse rentrée d'argent de la part d'un homme probablement médecin. D'après Konrad, il s'agissait sans doute d'une histoire de chantage.

– Un médecin ? Vous pensez que votre père a essayé de faire chanter le mien ? demanda Gustaf.

– Ça ne vous dit rien ?

– Si je comprends bien, vous croyez que ce… Seppi aurait eu connaissance de choses… gênantes concernant mon père ? Et qu'il aurait essayé de s'en servir, de les exploiter ?

– Il était peut-être au courant de ce qu'il avait fait à la gamine retrouvée morte dans Tjörnin, je ne sais comment, répondit Konrad. Peut-être aussi qu'ils avaient abusé d'elle ensemble, je ne sais pas. Vous et moi avons en commun d'avoir des pères déviants en la matière. Ma mère a quitté le domicile conjugal en emmenant ma sœur quand elle a découvert les penchants du mien.

– Je n'ai jamais dit que mon père était déviant, corrigea Gustaf. Je veux que ce soit bien clair. C'est votre droit de l'affirmer. Pour ma part, je n'en sais rien.

– D'accord.

– Donc, votre visite est de nature purement personnelle ? Pourquoi ne pas me l'avoir dit plus tôt ? Alors, qu'est-ce qui est arrivé à cet homme, à votre père… à Seppi ?

– On l'a poignardé rue Skulagata à l'époque où il affirmait attendre de l'argent de ce médecin.

Gustaf mit un peu de temps à comprendre ce qu'impliquaient les paroles de Konrad.

– Vous croyez que c'est mon père qui l'a tué ? demanda-t-il.

– Je ne sais pas.

Konrad hésita.

– Certains à Hverfisgata croient que c'est moi son meurtrier, ajouta-t-il en forçant un sourire. Je veux dire, à la Criminelle. À votre avis, comment Anton Heilman aurait-il réagi si on avait essayé de le faire chanter ?

Gustaf le dévisagea.

– Évidemment, ce ne sont que des suppositions. Je n'ai pas le début d'une preuve, avoua Konrad.

– Vous avez dit poignardé ?

– Ça remonte à si longtemps. J'ai pensé qu'on vous avait peut-être parlé de cette histoire. Et de mon lien avec cet homme.

Gustaf secoua la tête.

– Je n'ai jamais entendu parler de chantage. Quant à la manière dont mon père aurait réagi s'il avait été confronté à ce genre de chose, je l'ignore.

– Je ne sais pas si vous vous en souvenez, mais après votre arrestation je vous ai rapporté qu'Anton Heilman avait travaillé au sanatorium de Vifilsstadir où il avait eu comme patient un dénommé Luther. Vous m'avez répondu que ça ne vous disait rien.

Gustaf secoua la tête.

– J'ignore qui était cet homme.

– Il aurait été aperçu tout près de Tjörnin le jour où la gamine s'est noyée.

– Oui, vous m'avez déjà parlé de lui. Mais je ne sais pas qui c'est.

– Il y a quelque chose d'étonnant au sujet de Luther, reprit Konrad, c'est que nous ignorons ce qu'il est devenu. On a son acte de naissance. On a les rapports médicaux de votre père à Vifilsstadir jusqu'en 1957, ils font état d'une tuberculose osseuse localisée dans la jambe. Apparemment, il a fait plusieurs séjours au sanatorium. Il devait avoir à peu près cinquante ans le soir où on l'a vu près de l'étang de Tjörnin. Il a vécu chez sa sœur jusque vers la fin des années 60. Et on ne sait rien de plus. On n'a aucun certificat de décès. Il n'a jamais eu affaire à la police. Il a peut-être quitté l'Islande quand on a découvert le corps de la gamine dans l'étang. Ou bien il est parti quelque temps après l'événement. En tout cas, aucun avis de recherche n'a été lancé pour le retrouver. Personne ne s'est soucié de sa disparition.

Gustaf écoutait Konrad en silence.

– Et sa sœur ? demanda-t-il.

– On peut supposer qu'elle avait gardé le contact, mais ce n'était pas forcément le cas. Peut-être qu'elle n'avait plus envie d'entendre parler de lui. On n'en sait rien. Elle est morte en 1969. Je sais qu'on vous a déjà plusieurs fois posé ces questions et je ne voudrais pas trop insister, mais est-ce que vous vous souvenez d'événements particuliers ou inhabituels survenus à cette époque ? De l'état d'esprit de votre père ? De votre mère ? Peut-être de quelque chose… ?

– Je vais vous aider, mais il faut que je puisse partir d'ici, interrompit brusquement Gustaf comme s'il venait subitement de prendre une résolution. Je veux quitter cet endroit. Et vous pouvez m'y aider.

– Je n'en ai absolument pas le pouvoir.

– Vous en êtes sûr ?

– Tout à fait certain.

– Ils ne vous fouillent pas.

– Vous voulez dire, les gardiens de la prison ? Bien sûr qu'ils me fouillent.

– Peut-être, mais pas de manière approfondie, répondit Gustaf. Vous êtes une vieille connaissance. Le gardien me l'a avoué tout à l'heure quand je lui ai demandé. J'ai l'impression qu'ils vous respectent. Je ne peux pas imaginer qu'ils fouillent sérieusement un ancien flic comme vous.

Konrad le regardait d'un air inquiet. Ce qui se profilait à l'horizon lui déplaisait franchement.

– Je tiens à avoir cette possibilité. Et je veux que ce soit propre. Sachant qu'en outre, on me surveille de près. Le mieux serait le sommeil.

– Le sommeil… ? Vous parlez de quoi ?

– Vous n'avez pas oublié que je suis médecin anesthésiste, n'est-ce pas ?

– Non.

– Et vous savez dans quel domaine nous surpassons tous les autres corps médicaux ?

– L'ennui ?

– Non, nous choisissons le sommeil plus que tous les autres médecins, répondit Gustaf impassible.

– Comment ça ? C'est censé être une blague d'anesthésistes ?

– C'est une réalité surprenante, mais une réalité quand même.

– Vous choisissez le sommeil ? Désolé, je ne vois pas.

– Je parle de quelques cachets que je garde chez moi. Et que vous pouvez m'apporter. J'ai déjà le cœur fragile. Une petite dose de Fentanyl réglerait tout.

Gustaf observait Konrad sans rien ajouter. L'ex-policier mit quelques instants à comprendre la nature du service qu'il attendait de lui. Il était interloqué, c'était la première fois qu'on lui demandait une chose pareille.

– Je ne vois pas en quoi c'est si surprenant, reprit Gustaf. Mon frère a aussi opté pour cette solution.

– Je ne peux pas vous aider. C'est absolument exclu. L'idée est ridicule. Je refuse d'introduire des cachets dans cette prison pour vous aider à vous suicider !

– Du calme. Rien ne dit que je le ferai. Je tiens simplement à en avoir la possibilité, souligna Gustaf. Je ne suis pas sûr d'y recourir, mais je veux savoir que je peux le faire si je le souhaite. Je vous récompenserai.

– Votre argent ne m'intéresse pas.

– Qui vous parle d'argent ?

– Dans ce cas, vous comptez me donner quoi en contrepartie ?

– Je ne suis peut-être pas tout à fait honnête en disant que je ne vois pas du tout de quoi vous parlez.

– À propos de Luther ? De mon père ? De quoi au juste ?

– Concernant certains détails.

– Lesquels ?

– Par exemple, je pourrais vous parler du cambriolage.

– Du cambriolage ?

Gustaf se taisait.

– Quel cambriolage ? insista Konrad.

– Ma mère voulait appeler la police, mais mon père le lui a interdit. Il préférait retrouver les coupables par ses propres moyens. Il nous a interdit d'en parler. J'ai compris pourquoi bien plus tard…

– Vos parents ont été cambriolés ?

– Mon père voulait récupérer les photos. Et je me demande s'il n'y avait pas dans cette histoire un certain Seppi.

– Les photos ? Quelles photos ?

Gustaf secoua la tête. Il ne pouvait pas en dire davantage pour l'instant. Il lui parla à nouveau des cachets. Konrad le regarda, abasourdi.

– S'il vous plaît, faites ça pour moi, conclut le détenu en se levant. Ensuite, je vous dirai tout ce que je sais.

43

Avant de rentrer chez lui, il s'arrêta avec plaisir chez Eyglo. Sa visite à la prison l'avait plongé dans la consternation. Il avait éteint son portable durant sa conversation avec Gustaf et, en le rallumant, il avait vu qu'Eyglo avait tenté de le joindre. Il la rappela avant de franchir la lande qu'il devait traverser pour regagner Reykjavik. Il avait réussi à se fâcher avec tout le monde, sauf avec elle, et il était heureux qu'elle accepte de le recevoir.

C'était Eyglo qui l'avait amené à se pencher sur le sort de la petite Nanna et, en grande partie, aidé à découvrir les liens entre la gamine et Anton Heilman. Même s'il ne s'intéressait pas vraiment au surnaturel, elle avait réussi à le convaincre d'enquêter sur cette affaire après lui avoir confié que la gamine lui était apparue pour la première fois dans une maison tout près de Tjörnin, alors qu'elle avait seulement douze ans. Eyglo et Konrad avaient eu de nombreuses conversations à ce sujet et elle avait tenté de le convaincre qu'il existait des phénomènes invisibles à l'œil humain. Il avait eu beau balayer cette hypothèse d'un revers de main, elle avait réussi à éveiller sa curiosité. À une époque, elle avait exploité ses dons de voyance pour aider les autres, elle avait dans certains cercles la réputation d'être une excellente médium. Puis cette aptitude à accueillir des gens en détresse et venus chercher auprès d'elle des réponses ou du réconfort était devenue un poids trop lourd à porter.

Perdu dans ses réflexions sur la requête de Gustaf, Konrad remarquait à peine les autres véhicules sur la route. Vu son âge et la durée de sa peine, le détenu avait de grandes chances de mourir dans sa cellule de Litla-Hraun. Il espérait raccourcir ce processus long et pénible avec l'aide de l'ancien policier.

Sa requête aussi inattendue que déplaisante avait produit l'effet d'un coup de tonnerre dans un ciel sans nuages. Konrad était complètement dérouté. Il aurait dû avertir aussitôt les responsables de la prison et, évidemment, il pouvait encore les prévenir que Gustaf envisageait sérieusement de mettre fin à ses jours et cherchait un moyen d'y parvenir. C'est ce que la plupart des gens auraient fait, lui compris, et sans hésiter, si la chose ne s'était pas opposée à ses intérêts personnels. Gustaf avait laissé entendre qu'il avait des informations à lui communiquer sur son père. Et Konrad devait les lui payer le prix fort.

– Le salopard, marmonna-t-il tandis que les lumières de la ville faisaient leur apparition à l'horizon.

Ce n'était pas la première fois qu'il se débattait avec ce genre de dilemme. Il avait l'impression que la vie le confrontait constamment à de telles situations. Qu'elle l'amenait régulièrement à douter du bien-fondé de ses actes comme de ceux qu'il choisissait de ne pas accomplir. Rien n'était simple. La réalité ne se limitait pas aux apparences.

La vie le replongeait constamment dans ce type de situation.

Mais qui donc essayait-il d'abuser ?

Il savait parfaitement qu'il était le premier responsable. Il n'y aurait eu aucun dilemme s'il n'avait pas tergiversé et s'il s'était simplement empressé d'aller rapporter aux responsables de la prison la demande de Gustaf. S'il avait aidé Lukas sur la corniche en lui tendant son bras le plus vigoureux. S'il avait immédiatement avoué la vérité à Hugo. S'il l'avait avouée à Erna. S'il n'avait pas menti à Palmi toutes ces années durant. S'il n'avait jamais trompé Erna avec Svanhildur…

S'il n'avait pas toujours pensé en premier lieu à son nombril et à ses intérêts du moment.

En arrivant à l'orée de la ville, il essaya d'imaginer la suite des événements s'il n'informait pas la prison des intentions du détenu. Il se voyait aller chez l'avocat de Gustaf pour récupérer la clef de chez lui sous un prétexte quelconque que Gustaf lui-même aurait inventé. Aller dans l'armoire à pharmacie pour y prendre les cachets. Les introduire dans la prison à l'insu des gardiens et les remettre au détenu pour qu'il puisse s'endormir de son dernier sommeil. Tout cela dans l'espoir tout à fait hypothétique d'apprendre des choses sur Anton Heilman et son père.

Était-il à ce point désespéré ?

Gustaf lui avait parlé de son frère. Danni, sa petite-nièce, avait été élevée chez cet homme et sa femme dont on avait découvert qu'ils étaient au courant des abus dont elle avait été victime. Au lieu de porter plainte, ils avaient décidé d'agir comme si de rien n'était. C'était en fin de compte ce qui avait le plus nui à Danni. Selon elle, ses grands-parents l'avaient trahie, ils avaient contribué à lui voler son enfance et l'avaient poussée à sombrer dans la drogue. Non seulement Gustaf l'avait violée plusieurs fois, mais il n'avait pas été inquiété. Ils avaient décidé de prendre parti pour lui plutôt que pour elle, pensant ainsi préserver la réputation de la famille. Lorsque Konrad avait achevé son enquête, au moment où la vérité avait éclaté, le frère de Gustaf était parti en voiture à Borgarfjördur où il avait pris une chambre d'hôtel. Il avait rempli la baignoire, s'était allongé dans l'eau chaude et s'était ouvert les veines.

Comprenant que Konrad n'était pas dans son assiette en arrivant chez elle, Eyglo lui demanda ce qui le tracassait. Il répondit qu'il rentrait de la prison de Litla-Hraun et résuma sa conversation avec Gustaf, préférant pour l'instant taire ses intentions suicidaires. Eyglo connaissait bien l'histoire de Gustaf, Danni, Anton Heilman et la gamine du baraquement retrouvée noyée. C'était avant tout à son initiative, et avec le concours de Beta, la sœur de Konrad, que les restes de la petite avaient été exhumés et qu'on avait pu attester les abus qu'elle avait subis.

Konrad confia également à Eyglo ses démêlés avec Palmi, il lui parla des aveux que le vieux flic lui avait soutirés, qu'il avait enregistrés puis envoyés à la police, et de l'interrogatoire qui s'était ensuivi. Les policiers avaient désormais des doutes sur son témoignage concernant le meurtre de Seppi et tenaient à enquêter de près sur son implication dans le drame et sur ses relations avec son père.

– Ils ne croient quand même pas que c'est toi ? demanda Eyglo.

– Je n'en sais rien. Ils ont décidé de rouvrir l'enquête. Je me suis comporté comme un imbécile.

– Tu es inquiet ?

– Ça me contrarie de voir que les soupçons s'orientent sur moi après tout ce temps. Ils vont même jusqu'à imaginer que j'étais de mèche avec ma mère et qu'on avait manigancé contre papa. J'ai l'impression de m'être tiré une balle dans le pied. Je me passerais bien de ces tracas.

– Il y a autre chose ?

– Non, enfin, je ne sais pas…

– Quoi ?

– Rien du tout.

– Ça a un lien avec ton entrevue avec Gustaf ? demanda Eyglo. J'ai eu l'impression que tu n'étais pas bien quand on s'est parlé tout à l'heure au téléphone.

Konrad hésitait à lui répondre.

– Qu'est-ce qui s'est passé ? Konrad, qu'y a-t-il ?

– Gustaf me dit qu'il peut m'aider. Il laisse entendre qu'il pourrait me communiquer des renseignements concernant son père… et le mien.

– Eh bien, c'est intéressant, non ?

Konrad hésitait encore.

– Tu ne trouves pas ça intéressant ? Qu'est-ce qui se passe ? insista Eyglo.

– Il veut quelque chose en échange.

– En échange ? Quoi donc ? Il veut quoi ?

Konrad secoua la tête.

– Il veut quoi ? répéta Eyglo.

– Mourir. Il veut mourir.

44

C'était le soir. Elisa avait pris à manger dans le réfrigérateur. Assise à la table de la cuisine, elle écoutait la radio en essayant d'avaler quelque chose. Elle n'avait pas grand appétit, mais il fallait bien s'alimenter. Elle alla chercher la bouteille d'alcool dans le buffet du salon et en versa quelques gouttes, puis quelques autres, au café qu'elle venait de préparer. À la radio, il était question de pêche et de conflits quelque part dans le monde. Tout cela ne l'intéressait pas beaucoup. C'était plutôt Benony qui occupait ses pensées.

Il avait promis de ne pas s'absenter trop longtemps. Il avait expliqué d'un air gêné, sans donner plus de détails, qu'il devait rendre un service à Mikki. Elisa ne lui avait pas posé de questions, mais il avait commencé à lui manquer dès qu'il avait franchi le seuil de la maison.

Elle ignorait quand étaient nés les sentiments qui avaient abouti à des baisers et des caresses. Cette tendresse, cette chaleur et ce désir avaient chaque jour grandi en elle. Cela s'était produit peu à peu, sans qu'elle en ait vraiment conscience, et cela ne datait pas de l'instant où elle s'était confiée à lui dans la cuisine ni de celui où elle l'avait vu prendre son parti devant la maison la veille au soir, ni même de celui où ces sentiments s'étaient dévoilés et où son désir avait donné lieu à une étreinte dont elle ne s'imaginait plus capable, une étreinte passionnée et sans retenue.

C'était arrivé bien avant. Elle avait du mal à dire exactement quand. Évidemment, sa proximité due aux travaux au sous-sol y était pour quelque chose, elle le voyait maintenant presque tous les jours. Il y avait longtemps qu'elle le connaissait. Très discret, il évitait de se mettre en avant, contrairement à Stan. Peut-être était-ce justement la retenue de Benony qui avait conduit Elisa à s'intéresser à lui, ainsi que la manière dont il réagissait lorsqu'elle essayait d'engager la conversation. Timide et modeste, cela ne l'empêchait pas d'être souriant et agréable. En y réfléchissant, elle se disait qu'elle avait dû être séduite par un détail sans importance, un sourire, un geste de la main, un regard. Un détail qui le représentait parfaitement, un détail intime, difficile à identifier et qui n'était pas censé attirer la curiosité.

Tout cela était resté enfoui en elle puis avait fait surface lorsqu'elle avait compris à quel point il était différent de Stan. Elle avait été la première surprise quand elle s'était rendue compte qu'elle avait hâte de le voir. Il lui était même arrivé de le guetter par la fenêtre de la cuisine d'où le trottoir était visible, espérant le voir apparaître dans la rue. Le matin, elle préparait un café pour lui et son copain, elle le leur apportait à la cave. Parfois, quand Benony était seul à travailler, elle s'attardait pour discuter avec lui de choses et d'autres, et là, elle savourait ses sourires, ses regards, sa manière d'appréhender la vie. Elle appréciait sa présence qui agissait comme un baume sur les blessures que Stan lui infligeait.

Faisait-elle ça pour provoquer son mari ? Était-ce une manière de riposter et de mettre fin à ce mariage désastreux ? Stan continuait à lui gâcher la vie, elle était incapable de répondre à ses attaques, sauf peut-être en volant quelques minutes de bonheur avec Benony. N'était-ce d'ailleurs pas elle qui avait discrètement suggéré qu'il accepterait peut-être de faire des travaux pour agrandir la buanderie ? N'était-ce pas elle qui avait semé cette graine ? Et n'était-ce pas encore elle qui s'était arrangée pour séduire Benony ? En descendant à la cave sous n'importe quel prétexte. Pour lui apporter un café et des gâteaux. Souriant à ses propos. Se tenant tout près de lui.

Elle n'avait pas mesuré les conséquences de son comportement. Si Benony n'avait d'abord été qu'un simple pion dans la bataille qu'elle livrait contre Stan, il n'avait pas tardé à prendre une place bien plus importante et tout cela était devenu beaucoup plus sérieux qu'elle ne l'avait imaginé. N'était-ce pas la perspective de pouvoir être avec lui qui lui avait donné la force de s'opposer enfin à son mari ?

Elle s'était montrée honnête après qu'ils avaient fait l'amour le matin. Elle ne voulait pas qu'ils aient de secrets. Elle tenait à ce qu'il n'y ait entre eux aucun non-dit susceptible de les surprendre plus tard. Elle avait reconnu que c'était elle qui avait suggéré à Stan de le solliciter pour le chantier, et qu'elle n'avait sans doute alors pensé qu'à son propre intérêt sans réfléchir plus loin. Puis elle avait développé pour lui une attirance et des sentiments qui avaient pris le pas sur tout le reste. Et ça, elle ne l'avait pas prévu.

Croyant entendre du bruit au sous-sol, Elisa baissa le volume de la radio et tendit l'oreille. Benony n'était pas censé rentrer aussi vite. À moins que ce ne soit Mikki. Elle était sûre que quelqu'un avait ouvert la porte de la cave. Était-ce son imagination qui lui jouait des tours ? Elle se leva, se rendit dans l'entrée et resta aux aguets. La porte de l'escalier qui descendait à la cave était fermée. Elle l'ouvrit en demandant qui était là. Personne ne répondit. Elle posa une seconde fois la question, mais n'obtint aucune réponse.

– Benony ? appela-t-elle, hésitante, du haut de l'escalier. C'est toi ?

45

Un vent glacial soufflait sur les cabanes des pêcheurs de lompes, à deux pas de la rue Aegisida. Ces mauvaises constructions en tôle ondulée leur servaient à stocker leurs filets, leurs bassines et autres outils nécessaires à leur activité. Deux barques gisaient à côté, retournées sur le sol, leurs rames en appui debout contre la tôle. L'un d'eux avait jeté ses filets sur les séchoirs à poisson à proximité. En surplomb de la brèche de Grimsstadavör, on apercevait un treuil d'acier qui servait à ramener les barques à terre. La lune hivernale apparaissait par intermittence entre les bancs de nuages, faisant luire sur le sable les rails qui partaient du treuil et descendaient jusqu'à la mer, que la marée montante ne tarderait pas à submerger.

Benony attendait à l'abri d'une cabane. Mikki aurait dû être là depuis un moment. Il lui avait demandé de le retrouver à cet endroit, où il avait également donné rendez-vous à l'homme qui l'avait roué de coups à Nautholsvik et dont il comptait se venger. Benony avait accepté de lui prêter main-forte, mais il était aussi venu pour le retenir en cas de besoin. Il détestait la violence et n'y recourait que pour se défendre.

Il regarda sa montre. Il aurait préféré être avec Elisa, il n'aimait pas la savoir seule, avec Stan en colère. Ses appels téléphoniques de la matinée ne présageaient rien de bon. Benony aurait pris le taureau par les cornes et n'aurait pas hésité à flanquer une bonne trempe à ce sale type s'il n'avait pas craint d'envenimer la situation. Stanley les soupçonnait tous les deux de l'avoir trahi. Le jeune maçon préférait ne pas venir ajouter à sa fureur. Il valait mieux qu'il le voie pour discuter avec lui d'homme à homme. Stan devait tout de même se rendre compte que tout était fini entre sa femme et lui. Il n'avait plus qu'à l'accepter.

Benony avait été surpris quand Elisa lui avait avoué que c'était elle qui avait suggéré qu'il vienne travailler pour eux, pensant plus ou moins faire de lui son allié. Elle était malheureuse et il comprenait qu'elle ait cherché un moyen de se libérer de cette relation aussi toxique que violente. Au bout de quelques jours dans le sous-sol, il avait senti qu'elle recherchait sa présence, qu'elle aimait passer du temps en sa compagnie et qu'elle lui témoignait de l'intérêt. Pour finir, elle lui avait confié ce qu'elle endurait au quotidien de violence et de désespoir.

– Excuse-moi si j'ai été calculatrice, avait-elle conclu après lui avoir fait ces confidences, allongée à ses côtés dans la chambre conjugale. Je ne m'attendais pas à ce que ça se passe comme ça. Je ne pouvais pas savoir ce qui allait arriver.

– Ne t'inquiète pas, avait répondu Benony en la serrant dans ses bras. Je n'ai jamais osé le dire à personne, mais j'ai toujours envié Stan d'avoir une femme comme toi.

Elle avait éclaté de rire. Heureux de lui rendre la vie plus légère, il s'était dit qu'il ne l'avait pas vue aussi joyeuse depuis longtemps.

Elle avait beau rire, c'était quand même vrai, il avait toujours envié son copain d'être avec elle. Une jeune fille de Keflavik avec qui il était sorti quelque temps les avait présentés. Benony avait aussitôt apprécié l'adorable amie de sa copine, son air posé, le grand sourire dont elle n'était pas économe et qui illuminait entièrement son visage. Il savait que ce sourire était toujours là, quelque part, même s'il ne l'avait pas vu depuis longtemps, et il s'accompagnait d'un rire délicieux qui, lui aussi, s'était tu.

Benony avait été témoin du rapprochement entre Elisa et Stan. C'était même lui qui les avait présentés. Il se sentait donc un peu responsable de ce qu'elle endurait, même s'il n'avait jamais imaginé des choses aussi terribles. Il avait rencontré Stan à l'époque où, employé par un entrepreneur islandais qui travaillait sous contrat avec l'armée américaine, il avait entendu dire qu'il pouvait lui acheter des bouteilles d'alcool et des cartouches de cigarettes. Il avait aussitôt apprécié cet homme et, un jour, Stan lui avait demandé de l'aider à apprendre l'islandais. Benony s'était réjoui de l'intérêt de l'Américain pour sa langue maternelle. Stan l'avait emmené dans les clubs. Sympathique et drôle, il désirait s'installer en Islande après son temps sous les drapeaux.

Le moment venu, Benony avait aidé Stan et Elisa à emménager dans le logement qu'ils avaient trouvé à Reykjavik. Il avait continué à les voir de temps en temps même si leurs rencontres s'étaient espacées au fil des ans. Stan travaillait désormais dans une usine. Un jour, il était venu voir son vieux copain en lui proposant le chantier de la buanderie. En plus d'être maçon, Benony s'y connaissait en menuiserie, il avait accepté. Il avait remarqué assez rapidement qu'Elisa avait changé. Elle avait perdu sa joie et son assurance.

Benony se rappelait les inflexions colorées de sa voix, aujourd'hui morne et triste.

– Tu ne crois pas que nous courons à la catastrophe ? lui avait-elle demandé, inquiète, lorsqu'il était parti retrouver Mikki.

– Non, tu verras, tout se passera bien, avait-il répondu pour la rassurer. Stanley peut hurler et fulminer autant qu'il veut, tout est fini entre vous, et il le sait. Le pire, c'est que tu aies dû le supporter toutes ces années.

– Ce n'est pas facile de trouver quelqu'un à qui parler de ces violences, avait-elle dit. On ne sait pas à qui s'adresser. On se sent impuissant.

– Oui, j'imagine.

– Si la situation est devenue incontrôlable, c'est peut-être aussi un peu ma faute, avait-elle repris. J'ai toujours cédé à ses exigences, jusqu'à le laisser régler ma vie dans les moindres détails. Je n'ai pas compris ce qui se passait, puis je me suis retrouvée piégée dans sa toile. Moi, je comptais pour du beurre. C'est à peine s'il m'autorisait à voir mes copines, en fait j'ai perdu tout contact avec elles. Il était d'une jalousie maladive. Il voulait être au courant de tous mes faits et gestes. Il me demandait constamment où j'étais allée. Qui j'avais vu. Si j'avais rendez-vous chez le coiffeur, il téléphonait au salon pour vérifier que je n'étais pas ailleurs.

– Je ne savais pas qu'il était comme ça. Tellement jaloux. Tellement cinglé.

– Comment tu aurais pu être au courant ?

Benony aperçut enfin Mikki sur Aegisida. Arrivant à pied de la rue Starhagi, il traversa la chaussée à grandes enjambées avant de s'évanouir dans les ténèbres épaisses qui recouvraient le rivage. Il était seul, ce qui signifiait qu'il n'avait pas trouvé Tommi, contrairement à leurs attentes. Les deux jeunes hommes se saluèrent. Mikki ne savait pas du tout où leur copain se terrait, ce qui l'inquiétait. Il avait passé la majeure partie de la journée à le chercher. Il avait interrogé des tas de gens, personne ne savait où il était passé. Quelqu'un disait l'avoir aperçu quelques jours auparavant sur la colline d'Arnarholl avec des clochards, mais depuis on ne l'avait pas revu.

Le temps passait. Debout à l'abri des cabanes des pêcheurs, ils scrutaient la nuit, attendant de voir Luther en surgir et mettant au point leur stratégie. Mikki ne savait pas vraiment ce qu'il allait faire quand Luther serait là. Il avait surtout voulu l'attirer à la brèche de Grimsstadavör pour en découdre et se venger de la raclée que ce dernier lui avait infligée à Nautholsvik.

Il commençait à se demander si son projet n'était pas en train de tomber à l'eau. Enfin, ils aperçurent un homme qui marchait en boitant le long de la rue Aegisida. Mikki reconnut Luther.

– Il m'a écouté, murmura-t-il.

– Comment ça ?

– J'ai exigé qu'il vienne seul. Je lui ai promis de ne pas faire de problème, mais j'ai précisé que si je voyais quelqu'un d'autre avec lui, j'irais directement porter ces photos à la police.

– Mais tu n'as pas de photos, remarqua Benony.

– Eh non, répondit Mikki avec un rire. Je n'ai aucune putain de photo. Par contre, c'est la preuve qu'ils ont sacrément envie de les récupérer. Ils sont prêts à tout.

Luther approchait. Il traversa la rue en scrutant les alentours, méfiant. Il atteignit bientôt le rivage et s'engagea sur le sentier en terre qui menait jusqu'aux cabanes.

– Attends-moi ici, commanda Mikki. Je vais dire deux mots à cette ordure.

Il se posta devant les cabanes.

– Tu es seul ? cria-t-il.

– Oui, comme tu me l'as demandé, répondit Luther. Alors, tu as les photos ? J'ai apporté l'argent. Ce serait bien de régler ça au plus vite.

– Qu'est-ce qu'elles ont au juste de spécial, ces photos ? demanda Mikki en plongeant sa main dans sa poche comme pour lui prouver qu'il les avait bien sur lui.

– Ça ne te regarde pas, répondit Luther en s'avançant. Il faisait sombre à cet endroit-là. Les quelques lampadaires installés le long d'Aegisida se trouvaient trop loin pour éclairer la zone. La rue était déserte.

– C'est qui, cette gamine ? insista Mikki.

– Une étrangère. Une Danoise. Ces photos ont été faites au Danemark, si tu veux savoir. Il ne veut pas…

– Comment ça, *il* ? Tu veux dire le médecin ?

– Il ne veut pas que ça se sache qu'il collectionne ce genre de saletés. D'ailleurs, il les gardait pour rendre service à un ami. Et cet ami est prêt à payer correctement s'il récupère toutes les photos.

– Ah oui, un ami ? Voilà donc l'explication, ironisa Mikki.

– Cela dit, ça ne te regarde pas.

– Et tu voudrais que j'avale ces bobards ? Vous feriez tout ce foin pour du porno danois ?

– On se fiche de ce que tu penses. Bon, tu as les photos ? On règle ça en vitesse, et je ne verrai plus ta tronche.

– Donc, ce médecin garde ça chez lui pour rendre service à un ami ?

Mikki éclata de rire. Luther restait impassible et continuait à afficher un regard vide, ce rendez-vous l'ennuyait ferme.

– Donc ce n'est pas lui, mais cet ami qu'on voit sur les photos ? reprit Mikki.

Il ignorait l'identité de l'homme et de la gamine qui apparaissaient sur les clichés. D'ailleurs, il ne les avait regardés que très brièvement. N'ayant jamais vu le médecin en personne, il aurait été incapable de l'identifier.

Il voulait surtout faire sortir Luther de ses gonds. Le mettre en colère. Il haïssait cet homme.

– Tu as les photos que tu m'avais promises, oui ou non ? s'impatienta le boiteux en jetant un œil vers la rue.

– Tu attends quelqu'un ? demanda Mikki. Tu n'es pas venu seul ?

– On peut arrêter ces conneries ?

– Pour l'instant, je ne vois pas d'argent.

Luther tapota une enveloppe qui dépassait d'une de ses poches intérieures. Mikki sourit avant de balancer de toutes ses forces son pied dans la jambe malade du boiteux.

S'attendant visiblement à une embrouille, ce dernier avait déjà sorti un couteau dont il assaillit Mikki tout en s'effondrant. Mikki eut beau tenter d'esquiver l'attaque rapide comme l'éclair, la lame lui entailla la paume.

– Tu as un couteau, espèce d'enflure !? hurla-t-il en donnant de grands coups de pied dans la tête de Luther qui essayait de se relever.

L'arme vola vers l'estran. Luther tomba une nouvelle fois à la renverse, sa tête heurta le sol où il demeura dans les vapes. Mikki s'avança, leva une jambe en l'air, prêt à lui réduire le visage en bouillie. Benony eut le temps d'accourir pour l'en empêcher et lui ordonna d'arrêter.

Mikki n'était plus lui-même. Il regarda son ami comme s'il ne l'avait jamais vu, les yeux remplis de haine et de colère. Puis, jetant un œil vers la rue Aegisida, il vit un homme courir vers eux et reconnut la brute qu'il avait surnommée Poum.

– Ouais, viens donc par ici, espèce d'ordure, grogna-t-il, les dents serrées, sans remarquer que Benony traînait Luther vers les cabanes.

46

En allant chercher son journal à la porte le lendemain matin, Konrad découvrit une enveloppe vierge. Il la contempla un moment sans la ramasser, pas sûr de vouloir la prendre. Des courriers surprenants arrivaient dans sa boîte à lettres depuis quelque temps. Il était sans doute endormi quand on avait déposé celui-là. Sinon, il aurait entendu le petit grincement familier du battant métallique qu'il devait graisser depuis des années.

Il saisit l'enveloppe et l'apporta dans la cuisine où il avait préparé son café. Ses tartines jaillirent du grille-pain, le beurre et la confiture étaient déjà sur la table. Il était juste allé chercher le journal, livré au petit matin, sous lequel il avait trouvé cette enveloppe qui était probablement arrivée là au milieu de la nuit. Alors qu'il n'y avait aucun risque. Ni aucun témoin.

Elle était des plus banales. En la ramassant, Konrad avait senti qu'il ne s'agissait pas d'une lettre, ce qu'il y avait à l'intérieur était plus lourd qu'une simple feuille. Il l'ouvrit presque à contrecœur et la vida sur la table de la cuisine. Elle contenait une clef et un petit papier sur lequel étaient notés cinq chiffres. Un code de sécurité, pensa-t-il. La maison était sans doute protégée par une société de gardiennage.

Il beurra ses tartines, se servit une tasse de café et laissa la radio même s'il ne l'écoutait pas vraiment. Il se demandait qui avait pu déposer cette clef chez lui, même s'il avait immédiatement compris qui en était l'expéditeur. Gustaf n'avait plus de famille. Sa femme était morte depuis des années et ils n'avaient pas eu d'enfants. Son frère était également décédé. Quant à sa belle-sœur, elle n'avait pour lui que mépris. Elle l'avait fixé d'un regard haineux pendant tout le procès.

C'était peut-être l'avocat du détenu qui avait déposé cette enveloppe. Il se souvenait de l'avoir vu au tribunal. Konrad avait été un des principaux témoins à charge pendant le procès. Cet homme lui avait posé quelques questions. Ce n'était pas une sommité du barreau habituée à plaider dans des affaires de meurtre. Depuis toujours conseiller juridique de la famille, il s'était adjoint les services d'un avocat pénaliste. Cela n'avait cependant pas empêché Gustaf d'être lourdement condamné. C'était inéluctable.

Konrad savait où Gustaf habitait avant son incarcération. Il était allé là-bas avec Marta et se souvenait qu'une porte de service donnait sur le jardin. Cette clef permettait sans doute de l'ouvrir. C'était une grande villa située au fond d'une impasse. Il n'aurait aucun mal à entrer dans le jardin à l'arrière de la maison sans être repéré par les voisins. Il savait où trouver les cachets. Gustaf lui avait spécifié le nom du médicament et la quantité nécessaire. Et le détenu avait raison : s'il acceptait de lui procurer ces pilules, ce serait pour Konrad un jeu d'enfant de les introduire dans la prison.

Il était resté jusqu'à presque minuit chez Eyglo. Tous deux étaient d'accord : il ne devait pas accéder au souhait du détenu, la seule chose à faire était d'avertir les responsables de la prison de sa requête. C'était évident.

C'était indiscutable. Mais si on faisait abstraction de cette évidence, d'autres problèmes surgissaient.

– Puisque tu es la seule personne à lui rendre visite, ils sauront que c'est toi qui lui as donné ces cachets, avait dit Eyglo après un long silence.

– Pas forcément. On a toujours pu se procurer sans la moindre difficulté toutes sortes de drogues et de substances dans cette prison.

– Est-ce qu'il t'apprendra des choses intéressantes sur ton père ? Tu crois que le jeu en vaut la chandelle ?

– C'est ce qu'il laisse entendre, avait répondu Konrad. Je suppose que je ne le saurai qu'après coup. Il me mène peut-être en bateau. En revanche, il a peut-être réellement des informations sur Anton et mon père. Il pourrait me dire s'ils se connaissaient.

– Et sa belle-sœur, tu ne pourrais pas l'interroger ?

– J'ai pensé aller la voir pour lui demander si Gustaf pourrait réellement m'apprendre quelque chose. Ou s'il me ment. S'il joue au chat et à la souris. C'est sans doute elle qui le connaît le mieux.

– Je suppose que c'est assez urgent, avait dit Eyglo, voyant Konrad inquiet. Tu es dans un sacré pétrin.

– En effet.

– Et, par-dessus le marché, la police te soupçonne d'avoir tué ton père. Avec la complicité de ta mère !

– Je n'aurais jamais dû mettre le nez là-dedans, avait soupiré Konrad. J'ai toujours su que ça finirait par m'attirer des ennuis. Je savais que ça n'apporterait rien de bon à personne et… malgré ça, je n'ai pas pu m'empêcher de remuer cette histoire comme un idiot.

– Maintenant, tu n'as plus le choix. Tu dois vraiment découvrir ce qui s'est passé. Trouver les réponses. Te laver de tout soupçon et disculper ta mère.

– Tu veux dire que je dois me plier aux exigences de cet homme ?

– Est-ce que tu as le choix ?

Konrad termina son café et éteignit la radio. Il prit la clef sur la table et la soupesa en repensant aux paroles d'Eyglo.

Est-ce que tu as le choix ?

Gustaf lui avait accordé un délai de réflexion assez bref. Il supposait qu'il s'était arrangé pour vérifier qu'il se rendrait à son ancien domicile. Que ce soit par le biais de son avocat, de quelqu'un d'autre ou de caméras de surveillance installées aux abords de la maison. Tout cela n'inquiétait pas spécialement Konrad. S'il allait là-bas, il en profiterait pour chercher d'autres indices sur Anton Heilman, la famille, les deux frères, leur enfance. Gustaf en avait sans doute conscience. D'une certaine manière, il lui avait remis la clef de sa personne, et il s'en servait peut-être par ailleurs comme d'un appât. Il était très sérieux en parlant de ces cachets, persuadé que l'ancien policier reviendrait le voir et que sa curiosité finirait par l'emporter.

Konrad passa quelques coups de fil, prit sa voiture et sortit du quartier d'Arbaer. Après le suicide de son mari, la belle-sœur de Gustaf avait quitté sa grande maison pour emménager dans une résidence de services. Elle avait accepté de le recevoir et l'attendait dans son appartement exigu et surchauffé où elle avait ramené divers objets qui n'y étaient absolument pas à leur place, dont deux grandes huiles sur toile bien trop imposantes et une gigantesque table de salle à manger. Elle s'était débarrassée d'une bonne partie du reste. Elle portait le deuil de son mari. La flamme d'une bougie vacillait devant une photo de lui, posée sur la table. À côté, elle avait placé un portrait de leur fille et de leur petite-fille, Danni.

– Vous l'avez vu ? demanda-t-elle une fois assis.

Il remarqua qu'elle avait évité de prononcer son nom.

– Oui, je me suis rendu à la prison.

– Comment va-t-il ?

– Il a vu mieux, répondit Konrad. Être incarcéré n'est pas une sinécure, je crois.

– C'est une bonne chose. Qu'est-ce que je peux faire pour vous ?

Impatiente de connaître la raison de sa visite, elle était disposée à l'aider si cela pouvait desservir la cause de Gustaf. Elle haïssait son beau-frère, elle lui avait craché dessus et l'avait insulté pendant le procès. On avait dû l'évacuer de la salle. Konrad était présent ce jour-là, il avait entendu sa longue plainte se perdre dans le couloir. Elle était au courant des agissements de Gustaf, mais avait choisi de se taire jusqu'au moment où il avait été trop tard. Konrad avait supposé que c'était la raison de ses pleurs et de sa colère.

– Vous savez si sa maison a été mise en vente ? demanda-t-il, préférant en venir au fait. Il n'en a plus vraiment l'usage et elle n'est pas en location.

– Non, je ne sais pas du tout.

– C'est bien la demeure de ses parents ? demanda Konrad. Il en a hérité ? Je veux dire, il a racheté la part de son frère ?

– Oui, c'est une maison de famille. Anton l'a construite dans les années 50. Ce salaud s'était mis d'accord avec son frère et lui a en effet racheté sa part. On y fêtait Noël les premières années de notre mariage. Ensuite, après la naissance de notre fille, on le faisait chez nous.

– Je sais qu'on vous a posé un tas de questions sur votre beau-père et sur la gamine retrouvée dans l'étang de Tjörnin. Vous avez déclaré ne pas être au courant qu'il avait abusé d'elle. Et probablement d'autres enfants. Votre époux n'a jamais abordé ce sujet pendant toutes vos années de mariage ?

Elle secoua la tête.

– J'ai répondu à ces questions tellement de fois.

– Et il ne vous en a pas parlé non plus quand vous avez appris que Gustaf avait violé Danni ?

– Il ne m'a jamais parlé des déviances de son père.

– Vous pensez qu'il n'était pas au courant ?

Elle haussa les épaules.

– Je n'en ai aucune idée.

– Vous croyez qu'il a toujours su ce qui se passait et que c'est pour cette raison qu'il a choisi de partir de cette manière ?

– Je ne peux pas me prononcer là-dessus. Il n'a jamais abordé ces sujets. Il ne m'a pas parlé non plus de s'ouvrir les veines. Pour être honnête, je trouve qu'il a été injuste envers moi. Injuste de m'abandonner comme ça.

– Est-ce qu'il vous aurait parlé d'un cambriolage commis dans la maison de vos beaux-parents ?

– Non. Un cambriolage ? À quelle époque ?

– Je ne sais pas vraiment, répondit Konrad. Je tiens ça de Gustaf.

– Je ne me souviens pas que quiconque ait parlé de vol ou que mon mari ait fait allusion à quoi que ce soit de cet ordre. Ça n'a jamais été évoqué.

– Votre mari vous aurait-il parlé de photos ? Des photos qu'on avait volées à votre beau-père et qu'il tenait à récupérer.

Elle secoua la tête.

– Hélas, je ne vous suis pas d'un grand secours, regretta-t-elle. Ces photos ont été volées pendant ce cambriolage ?

– Je suppose.

– Qu'est-ce qu'elles avaient de particulier pour que mon beau-père tienne à les récupérer ?

– Je l'ignore, répondit Konrad. Gustaf n'a pas voulu m'en dire plus.

– J'aimerais tellement pouvoir vous éclairer, malheureusement…

– Ce n'est pas grave, la rassura Konrad.

– Vous irez le revoir en prison ?

– Oui, je pense.

– Je vous conseille de vous méfier, prévint-elle en regardant derrière la bougie les visages de ses chers disparus. Il est vicieux. Il vous embobine en moins de deux et vous vous retrouvez piégé. Vous êtes persuadé d'avoir mal agi et il s'en sert contre vous sans la moindre pitié. C'est ce qu'il a fait à son frère. C'est ce qu'il m'a fait à moi. Il fera pareil avec vous si vous n'êtes pas prudent. Il vous détruira. Cette ordure vous anéantira.

47

Konrad avait posé sur le tableau de bord le papier où était inscrite la série de chiffres. 19609. Il l'avait aussitôt mémorisée, sans vraiment comprendre pourquoi ce nombre lui paraissait familier. Persuadé qu'il s'agissait d'un code de sécurité, il supposait n'avoir que trente secondes pour le composer avant que l'alarme antivol retentisse. Il se demandait quel code avait le pouvoir de faire taire les sirènes qui hurlaient dans sa tête en le sommant de renoncer à son projet et de ne pas mettre les pieds dans cette maison.

Il ne repéra aucune caméra de surveillance en entrant dans l'impasse. Il alla jusqu'à la maison et ressortit de la rue. Ces caméras étaient en général placées en évidence à des fins dissuasives, mais ce n'était pas le cas ici. Il n'y en avait peut-être pas. À moins qu'elles n'aient été soigneusement dissimulées. Il se gara dans la rue voisine, enfonça son bonnet jusqu'aux oreilles et mit des lunettes noires qui lui cachaient la moitié du visage. Le quartier avait été construit peu après la guerre, la façade de la maison à un étage, surmontée d'un grand grenier d'où dépassait une imposante cheminée, était enduite de sable de mer gris. Le jardin était en friche depuis longtemps. La bâtisse aurait eu besoin d'une bonne rénovation, des pans de crépi s'effritaient à l'angle. Les cadres des fenêtres étaient vermoulus, les vitres crasseuses. Les lieux étaient visiblement inoccupés depuis pas mal de temps.

Konrad savait au fond de lui que rien ne pouvait l'empêcher d'entrer dans cette maison. Il avait beau essayer de se convaincre qu'il avait tort de céder à la requête du détenu en se remémorant les propos de sa belle-sœur, c'était inutile. Il avait tort de fournir à cet homme un médicament dangereux dans l'espoir d'obtenir la réponse aux questions qui le tourmentaient depuis si longtemps. Des questions évidemment en rapport avec cette gamine. Avec Nanna, mais aussi avec son père et le sort de ce dernier. Des interrogations qui avaient imprimé leur marque sur toute sa vie.

Il se débarrassa de son bonnet et de ses lunettes noires, tout en pensant qu'il avait passé l'âge de se déguiser. Il pénétra dans le jardin sans être vu et repéra immédiatement la porte à l'extrémité de la terrasse à laquelle était accolé un abri pour la tondeuse et le barbecue. Konrad sortit la clef et l'enfonça dans la serrure grippée qu'il dut triturer avant qu'elle ne consente à s'ouvrir.

Puis il se rua dans l'entrée vers le placard où était installée l'alarme qu'il désactiva en à peine vingt secondes. Il s'attendait plus ou moins à ce qu'elle retentisse, mais à son grand soulagement ce ne fut pas le cas. Il se rappelait que la maison comportait deux salles de bains, une petite au rez-de-chaussée et une autre, plus spacieuse, à l'étage. C'était là qu'il trouverait les cachets. Gustaf avait précisé qu'il les gardait dans une armoire à pharmacie qui n'était pas fermée à clef. Il avait besoin d'au moins quatre pilules.

Konrad s'était documenté dans le *Manuel du pharmacien*. Le médicament était susceptible de causer la mort, il fallait donc en user avec précaution. Il avait lu sur le Net qu'il entraînait un arrêt cardiaque d'apparence naturelle. Seules des analyses permettaient de déceler sa présence dans le sang. La mort était indolore. Celui qui ingérait le produit sombrait dans le coma et quittait la vie en douceur. Ces effets pouvaient aisément passer pour un simple infarctus chez un individu souffrant d'insuffisance cardiaque ou d'hypertension.

Il s'empara des cachets, les glissa dans sa poche et regagna le couloir. Ayant participé à des perquisitions tout au long de sa carrière, il savait dans les grandes lignes comment procéder. Il fallait être rapide et efficace. Il commença par fouiller la pièce qu'il pensait être la chambre de Gustaf. Les gens qui n'avaient rien à cacher prenaient en général peu de précautions. Ils rangeaient leurs boîtes à bijoux dans leur armoire à vêtements et, s'ils gardaient chez eux de grosses sommes d'argent ou des devises étrangères, ils les conservaient dans un placard ou dans leur bibliothèque.

Les précautionneux et les méfiants dissimulaient parfois leur or et leurs diamants dans le freezer, par exemple, en les emballant et en les collant sous le bac à glaçons. Venaient ensuite ceux qui avaient réellement besoin de cacher des choses. Sous le rebord intérieur de la cuvette des toilettes. Derrière un carreau de faïence descellé dans la cuisine, au fond d'un paquet de flocons d'avoine. Dans un gros pot de yaourt qui semblait ne pas avoir été ouvert. Konrad avait un jour découvert un petit sachet de poudre blanche au fond d'un sucrier. Une maison peut abriter une foule de cachettes, mais il y a des limites, avait souligné Marta pendant une perquisition où elle avait découvert le butin d'un cambriolage dans le réservoir d'une tondeuse à gazon.

Konrad ne savait même pas ce qu'il cherchait. Il n'avait pas la moindre idée des secrets que Gustaf avait à cacher et n'était pas sûr de trouver chez lui des preuves de ses déviances ou de celles d'Anton, son père. Après son arrestation, la police avait fouillé la maison, sans succès.

Le détenu avait parlé d'un cambriolage datant de l'époque où il y vivait avec son frère et ses parents. Il avait parlé de photos qu'Anton voulait à tout prix récupérer. Peut-être ce dernier y était-il parvenu, et dans ce cas il n'était pas impossible que ces clichés soient cachés quelque part. C'était un motif amplement suffisant pour fouiller la bâtisse.

C'était une maison bourgeoise ordinaire de Reykjavik, aux murs ornés de tableaux et aux meubles massifs, étagères vitrées importées du Danemark et sol parqueté. Une grosse horloge comtoise trônait dans un coin. La majeure partie du mobilier et des objets étaient si anciens que Gustaf avait dû les hériter de ses parents. De lourds rideaux occultaient les fenêtres, une épaisse couche de poussière recouvrait tout. On distinguait sur le parquet les traces de pas laissées par Konrad.

Même s'il n'avait pas peur du noir, il avait la désagréable sensation d'être dans une maison hantée, abandonnée, qui avait été le théâtre d'affreux événements. Le bâtiment tout entier semblait lui susurrer l'horrible histoire de ses anciens occupants. En tant que policier expérimenté, il avait été témoin d'un certain nombre de choses peu reluisantes, malgré ça, le malaise qu'il ressentait ne cessait de croître. Un trouble semblable à celui qui l'avait envahi lorsqu'il était venu là avec Marta pour arrêter Gustaf lorsqu'on avait découvert qu'il ne valait pas mieux que son père. Konrad savait qu'ils avaient fait deux victimes, la gamine noyée dans l'étang de Tjörnin et la petite-nièce de Gustaf, mais il y en avait peut-être d'autres dont on ignorait l'existence.

Il essaya de ne pas mettre tout en désordre en fouillant la chambre de Gustaf. Il ouvrit les tiroirs, regarda en dessous, passa sa main sous les armoires, tapota la cloison au fond du placard et souleva le miroir accroché au mur.

Au bout de quelque temps, ayant exploré toutes les pièces, y compris la remise et la cuisine, il se retrouva devant la grande comtoise dont il supposait qu'elle était à l'arrêt depuis longtemps. On distinguait à l'arrière de la vitre l'imposant battant qui avait cessé de compter les minutes. Le temps s'était immobilisé vers trois heures moins le quart.

Le parquet sous la pendule avait gonflé et s'était gondolé sous l'effet de l'humidité. Le bois de la caisse, peinte en vert et décorée à la mode danoise, était en bon état malgré son âge.

Lorsque Konrad ouvrit la porte, l'odeur d'un monde ancien vint lui emplir les narines. Il glissa une main derrière le cadran, puis caressa le fond de la caisse, face intérieure, face extérieure. Il leva les yeux vers le sommet du meuble qui abritait le mécanisme, tapota les parois, actionna le battant et frappa sur le bois du pied de l'horloge sans rien trouver.

Quelques instants plus tard, il ressortit par la porte de service qu'il referma soigneusement avant de traverser le jardin au pas de course, pressé de fuir au plus vite ce lieu détestable, tandis qu'au fond de sa poche les maudites pilules tressautaient dans leur étui.

48

Elisa s'avança sur le palier, regarda vers le bas de l'escalier et demanda à nouveau s'il y avait quelqu'un. Constatant qu'une fois de plus personne ne répondait, elle pensa que son imagination lui jouait des tours. En tout cas, elle l'espérait. Elle avait cru entendre quelqu'un ouvrir la porte de la cave, mais n'en était plus certaine. Elle appuya sur l'interrupteur qui allumait la lumière dans le début du sous-sol et descendit les marches. Elle s'arrêta en bas de l'escalier et scruta l'intérieur de la buanderie. Elle ne voyait pas la porte donnant sur l'extérieur de la maison, cette porte était censée être fermée.

– Ohé, il y a quelqu'un ? lança-t-elle à nouveau.

Aucune réponse.

– Benony ? C'est toi ?

Elle cria également deux fois le nom de Stan et tendit l'oreille. Comme elle n'entendait ni ne voyait rien, elle remonta les marches jusqu'au rez-de-chaussée et referma la porte d'accès au sous-sol. Cette porte ne fermait pas à clef. La serrure était cassée depuis qu'ils avaient emménagé et Stan ne l'avait jamais réparée.

Elle alla se rasseoir à la table de la cuisine. Elle était décidément trop nerveuse. Il suffisait du moindre bruit pour qu'elle s'attende au pire. Des événements importants avaient eu lieu ces derniers jours, elle ne mesurait peut-être pas encore l'ampleur des changements qu'ils impliquaient. Non seulement son mari avait quitté le domicile, mais elle était amoureuse de Benony et savait qu'ils ne seraient pas tranquilles tant que Stan ne serait pas définitivement sorti de leur vie.

À nouveau, il y eut du bruit à la cave, cette fois elle n'avait plus aucun doute, même si elle n'était pas capable d'en identifier clairement l'origine. Quelqu'un semblait traîner par terre un objet lourd et encombrant. Elle passa mentalement en revue le contenu du sous-sol et se souvint de la grosse masse dont les garçons s'étaient servis pour casser les morceaux de ciment autour du trou dans le mur, ce qui leur avait permis d'ouvrir du sol au plafond l'espace perdu situé à l'arrière.

Immobile à la table de la cuisine, elle entendit à nouveau du bruit. Persuadée qu'il y avait quelqu'un en bas, elle se leva d'un bond et attrapa le couteau à fileter dans le tiroir. Elle regarda le téléphone dans l'entrée en se demandant si elle ne ferait pas mieux d'appeler le commissariat, mais préféra s'en abstenir. Elle n'allait tout de même pas les déranger au moindre bruit. Elle rouvrit la porte de la cave, descendit quelques marches d'un pas beaucoup plus ferme, tenant absolument à savoir qui était là. Puis, s'armant de courage, elle alla jusqu'en bas de l'escalier, les doigts serrés sur le manche du couteau. Bien que terrifiée, elle ne laisserait personne la forcer à fuir sa maison.

Elle s'apprêtait à allumer la lumière quand un homme sortit tout à coup des ténèbres. Elle eut un sursaut de frayeur et poussa un hurlement.

– Je ne voulais pas t'effrayer, s'excusa-t-il, lui-même apeuré. Elle reconnut Tommi, un des amis de Benony qui était parfois venu le voir au sous-sol.

– Qu'est-ce que… tu viens faire ici ? demanda-t-elle, aussitôt rassurée, en s'efforçant d'adopter une voix douce.

Tommi était en piteux état. Benony avait dit à Elisa que Mikki et lui s'inquiétaient pour ce jeune homme, il était selon eux en pleine beuverie et ils n'arrivaient pas à savoir où il se trouvait. Tommi avait effectivement l'air d'avoir traîné dans les rues un certain temps. Maigre comme un clou, pâle comme un linge, il ne s'était pas rasé depuis des jours, ses vêtements étaient sales et déchirés. Et il sentait mauvais.

– Qu'est-ce que tu fais avec ce truc à la main ? s'inquiéta-t-il en apercevant le couteau.

– Ce truc ? répondit Elisa. Je t'ai pris pour un voleur ou pire encore.

– Benony m'a parlé de la clef cachée devant la maison, je ne me souviens plus vraiment quand, ce… c'est… on est quel jour ? Il est quelle heure ?

Elisa comprit immédiatement qu'il était déboussolé. Elle l'invita à la suivre à l'étage. Elle pourrait lui donner à manger et l'aider à retrouver Mikki. Benony devait passer plus tard dans la soirée, mais elle préférait ne pas l'attendre. Tommi la remercia de sa gentillesse, il ne voulait pas s'attarder, il avait seulement besoin de voir Mikki. Ce dernier lui avait dit qu'il devait le contacter en cas de problème.

Tommi s'exprimait d'une voix pâteuse, il avait du mal à articuler, certains mots étaient presque inaudibles, mais Elisa avait tout de même réussi à saisir une partie de ses propos.

– Si tu veux, tu peux aussi dormir à la cave et voir tes copains demain, proposa-t-elle, offre que Tommi déclina également.

– Non, non, vraiment pas, est-ce que… est-ce que l'électrophone est chez toi ? demanda-t-il en le cherchant du regard.

Elisa n'avait pas vu l'appareil. Elle lui proposa à nouveau d'attendre Benony, peut-être viendrait-il d'ailleurs avec Mikki puisqu'ils étaient allés faire quelque chose ensemble. Elle ne savait pas si Tommi comprenait ce qu'elle lui disait ni s'il l'entendait. Il ne répondait pas et se contentait de fixer le sol, perdu dans son monde. Il bougeait les lèvres, comme s'il se murmurait des choses à lui-même. Tout à coup, il recula, déclara qu'il devait partir et lui demanda si elle pouvait lui donner un peu d'argent, pas grand-chose, quelques pièces, ce serait…

– Pardon, je ne suis pas venu pour mendier, s'excusa-t-il, honteux. Ce n'était pas le but. Absolument pas le but. J'ai juste besoin de retrouver mon électrophone. Et il faut que je voie Mikki.

– Allons, rassura Elisa, ne t'inquiète pas. Je peux bien monter te chercher un peu de monnaie. Je n'ai pas grand-chose à la maison, mais je vais te trouver quelques couronnes. Attends-moi. Tu n'aurais pas besoin d'un meilleur manteau ? ajouta-t-elle. Tommi se contenta de secouer la tête comme s'il trouvait l'idée saugrenue. Tu as mangé ? reprit Elisa. Tu n'as pas faim ? Je peux te préparer quelque chose.

Elle était contente que Tommi soit là. Ça la rassurait.

– Non, répondit-il, je n'ai besoin de rien. Et je n'ai pas faim. Mais… merci quand même…

Elle le laissa seul au sous-sol, retourna à l'étage, remit le couteau en place et chercha son porte-monnaie qui n'était pas dans son sac à main où elle le rangeait d'habitude. Elle se demanda où elle l'avait mis, puis se souvint avoir laissé son manteau dans la chambre. Elle monta l'escalier au pas de course, le trouva dans une des poches, prit quelques pièces et billets avant de retourner dans la cuisine pour préparer un sandwich au pain et au beurre. Elle prit le thermos de café, en versa quelques gouttes dans un verre pour pouvoir y ajouter un peu de lait et repartit avec le tout à la cave en prévenant Tommi depuis la cage d'escalier qu'elle ne pouvait hélas pas lui donner grand-chose, mais qu'elle avait quand même trouvé quelques couronnes et préparé un sandwich au cas où…

– Tommi ? cria-t-elle, ne le voyant pas dans la buanderie.

– C'était qui ce pauvre type ? demanda une silhouette sur le seuil de la porte du sous-sol.

Elisa sursauta si violemment que le thermos tomba à terre.

– Alors, tu te fais sauter par les clodos, espèce de putain ?

49

Benony traîna péniblement Luther jusqu'à une des cabanes en tôle ondulée de Grimsstadavör et le déposa sur un filet qui gisait à terre. Encore assommé par les coups de Mikki, le boiteux marmonna quelque chose d'incompréhensible. La lune éclairait de ses maigres rayons une corde accrochée au toit de l'abri. Benony l'attrapa pour attacher les mains de Luther au cas où il poserait problème lorsqu'il reprendrait ses esprits.

Il voulait quitter cette cabane au plus vite. Dehors, Mikki se battait avec l'homme qui avait accouru depuis la rue Aegisida, sans doute l'acolyte de Luther. L'un d'eux venait d'étouffer un cri, il ignorait si c'était Mikki ou son adversaire. À peine arrivé à la porte de la cabane, il tomba sur Mikki, campé dans l'embrasure. Dehors, il n'y avait plus aucun bruit. Mikki s'était calmé, il arborait un air grave. Il avait un œil au beurre noir en sang qui voyait à peine. La bouche également en sang, il cracha par terre. Benony remarqua qu'il tenait quelque chose à la main.

– Qu'est-ce qui se passe ? s'inquiéta-t-il. Où est ce type ?!

– Il est couché là, à côté, assommé, répondit Mikki, comme si, pour sa part, l'affaire était réglée. Ou disons en grande partie, ajouta-t-il en levant le bras pour lui montrer ce qu'il avait à la main.

– Comment ça, en grande partie ? Qu'est-ce que c'est que ça ?

– Il lui manque un morceau, expliqua Mikki en lui tendant quelque chose qui ressemblait à un bout de chair mou et tiède que Benony examina en le tenant dans sa paume.

C'est quoi ce truc ?

– Une oreille, répondit Mikki en crachant à nouveau. Il s'essuya la bouche d'un revers de la manche et regarda Luther qui commençait à se réveiller.

– Une oreille ?! hurla Benony, en ramenant brusquement sa main vers lui comme s'il s'était brûlé. Le morceau de chair tomba à terre, il l'éjecta dans un coin d'un coup de pied.

– Et cette sale brute ? demanda Mikki en tapotant Luther du bout de sa chaussure. Tu en as tiré quelque chose ?

– Pourquoi tu as arraché l'oreille de ce gars ?!

– Parce qu'il essayait de m'arracher un œil, éluda Mikki en se tournant vers Luther. C'est quoi alors, ces photos que nous avons volées ? demanda-t-il en assénant un coup de pied à l'homme attaché sur le filet de pêche. C'est quoi, ces putains de photos ?

Luther lui lança un regard haineux, il se racla la gorge pour lui cracher dessus, mais il avait la bouche tellement sèche qu'il n'en sortit qu'un sifflement. Le visage en sang, le corps martyrisé, il tenta de se lever en gémissant de douleur. Mikki lui décocha un grand coup de pied qui le fit tomber à la renverse. Le boiteux resta immobile au sol.

– C'est qui, cette gamine ?

Luther ne répondit pas. Il regardait les deux amis d'un air méprisant.

– Et ce type, c'est le médecin ? demanda Mikki. C'est pour ça que vous tenez tellement à les récupérer ? C'est lui qui a pris ces clichés ? Il a violé cette gamine ?

– Laisse-moi sortir ! hurla Luther. Laisse-moi sortir d'ici et j'essaierai d'oublier ce qui vient de se passer. Tu m'entends ? Laisse-moi sortir !!!

– Tu vas d'abord nous expliquer ce que tout ça signifie, répondit Mikki.

– Ces photos, tu ne les as pas ! Tu les as toutes données à Seppi, c'est ça ?

– À Seppi ?

– Il les a toutes ?

– Tu l'as vu ?

– Oui, on lui a parlé, répondit Luther. On voulait être sûrs que tu n'en avais gardé aucune. Seppi les a toutes ?

– Qu'est-ce qu'elle est devenue, cette gamine ? Vous lui avez fait quoi ?

– La ferme !

– Est-ce que cet homme s'en prend toujours à elle ? Ces photos, elles datent de quand ? Et cette fille, elle a quel âge ? Comment est-ce qu'elle a connu ce type ?

– Ta gueule, hurla Luther en regardant la porte comme s'il attendait que son acolyte vienne d'un instant à l'autre le libérer.

– Ce n'est sûrement pas ton copain qui va te tirer de là, le prévint Mikki, lisant dans ses pensées. Pourquoi tu ne veux pas m'expliquer ce qui se passe ?

Il décocha à Luther un grand coup de pied. Le boiteux poussa un cri de douleur. Benony attrapa Mikki en lui faisant signe que ça suffisait et qu'il allait s'en aller.

– Tu n'as qu'à partir. Tu m'as assez aidé comme ça, répondit Mikki en le poussant vers la porte puis à l'extérieur de la cabane. Je finirai tout seul. Allez, file !

– Tu finiras quoi… ?

– Allez, va retrouver ta nouvelle copine, insista Mikki.

Benony hésita, peu enclin à le laisser seul avec Luther. L'homme avec qui il s'était battu avait déguerpi. Ayant trouvé son maître, ce dernier s'était évanoui dans la nuit. Benony demanda à Mikki ce qu'il comptait faire. Il répondit qu'il allait essayer de tirer les vers du nez à Luther et, pourquoi pas, se fendre d'une petite visite au médecin responsable de toute cette violence afin de lui rendre un peu la monnaie de sa pièce.

– On n'aurait jamais dû le cambrioler, fit Benony. Tu ne comprends pas que c'est nous qui sommes les seuls responsables ? Tu devrais quand même le voir ! On ne pourrait pas arrêter ? Arrêter tout ça immédiatement.

– C'est toi qui ne comprends pas, Benony. On n'est pas des violeurs d'enfants. Contrairement à lui. C'est pour ça qu'il se démène autant.

– Et tu vas faire quoi ?

– Allez, va-t'en, mon vieux. Ne t'inquiète pas pour moi.

– Je partirai quand tu m'auras répondu. Je ne veux pas que tu fasses de conneries. Et je refuse d'être impliqué dans un truc pareil. Tu m'entends, je refuse de participer à des trucs pareils.

– Ne t'inquiète pas, assura Mikki. C'est juste que j'ai repensé à ces photos. Elles sont tellement…

Mikki regardait le reflet vacillant de la lune sur l'estran.

– Oui, je sais, convint Benony. Mais tu ne peux pas…

– J’ai connu une fille, reprit Mikki. Elle vivait dans mon quartier. Une fille adorable. Elle avait une sœur et leur père… enfin, tu vois… et il laissait aussi ses copains abuser d’elles. La mère était alcoolique, il invitait des types chez lui et… leur faisait payer les services de ses gamines. L’une d’elles était ma copine, elle m’a parlé de ces hommes dégoûtants, j’étais tellement naïf à l’époque que je ne comprenais pas vraiment tout ce qu’elle me racontait, mais je me souviens qu’elle me regardait comme si… comme si elle… Puis la famille a déménagé et je n’ai plus eu de nouvelles jusqu’au jour où j’ai appris qu’elle était morte au fond d’un bouge. Elle avait eu une vie terrible, elle avait sombré dans l’alcool puis on l’avait retrouvée morte, je me suis dit qu’elle n’avait… jamais eu sa chance, tu comprends ? Puis, quand j’ai vu ces photos… j’ai fait comme si de rien n’était. Et par-dessus le marché, je les ai même données à Seppi. Je ne sais pas ce qui m’a pris. Ce qu’on peut être con parfois ! Je n’avais pas compris. Je n’avais pas réfléchi. Ces photos auraient pu être celles de ma copine. C’est exactement pareil. Personne n’a jamais cherché à comprendre ce qui lui est arrivé. Personne ne cherche jamais à savoir. Et on ne fait jamais vraiment rien. On laisse le temps passer sans agir. Tout au plus, on donne à ces sales types une petite tape sur les doigts, ensuite, ils continuent leurs ignominies.

Benony ne connaissait pas cette facette de son copain. La fureur qui s’était emparée de Mikki et lui avait permis de flanquer une raclée à ces deux hommes était retombée. Benony ne savait pas quoi dire. Mikki n’avait jamais laissé entendre qu’il avait été témoin d’histoires de ce genre. Ni que de tels regrets le hantaient.

– Fais ce que tu veux. Fais-le pour toi, pour ta copine, pour la gamine sur ces photos. Fais ce que tu veux, mais moi, je me tire. Je ne veux pas être impliqué là-dedans. Je m'en vais, conclut Benony en reculant de quelques pas.

Son copain le regarda d'un air absent sans répondre. Benony partit en courant vers la rue Aegisida et Mikki retourna dans la cabane de pêcheur, dont il ferma la porte.

50

Seppi contemplait l'imposante comtoise et son battant qui allait et venait tranquillement à l'angle du salon. Son tic-tac s'égrenait dans la pièce. Agréable. Apaisant. Étonnamment discret pour une si grosse horloge, se disait-il.

– Nom de Dieu, qu'est-ce que tu viens faire ici ? grommela une voix dans son dos. Il se retourna. Anton Heilman était furieux qu'il ose venir l'importuner chez lui.

Seppi ne se démonta pas.

– Ton fils a eu la gentillesse de m'inviter à entrer, il m'a dit que tu étais occupé, mais qu'il allait te prévenir.

– Je veux que tu quittes cette maison ! grogna Anton. Tu n'as pas à venir ici. Je ne veux pas te voir chez moi. On peut régler cette affaire ailleurs.

– Jolie pendule, éluda Seppi en regardant la comtoise, indifférent à la colère du maître de maison. Un héritage de tes parents, c'est ça ?

– Dehors ! ordonna Anton. Je refuse de discuter ici.

– Allons, allons, qu'est-ce que ça veut dire ? Tu ne veux pas appeler la police ? ironisa Seppi. Il saisit la jolie tabatière d'argent qui ornait la table, la fit tourner dans sa main et la glissa dans sa poche.

– Qu'est-ce que tu fais ? s'alarma Anton. Repose ça tout de suite !

– Disons que ce sont des arrhes. Une petite avance. J'ai sur moi une des photos que je souhaite t'offrir. Je pourrais la montrer à ta femme. Elle est là ? Ou à tes fils. Ils seraient sûrement ravis.

– Qu'est-ce que tu veux ? répondit Anton d'un ton plus calme, comprenant que sa colère ne le mènerait nulle part.

– Tu m'avais promis de me recontacter le soir même quand je suis passé te voir à ton cabinet. J'ai attendu et attendu, mais tu ne m'as pas donné de nouvelles. Les minutes ont passé, puis la journée, et j'ai compris que tu n'allais pas le faire ! Fatalement, ça m'énerve. Tu en as sans doute conscience. Ça m'agace et je n'ai pas l'intention d'attendre le dégel !

– Tu ne vaux pas mieux que moi, rétorqua Anton. Tu crois que je ne sais pas comment tu es ? Tu te crois supérieur à moi ? Tu crois que je n'ai pas entendu les histoires qui traînent sur toi ?

– Il y a quand même une petite différence entre nous, répondit Seppi, ne l'oublie pas.

– Non, il n'y a pas la moindre différence.

– Pour ma part, je n'ai rien à perdre. Les gens me connaissent. Ils savent que je ne suis qu'une raclure. Et que j'ai régulièrement affaire aux flics. Ce n'est pas ton cas. Médecin. Franc-maçon. Bon père de famille. Tu as tout à perdre et tu le sais très bien. C'est pour ça que tu crèves de trouille et c'est pour ça que tu vas faire ce que je te dis. C'est compris ? Ma patience est à bout. À partir de maintenant, je veux voir la couleur du fric !

Anton le toisa d'un regard haineux.

– Tu veux que je t'en dise un peu plus sur la gamine des photos ? La gamine qui a fini dans l'étang de

Tjörnin ? proposa Seppi, le regard attiré par un objet posé sur un guéridon. Une reproduction en argent très réaliste de la tour de Pise.

– Laisse ce truc tranquille ! aboya Anton.

– Est-ce que c'était vraiment un accident… poursuivit Seppi en rangeant la tour dans sa poche. Au fait, je t'ai dit que je connais vaguement le beau-père de cette petite ? À une époque j'allais chez lui, sur la colline de Skolavörduholt, on buvait, on jouait à la belote. Je me souviens de cette gamine. Selon lui, la noyade était accidentelle. Sa famille trouverait sans doute ces photos très intéressantes. Elle aurait sûrement très envie de savoir ce qui s'est réellement passé…

– Repose cette tour ! ordonna Anton en l'attrapant par le bras.

– … le jour où elle s'est noyée, poursuivit Seppi comme si de rien n'était. Tu n'as pas répondu à ma question quand je suis passé à ton cabinet. Et comme tu me fais attendre des plombes, j'ai eu tout mon temps pour y penser. Comment expliquer sa noyade ? Est-ce qu'elle était descendue seule à l'étang pour jouer sur la rive ? Est-ce que quelqu'un serait arrivé derrière elle par surprise et l'aurait poussée à l'eau ?

– Arrête tes conneries, répondit Anton. Tu racontes n'importe quoi.

– Non, j'ai pas mal réfléchi et, à mon avis, ces photos risquent de t'attirer beaucoup plus de problèmes que je ne l'avais imaginé au départ. Tu vois ce que je veux dire ?

Anton secoua la tête.

– Elles recèlent des informations d'une très grande valeur, tu me suis ? Je veux dire, si c'est toi qui t'es débarrassé de la petite. Des informations d'une valeur vraiment inestimable. Alors je ne sais pas trop ce que je dois en faire. Te les donner ? Les communiquer à la police ? Tu en dis quoi ?

– Comment tu oses m'accuser de choses pareilles ?! s'écria Anton. C'est absurde ! Tu es tombé sur la tête !

Seppi demeurait impassible.

– Je n'ai jamais dit que c'était toi, reprit-il. Ce n'est pas ce que j'affirme, comprends-moi bien. Mais une de tes connaissances, tiens, par exemple, pourquoi pas ce Luther ? Qu'en penses-tu ? Je devrais peut-être donner son nom à la police quand j'irai la voir. Le nom de Luther et le tien. Hein ? Qu'en dis-tu ? Si je lui parlais de vous deux ? Ou plutôt de vous trois. De la gamine qui s'est noyée dans Tjörnin et de toi et Luther. Ça te dit ?

La porte d'entrée s'ouvrit. La femme d'Anton entra, étonnée de voir qu'ils avaient de la visite. Elle lança un regard inquisiteur à son mari et sourit d'un air gêné à Seppi. Anton les regardait tour à tour, cherchant désespérément un moyen de lui expliquer la présence du visiteur. Seppi déclara qu'il ne voulait pas s'attarder. Il devait y aller, mais leur rappelait que l'eau chaude serait coupée le lendemain après-midi et que la famille devait prendre ses dispositions. On avait signalé un problème dans la rue en contrebas, on ne savait pas combien de temps il faudrait pour le régler, mais ce serait sans doute assez rapide. Sur quoi, il prit congé.

51

Konrad tomba sur le même gardien que la fois d'avant, un homme âgé doté d'une longue expérience qui lui faisait confiance, l'ayant vu de nombreuses fois à la prison à l'époque où il était policier. Il ne le fouilla que pour la forme. Konrad ne savait pas encore exactement ce qu'il allait faire. Il resta impassible quand le gardien lui prit son imperméable, passa la main sur le tissu et lui demanda de vider toutes ses poches. Affable, il s'excusa de ces formalités pendant qu'ils discutaient de diverses choses, dont l'actualité politique. Le sujet passait au-dessus de la tête de Konrad qui reprit son vêtement sans que le geôlier ne lui fasse aucune remarque. Ce dernier était tout à son agacement concernant le nouveau ministre qui avait fait des coupes claires dans le budget de l'administration pénitentiaire.

Le gardien l'accompagna au parloir. Konrad s'installa sur la même chaise usée devant la même table fatiguée et attendit le détenu tout en triturant le col de son imperméable.

Il avait appelé sa sœur Beta pendant qu'il traversait la lande de Hellisheidi. Elle avait décroché après quelques sonneries. Elle était en voyage à Seydisfjördur où elle rendait visite à de vieilles amies. Konrad avait été heureux de l'avoir au bout du fil, les gens avec qui il pouvait avoir des conversations sereines s'étant raréfiés ces derniers temps. Il n'avait pas eu l'intention de lui gâcher les vacances en l'embêtant avec ses problèmes, mais il en était allé autrement. Percevant sa contrariété, Beta lui avait tiré les vers du nez et il avait fini par avouer qu'il était une fois de plus plongé jusqu'au cou dans l'enquête sur la mort de leur père. Konrad la tenait régulièrement au courant de ses investigations. Et à présent il avait des ennuis, la police s'intéressait à nouveau de près à son rôle dans cette histoire. Beta le savait, il avait menti pendant ses interrogatoires à l'époque, or la police venait de le découvrir. Il devenait soudain urgent pour lui d'élucider l'affaire afin de se disculper. Et c'était loin d'être évident.

– Mais ce n'est pas tout, pas vrai ? s'était inquiétée Beta après avoir écouté son récit, sentant qu'il avait encore quelque chose sur le cœur.

– Il s'agit d'Hugo, avait-il avoué, réticent.

– Qu'est-ce qui lui arrive ?

– Il a découvert quelque chose qu'il ignorait nous concernant, Erna et moi, ou plutôt juste moi, il a appris que je ne lui ai pas toujours été fidèle…

Il y avait eu un silence à l'autre bout de la ligne.

– Pas toujours été fidèle ? Tu trompais Erna ? demanda Beta, qui l'apprenait à l'instant elle-même.

– Hugo l'a découvert et…

– Tu plaisantes ?

– Non, et Hugo…

– Mais bon sang, quel crétin ! s'exclama Beta. Tu ne vaux guère mieux que ton père ! C'est ce que j'ai toujours dit. Oui, je l'ai toujours dit !

– Hugo l'a très mal pris, il ne me parle plus et, comme tu t'entends très bien avec lui, je me suis dit que tu pourrais peut-être l'appeler. Cette histoire me rend malade, je ne comprends pas pourquoi il est tellement en colère mais ça ne peut pas durer.

– Est-ce que tu l'avais dit…

– Et je ne suis pas du tout comme Seppi. Tu devrais arrêter de me comparer à lui.

– Est-ce qu'Erna était au courant ? Tu le lui as dit avant sa mort ? Tu lui as dit ce que tu avais fait ?

– Non, je ne lui ai rien dit. Je voulais tout lui avouer mais, d'un coup, le temps m'a manqué. C'est une des raisons de la colère d'Hugo.

– D'un coup ? avait répété Beta, furieuse. Donc, tu ne lui as rien dit ?

– Tu ne voudrais pas appeler Hugo ? Je suis tellement désolé.

– Ah ça oui, mon pauvre ! avait ironisé sa sœur. Hugo a toujours été doté d'un sens aigu de la justice. Comme sa mère. Tu n'imagines même pas la chance que tu as eue de rencontrer une femme pareille.

À nouveau, il y avait eu un long silence à l'autre bout de la ligne.

– À part ça, quelles nouvelles des fjords de l'Est ? avait risqué Konrad dans une tentative désespérée pour détendre l'atmosphère.

– Ah, je t'en prie ! s'était emportée Beta avant de lui raccrocher au nez.

La porte du parloir s'ouvrit et Gustaf arriva, suivi par le gardien qui quitta rapidement la pièce. Le détenu attendit qu'il ferme la porte pour venir s'asseoir en face de Konrad. Il était habillé de la même manière que la fois précédente, mais avait les cheveux gras, comme s'il n'avait pas eu le temps de se laver.

– Qui m'a apporté cette clef ? demanda l'ex-policier sans préambule.

– Ça n'a aucune importance.

– Cela signifie cependant que quelqu'un est au courant que j'ai accès à votre domicile et à ces médicaments. Si on vous retrouve mort dans votre cellule avec ces cachets dans le ventre, on fera forcément le rapprochement et je serai dans le pétrin. Qui m'a livré cette enveloppe ?

– Il ne sait ni qui vous êtes, ni à quoi sert la clef qu'il vous a remise. Alors, vous avez les médocs ?

– Oui.

– Vous êtes entré dans la maison ?

– Oui.

Gustaf dévisagea Konrad.

– Vous croyez que je mens ? demanda celui-ci.

– Je pensais surtout que vous ne le feriez jamais, répondit Gustaf. Vous devez être sacrément désespéré.

– Vous voulez ces pilules, oui ou non ?

– Vous en avez profité pour fouiller un peu ? Vous avez trouvé des choses qui vous intéressent ? demanda Gustaf, esquissant un sourire narquois.

– Très peu. La pendule dans votre salon, elle date de quand ?

– La comtoise ? Elle doit avoir cent ans. Peut-être plus. Elle vous plaît ?

– Elle fonctionne ?

– Aucune idée, répondit Gustaf. C'est moi qui l'ai arrêtée quand j'ai emménagé. Je n'ai jamais supporté le tic-tac de cette machine infernale égrenant les heures. Vous savez que je désire juste avoir ces cachets à disposition, poursuivit-il après une profonde inspiration. Je ne suis pas sûr de m'en servir.

– Je m'en fiche. Libre à vous d'en faire ce que vous voulez. Cela ne me concerne pas. Si vous voulez savoir, je me fiche de votre sort. Je m'en fiche royalement.

Tout en parlant, Konrad avait retiré en le faisant glisser un petit étui en plastique caché dans le col de son imperméable. Gustaf l'avait observé, le visage inexpressif. Konrad laissa tomber le vêtement par terre, il se pencha en avant pour le ramasser et en profita pour faire rouler l'étui jusqu'au détenu qui l'intercepta sous sa chaussure.

– Je connais le gardien depuis longtemps, grimaça Konrad. Je ne voudrais pas qu'il ait d'ennuis.

Gustaf se pencha, feignant de refaire son lacet. Lorsqu'il se redressa, l'étui avait disparu.

– Ne vous inquiétez pas. On trouve autant de médicaments ici qu'à la pharmacie de Holtsapotek.

52

Konrad ne voulait pas s'attarder plus que nécessaire à la prison de Litla-Hraun. Gustaf semblait au contraire apprécier sa visite. Il prenait tout son temps.

– On a embarqué sur le *Gullfoss* au début de l'année 1963, commença-t-il en passant sa main sur le plateau de la table. Si je me souviens bien, on est partis deux semaines. Copenhague. Hambourg. Buffet froid le midi et, certains soirs, dîner à la table du commandant. C'est un de nos plus beaux souvenirs d'enfance, à mon frère et à moi. À notre retour, on a trouvé notre maison sens dessus dessous. Les cambrioleurs avaient tout saccagé. Ils avaient dérobé une bonne partie des objets de valeur et en avaient détruit d'autres. On avait un électrophone tout neuf… tout avait disparu. Notre mère était dans tous ses états, elle voulait prévenir la police, mais mon père le lui a interdit.

– Pourquoi ? demanda Konrad. Vous m'avez dit avoir compris plus tard que votre père tenait absolument à récupérer des photos. Vous pourriez être plus précis ?

– Vous avez déjà été cambriolé ? Ce n'est pas rien. De savoir que quelqu'un est venu fouiller dans vos affaires. Vous voler. Profaner votre domicile. C'était pour mon père une humiliation. En plus de tout le reste. Notre première réaction, c'était la honte. Un cambriolage est une intrusion dans votre vie privée. Il ne voulait pas que les gens l'apprennent. Dans un sens, c'est compréhensible. Plus tard, j'ai entendu parler de ces photos.

– Lesquelles ?

– Mon père s'est arrangé pour compenser ce qu'on avait perdu, poursuivit Gustaf, ignorant la question de Konrad. Il nous a offert un nouvel électrophone en tout point identique à l'autre et je crois me rappeler qu'étrangement ma mère a récupéré une partie de ses bijoux. Je ne sais pas comment il s'y est pris, mais mon frère et moi, on pensait qu'il avait réussi à entrer en contact avec les cambrioleurs ou avec des gars qui les connaissaient. On savait qu'il n'était pas allé à la police, il nous avait d'ailleurs formellement interdit de parler de tout ça. On pensait donc qu'il avait trouvé un arrangement avec le ou les voleurs et qu'il avait réussi à récupérer une partie de leur butin.

– Il savait qui étaient les cambrioleurs ?

– Je pense qu'il avait découvert leur identité, oui.

– Et vous, vous la connaissez ?

– Non, pas vraiment. Mais il n'est pas impossible que l'un d'eux ait eu le surnom dont vous avez parlé l'autre jour.

– Le surnom ?

– Seppi.

Konrad dévisagea Gustaf.

– Vous êtes en train de me dire qu'Anton et Seppi se connaissaient ? Vous m'avez certifié à ma première visite n'avoir jamais entendu ce nom.

– Un jour, peu de temps après le vol, j'ai surpris une conversation de mon père au téléphone, disons plutôt que j'écoutais à la porte. Il a mentionné ce nom deux fois sur un ton tellement méprisant qu'il n'est pas impossible que cet homme ait été impliqué dans le cambriolage. Je me rappelle que je trouvais ce nom rigolo parce qu'il conviendrait plutôt à un chien.

– Et votre père, il parlait à qui ?

– Peut-être à ce Luther sur lequel vous m'avez interrogé l'autre jour.

Konrad secoua la tête.

– Jusque-là, vous m'avez affirmé n'avoir jamais connu Luther en me certifiant que votre père non plus ne connaissait personne de ce prénom, s'emporta-t-il.

– J'avais peut-être oublié. D'ailleurs, on ne peut pas vraiment dire que je l'ai connu.

– Oublié ? Encore un mensonge ?!

Gustaf esquissa un sourire.

– Vous croyez que c'est un jeu ? demanda Konrad. Vous jouez au chat et à la souris ? Est-ce que je peux me fier à ce que vous me racontez ? Faut-il croire un seul mot de tout ce que vous dites ?

– C'est à vous d'en juger. Je m'ennuie ici, reprit Gustaf. Vous êtes la première personne à peu près sensée à qui je parle depuis longtemps. Et je ne dis pas ça pour vous faire un compliment.

– Qu'est-ce que vous savez sur Luther ?

– Principalement ce que j'ai appris pendant mes interrogatoires. C'était un des patients de mon père à l'époque où il travaillait au sanatorium de Vifilsstadir. Il souffrait d'une tuberculose osseuse dans la jambe, papa l'a soigné, et ils ont plus ou moins lié amitié. Je ne l'ai vu qu'une seule fois. Je révisais mes leçons, il est venu à la maison, je les ai entendus discuter tous les deux à voix basse. Il n'avait pas l'air très commode, enfin, pour le peu que j'en ai vu, mais il flattait beaucoup mon père et faisait tout pour lui plaire.

– Vous ne l'avez pas salué ?

– Non, je suis resté à distance.

– Vous écoutiez pas mal aux portes quand vous étiez gamin, fit remarquer Konrad.

– Qu'est-ce que vous en savez ? rétorqua Gustaf, impassible. Je l'ai entendu dire à mon père qu'il devait payer pour récupérer les photos qu'on lui avait volées. Qu'il n'avait pas le choix. Ces propos étaient forcément en rapport avec le cambriolage.

– C'était quand ?

– Je vous l'ai dit. On a embarqué sur le *Gullfoss* en 1963, répondit Gustaf. Deux ans après la découverte du corps de la gamine dans l'étang de Tjörnin.

– La gamine de Tjörnin ?

Gustaf hocha la tête.

– Pourquoi… qu'est-ce qu'elle vient faire dans cette histoire ? s'étonna Konrad.

– Eh bien, je pensais que vous continuiez à vous intéresser à cette affaire.

Konrad le regarda, dubitatif.

– Qu'est-ce que… vous savez des choses la concernant ?

Gustaf esquissa un sourire.

– Combien de fois je vais devoir vous le répéter ? Je ne sais rien de cette histoire.

– Comment pouvez-vous être sûr que c'était bien Luther qui est venu voir votre père ?

– Il l'appelait par son prénom, je m'en souviens.

– Ce Luther, qu'est-ce qu'il est devenu ?

– Aucune idée.

– Qu'est-ce qu'il y avait sur ces photos ?

– Je ne sais pas.

– Vous ne les avez jamais vues ?

– Non. Tout ce que je sais, c'est que mon père s'intéressait à la photographie, répondit Gustaf. Il développait les siennes lui-même dans son cabinet en ville. Il faisait des tas de photos. Des portraits de famille. À Noël. En voyage.

– Et c'était la raison du chantage ? C'est pour ça que Seppi s'attendait à une grosse rentrée d'argent ? Il avait vu des photos, comment dire, prises par votre père ? Ou qui lui appartenaient ?

– Peut-être qu'il avait mis la main sur certains clichés, répondit Gustaf.

– Qu'est-ce qu'on voyait donc dessus qui justifiait qu'Anton soit prêt à payer pour les récupérer ?

Gustaf contemplait sereinement son visiteur, il semblait se délecter de le voir se débattre avec des questions insolubles, se délecter de le voir se triturer l'esprit face à lui.

– Je ne sais pas, répondit-il.

– Au fait, pourquoi vous me parlez de la gamine de Tjörnin ? demanda Konrad après un silence.

Gustaf se taisait.

– Vous savez ce qui se trouvait sur ces photos, n'est-ce pas ? Vous les avez vues !

Gustaf le regardait sans rien dire.

– Elles existent encore ?

Le détenu secoua la tête.

– Où sont-elles ? C'est vous qui les avez ?

Konrad le regarda intensément.

– On sait qu'Anton a violé cette gamine et qu'il l'a mise enceinte, reprit-il. C'est ce que les analyses ADN ont révélé. Ce n'est pas impossible qu'il ait aussi été impliqué dans son décès.

– Oui, je crois que je vais retourner dans ma cellule, répondit Gustaf, comme lassé de cette conversation.

– Il est très probable qu'on ait aperçu Luther aux abords de l'étang de Tjörnin le jour où on a découvert le corps de la petite. Il connaissait votre père. C'était son commissionnaire. Ils étaient amis. Il se pliait en quatre pour lui plaire. Vous le dites vous-même.

– C'était un plaisir de vous revoir, éluda Gustaf en se levant de sa chaise.

– Ces photos, Anton y tenait beaucoup. Il les avait sans doute soigneusement dissimulées chez lui. On y voyait des choses inavouables, c'est pour ça qu'il était prêt à payer pour les récupérer. Personne ne devait les trouver. Or, vous venez de me parler de cette gamine…

Konrad dévisageait Gustaf.

– C'est elle sur les photos ?

Gustaf secoua la tête.

– Une autre fille ? Plusieurs autres ? Il y en a eu d'autres ?

– Seppi croyait qu'il pouvait faire chanter mon père avec ces photos, concéda Gustaf. Je n'en sais pas plus. Puis le problème a été réglé. C'est à cette époque qu'il a été tué, non ? Saigné comme un porc. Et qui plus est, dans un abattoir.

– C'est Anton qui l'a tué ?

Gustaf garda le silence.

– Vous suggérez que c'est Anton qui s'est débarrassé de lui ? insista Konrad.

Gustaf eut un sourire hautain, comme s'il plaignait son visiteur au regard désespéré et à l'air bêtement inquisiteur.

Konrad continuait à le dévisager.

– Vous jouez avec moi, espèce de salaud ? demanda-t-il.

– Si je le voulais, ce ne serait pas compliqué.

– Dites-moi ce qui s'est passé ! Vous mentez quand vous dites que vous ne savez rien ! Vous passiez votre temps à écouter aux portes. Rien ne vous échappait.

Vous étiez témoin de la moindre conversation. Vous voyiez tout. Vous savez tout. Qu'est-ce que vous refusez de me dire ?

– Je n'en sais pas plus que vous, répondit Gustaf en se dirigeant vers la porte du parloir. Je vous l'ai déjà dit. Je ne sais rien sur la gamine de Tjörnin et je ne sais rien sur votre père. Et je me fiche royalement de toutes ces histoires. Elles ne me concernent pas. Pas du tout.

– Rendez-moi ça ! s'emporta Konrad.

– Quoi donc ?

– Les cachets ! feula l'ancien policier d'une voix si basse qu'elle était à peine audible.

– J'ai rempli ma partie du contrat.

– Vous n'avez rien rempli du tout ! Vous ne m'avez rien dit ! s'écria Konrad. Il se leva et s'avança vers lui.

– Je vous en ai assez dit comme ça, grogna Gustaf en le repoussant. Vous devriez m'être reconnaissant. Au contraire, j'aurais plutôt l'impression de vous en avoir trop dit.

Il tambourina à la porte. La visite était terminée. Le gardien arriva et leur demanda s'ils avaient besoin de quelque chose. Gustaf le pria de le reconduire dans sa cellule. Konrad le regarda disparaître au fond du couloir, l'étui de cachets dans la paume.

– Oui, bonne nuit et fais de beaux rêves, sale menteur ! marmonna-t-il.

53

Elisa fit volte-face et poussa un cri d'effroi en voyant son mari dans l'embrasure. Elle baissa les yeux sur le café qu'elle avait renversé par terre et la tasse brisée à ses pieds, puis chercha Tommi du regard : il avait disparu. Désemparée, elle recula, terrifiée, dans la buanderie. Stanley entra dans la cave en refermant la porte derrière lui.

– Toujours aussi maladroite, soupira-t-il en secouant la tête et en regardant la flaque de café d'un air triste.

– Où… où est Tommi ? bredouilla Elisa, l'assiette sur laquelle elle avait posé le sandwich toujours à la main. Qu'est-ce que tu lui as fait ?

– Tommi ? Le clochard qui a détalé en me voyant ? Décidément, tu te fais sauter par n'importe qui ? Tu te laisses baiser par tous les copains de Benony ?

Même si ce n'était pas très visible, Elisa savait quand son mari avait bu. Stan savait boire, il était rarement ivre et restait maître de ses actes. Il supportait cependant assez mal l'alcool, qui altérait son humeur. La boisson le rendait maussade et irritable, il se mettait facilement en colère et déversait sur elle des flots d'insultes, mais surtout l'alcool le désinhibait et le rendait violent.

– Je viens de parler à Benony, intervint-elle. Il m'a dit qu'il était en route. Il sera là d'un moment à l'autre.

– Tu as oublié ton couteau ? rétorqua Stan, feignant l'étonnement en balayant la cave du regard. Tu l'as laissé sous l'oreiller ? Tu veux qu'on monte le chercher ? Je dois reconnaître que tu m'as surpris. Je voulais te dire que ça n'arrivera plus. Jamais.

– Benony va arriver d'une minute à l'autre, répéta Elisa en reposant l'assiette et le sandwich.

– Benony ? Qu'est-ce que tu lui trouves ? demanda Stan en se postant devant l'escalier pour lui barrer la route. Tu crois qu'il est mieux que moi ? Il n'est rien du tout. Il n'a toujours été qu'un pauvre type entouré d'épaves comme lui, des gars qui ont fait de la prison et je ne sais quoi encore. Et tu voudrais lui faire confiance ? Tu crois qu'il te sera utile ? Je sais que tu es bête, Elisa, je le sais, et tout le monde le sait, mais je ne pensais pas à ce point.

Il se rua sur elle et lui asséna de toutes ses forces un coup de poing en plein visage. Projetée en arrière, Elisa tomba à la renverse sur le lave-linge. Stan la retourna brutalement, l'empoigna par la nuque et lui frappa la tête de façon répétée sur l'appareil en la traitant de bonne à rien, de traîtresse, de traînée et d'imbécile. Elisa n'entendait presque plus rien tant ses oreilles bourdonnaient. Son visage et sa tête n'étaient plus que douleur. Elle tenta de résister, mais Stan se mit à la déshabiller. À nouveau, il lui frappa la tête sur le lave-linge puis lui arracha sa robe. Il plaça une main sur sa bouche pour l'empêcher de hurler pendant qu'il la violait.

Salope.

Salope.

Salope.

Elisa ignorait combien de temps cette horreur avait duré. Quand il en eut terminé, il remonta son pantalon, toujours ivre de colère. Elle en profita pour bondir vers la porte de la cave et agripper la poignée. Stan arriva derrière elle et lui tira si violemment les cheveux qu'elle crut qu'il allait lui rompre le cou. Sa tête heurta si fort le lave-linge que du sang se mit à couler. Puis sa nuque frappa sur le sol en ciment. Elle gisait à terre, inerte, tandis que Stan continuait à lui balancer de grands coups de pied.

54

Assis au volant de sa voiture sur le parking de Litla-Hraun, plus calme, Konrad se demandait s'il devait rappeler Palmi. Il lui en voulait toujours, considérant que ce qu'il avait fait trahissait leur amitié et mettait à mal la confiance qui régnait entre eux depuis de longues années. Il n'était toutefois pas naïf au point de croire que Palmi était l'unique responsable de cette situation. C'était en lui-même que se trouvait la racine du problème, il était très conscient de ne pas avoir été honnête avec Palmi. Certes, il avait ses raisons, mais étaient-elles vraiment bonnes ?

Et maintenant qu'il avait recouvré son calme après son entrevue avec Gustaf, le doute l'envahissait. Si le détenu envisageait réellement d'avaler ces cachets, il valait peut-être mieux qu'il prévienne la direction. Il pouvait téléphoner de manière anonyme pour informer la prison. On fouillerait la cellule, on y trouverait les médicaments qui seraient confisqués à l'ancien médecin. Konrad n'éprouvait pour cet homme et ses semblables aucune compassion, mais ce qu'il avait fait en lui apportant cet étui était tout sauf charitable.

Il préféra ne pas trop s'attarder sur ces considérations. Il hésitait encore à appeler Palmi, puis décida finalement de couper court à ses tergiversations. Il laissa sonner plusieurs fois et, alors qu'il s'apprêtait à raccrocher, Palmi répondit.

– Quand j'ai vu ton nom s'afficher, je me suis vraiment demandé si je devais décrocher, fit Palmi.

– Merci de l'avoir fait quand même. En fait, je t'appelle de Litla-Hraun.

– Ah bon ? Ils t'ont bouclé ? s'affola Palmi.

Konrad éclata de rire, comprenant qu'il était réellement inquiet. Non, non, il était toujours libre et tentait toujours de résoudre l'enquête sur la mort de son père. C'était devenu vraiment pressant depuis que Palmi avait communiqué ces informations à la police, et il était sur une piste totalement nouvelle. Il venait d'apprendre que son père avait tenté de faire chanter Anton J. Heilman avec des photos compromettantes que le médecin avait sans doute prises et développées lui-même. Konrad ignorait ce qui se trouvait sur ces clichés, mais ils avaient peut-être un lien avec Nanna, la jeune fille retrouvée noyée dans l'étang de Tjörnin. Anton avait abusé d'elle, c'était indéniable. Peut-être avait-il pris des photos attestant de ce qu'il lui avait fait subir, photos qui avaient fini entre les mains de Seppi. Cela, Konrad l'ignorait. En outre, Anton était franc-maçon et…

– On a retrouvé un insigne de la franc-maçonnerie bien plus tard dans un fumoir des abattoirs, compléta Palmi.

– Exact.

– Tu crois que c'est Anton qui a fait ça ? Il aurait donné rendez-vous à ton père devant les abattoirs pour qu'il lui rende ces photos ?

– C'est fort possible, répondit Konrad. À moins qu'il ne lui ait envoyé un homme de main. Voilà, je voulais juste te tenir au courant et t'informer que j'avais un peu avancé.

– Konrad, je n'ai jamais dit que tu avais poignardé Seppi, mais simplement qu'à l'époque, tu nous as menti.

– Tu te souviens de gars qui avaient régulièrement affaire à la justice au début des années 60, pour des vols avec effraction ? Qui auraient été condamnés à des peines de prison pour ce genre de délits ? Qui seraient encore vivants et que je pourrais interroger ?

Palmi s'accorda un instant de réflexion. Il avait une mémoire d'éléphant et les délinquants récidivistes n'étaient pas si nombreux à l'époque.

– Il y en avait bien quelques-uns, condamnés pour vols ou pour violences. Ils passaient quelques mois à l'ombre, puis ils ressortaient et recommençaient. Je pense à l'un d'eux, il s'appelait Olafur, un beau salaud, son surnom, c'était Oli le Tuyau. Il trempait dans des tas d'affaires. Ton père devait le connaître.

– Tu parles du bouilleur de cru ? demanda Konrad, qui se souvenait vaguement d'un homme portant ce sobriquet, connu pour faire de la distillation illégale au début de sa carrière dans la police.

– Oui, il trempait aussi dans la contrebande et toutes sortes de trafics. Tu pourrais essayer de l'interroger. Enfin, si le bonhomme est encore en vie. J'en doute. Je… j'ai appelé Hverfisgata et j'ai cru comprendre qu'ils ne comptaient pas en rester là. Ils vont rouvrir l'enquête et interroger tous les témoins vivants.

– Ne t'inquiète pas pour ça, le rassura Konrad.

– Tu devrais peut-être les appeler et les informer de tes découvertes sur ce médecin.

– Ça viendra en temps utile.

– Je regrette un peu ce que j'ai fait l'autre jour, reprit Palmi. Je ne suis pas censé enregistrer nos conversations. Cette histoire est juste… disons qu'elle me hante depuis longtemps et, pour tout arranger, tu viens la remuer…

– Je sais, il faut régler ça. Il faudra bien qu'on finisse par clore cette enquête.

En rentrant chez lui, Konrad tenta en vain d'appeler Hugo, puis sa sœur en voyage dans les fjords de l'Est qui ne répondit pas non plus. Il retrouva dans sa poche le papier sur lequel était noté le code du système d'alarme de la maison de Gustaf. 19609. Il le posa sur la table en le mettant à l'envers et s'étonna de constater qu'on pouvait aussi le lire 60961. Ce chiffre lui était décidément familier.

Il décida d'appeler Svanhildur au cas où elle répondrait et composa son numéro en pensant à la série de nombres inscrite sur le papier. Le téléphone sonnait depuis un certain temps quand brusquement on décrocha.

– Svanhildur ? s'exclama Konrad.

– Qu'est-ce que tu veux ?

Elle avait un ton neutre, ni amical ni hostile. Konrad fut navré de percevoir de la lassitude dans sa voix.

– Tu n'aurais pas dû raconter tout ça à Hugo, dit-il. C'était à moi de m'en charger.

Il y eut un silence.

– Depuis, il refuse de me parler, ajouta Konrad. Il n'a pas du tout apprécié. Je veux dire, de savoir que j'ai trahi Erna. Il était très proche de sa mère.

– Je sais, répondit Svanhildur. Mais je tenais à ce qu'il soit au courant.

– Tu ne crois pas qu'on ferait mieux de se voir ? Ça ne peut pas se terminer comme ça. Je n'arrête pas de faire des conneries en ce moment. Je ne voulais pas te manquer de respect l'autre soir. J'aimerais qu'on se revoie.

– Je crois qu'il vaut mieux en rester là.

– Je ne suis pas d'accord.

– Et Hugo… ?

Les yeux rivés sur le papier, Konrad n'avait pas entendu ce qu'elle venait de dire.

– Pardon, tu disais… ?

– Et Hugo, qu'est-ce qu'il t'a dit ? demanda Svanhildur.

Attends, attends un instant…

Konrad posa le combiné sur la table et prit le papier.

– Quel salaud ! grogna-t-il. Il se fout de moi ou quoi ?!

Il attrapa le crayon à papier posé à proximité et inséra deux points entre les chiffres, 6.09.61, puis le lut plusieurs fois à voix haute comme une date. Six zéro neuf soixante et un. Le 6 septembre 1961. 6.09.61.

– Ce jour-là ! murmura Konrad. Quel sale pervers ! Quel genre d'homme faut-il être pour imaginer une chose pareille ?!

Il reprit le papier en main, le regard rivé sur les chiffres, ayant à présent compris que, s'ils lui étaient si familiers, c'était parce qu'ils correspondaient à la date où Nanna s'était noyée dans l'étang de Reykjavik.

Cela ne pouvait pas être un hasard. Cela ne faisait qu'accroître les soupçons de Konrad sur le jeu du chat et de la souris auquel Gustaf se livrait avec lui. Cet homme connaissait parfaitement l'histoire de Nanna et de son père même s'il s'obstinait à le nier. Ayant toujours écouté aux portes chez ses parents, il entendait tout, il voyait tout. Il savait tout.

– Bon appétit, marmonna l'ancien policier en pensant aux cachets dans leur étui. Ces quatre pilules dont

Gustaf lui avait dit qu'elles suffiraient pour l'endormir d'un sommeil éternel.

Puis, se rappelant soudain qu'il avait laissé Svanhildur en attente à l'autre bout du fil, il prit le combiné et le balança : elle avait raccroché.

55

Benony courait à toute allure le long d'Aegisida, préoccupé par bien d'autres soucis que Mikki et Luther, même s'il craignait que son copain ne commette l'irréparable. Mikki avait quelque chose d'animal, de sauvage et d'indomptable qui lui avait permis d'en découdre avec ces deux sales types. Au fond de lui, il éprouvait de la compassion pour les faibles, il comprenait la souffrance de ceux qui n'étaient pas capables de se défendre. Benony n'avait pas l'impression que cette compassion s'appliquait à l'homme enfermé dans la cabane. Il espérait seulement que la fureur de Mikki était un peu retombée quand il était retourné s'occuper de Luther.

C'était surtout pour Elisa qu'il s'inquiétait tandis qu'il fonçait jusqu'à chez elle. Sachant Stan capable de tout, il ne voulait pas la laisser seule trop longtemps et préférait être à ses côtés si jamais elle avait besoin de lui.

En approchant de la maison, il vit de la lumière dans la chambre. Comme il était tard, il supposa qu'Elisa se préparait à se coucher. La voiture de Stan n'était pas dans les parages. Il monta l'escalier extérieur. Essoufflé après sa course, il commença à gravir les marches du premier étage et vit Stan sortir de la salle de bains, torse nu, une serviette nouée autour de la taille.

Benony s'arrêta net, leva les yeux vers celui qui était jadis son ami, et qui le toisait depuis le haut de l'escalier.

– Où est Elisa ? demanda-t-il.

– De quoi je me mêle ? rétorqua Stan. Qu'est-ce que tu viens faire ici ? Dégage ! Personne ne veut te voir dans cette maison. Personne !

– Elle est où ? Je dois lui parler.

– Fous le camp, sinon j'appelle les flics, menaça Stan avant de disparaître dans la chambre.

Benony se précipita en haut de l'escalier et fit irruption dans la pièce où Stan était en train de se changer. Ses vêtements sales et tachés jonchaient le sol.

– Tu faisais quoi ? Tu travaillais dans la cave ? demanda-t-il.

– En tout cas, toi, tu as autre chose à faire !

– On ne pourrait pas… ?

– Tu n'as plus rien à faire ici. Plus rien à faire dans cette maison. Ni avec ma femme. C'est terminé. Tu comprends ? Tu te casses ou je dois te jeter dehors ?

– On ne pourrait pas discuter d'homme à homme ? proposa Benony. Tu dois te faire aider. Tu ne peux pas traiter ta famille de cette manière. Elisa. Ta fille. Tu dois quand même en avoir conscience. Elisa est tout à fait en droit de vouloir mettre fin à votre mariage. Elle choisit la meilleure solution pour elle et sa fille. Pour vous tous, d'ailleurs.

– Tu veux dire qu'elle est en droit de coucher avec un ami de son mari ? C'est ça ? Qu'elle choisit la meilleure solution pour toi ? Et depuis le début, non ?

– Où est-elle ? insista Benony.

– Qu'est-ce que j'en sais ? Je la croyais avec toi. Qu'est-ce que tu lui as fait ? insinua Stan.

– Elle était là quand je suis parti, jura Benony. Tu ne l'as pas vue en arrivant ?

Stan secouait la tête en le contemplant d'un air accusateur.

– Tout se serait arrangé si tu ne t'en étais pas mêlé, Ben, reprit-il. Rien de tout cela ne serait arrivé. On aurait discuté avec Elisa, on aurait réglé nos problèmes et continué notre vie, mais il a fallu que tu viennes mettre ton grain de sel. Que tu me la prennes. Je l'avais prévenue qu'elle ne reverrait jamais sa fille si elle me quittait. Je pourrais dire qu'elle m'a trompé sous mon nez. Sous mon propre toit. Qu'elle a perdu la tête et que tout ce qu'elle raconte sur ce que je leur fais subir, à elle et à notre fille, ne sont que des prétextes inventés pour pouvoir continuer à… à faire la pute avec d'autres types. Peut-être que tu n'es pas le seul. Il y a peut-être d'autres hommes. Qu'est-ce que j'en sais ? Elle était désolée en comprenant à quel point elle a été idiote, en comprenant l'erreur qu'elle a faite. Je lui ai dit de ne pas se montrer trop dure avec elle-même. Que c'était surtout toi qui étais fautif. Parce que tu t'étais immiscé dans notre vie. Parce que tu l'avais séduite. Déstabilisée. Que c'était ta faute. Entièrement ta faute. D'ailleurs, je ne t'apprends rien, Ben. Tu as toujours eu le béguin pour elle.

– Où est-elle ?

– Ça ne m'étonnerait pas qu'elle ait voulu mettre fin à tout ça.

– Où est Elisa ? Qu'est-ce que tu veux dire ?

– Je ne sais pas, mais elle s'est effondrée quand elle a mesuré l'étendue du désastre qu'elle a causé. J'espère qu'elle ne fera pas de bêtise. Enfin, tu la connais évidemment mieux que moi. À ton avis, elle est où ? Tu as une idée de l'endroit où elle est partie ?

Benony comprit que toute discussion était inutile. Il sortit de la chambre à reculons, descendit l'escalier et appela Elisa. Il alla dans la cuisine, la chercha dans toutes les pièces du rez-de-chaussée, criant son nom, jusque dans les moindres recoins. Posté sur le palier à l'étage, Stan l'observait en lui répétant qu'il devait s'en aller. Il n'avait plus rien à faire dans cette maison et ne devait jamais y remettre les pieds.

Benony ouvrit la porte de la cave et appela à nouveau Elisa sans obtenir la moindre réponse. Il descendit, alluma la lumière et constata que Stan avait enfin rebouché le trou dans le mur. Il y avait entassé les pierres qui jonchaient le sol et avait commencé à les jointer au ciment. Le mur était encore humide. Sur la table à proximité se trouvaient un seau rempli de mortier, une taloche et une brosse encore humide.

– Je finirai ça tout seul, sors d'ici ! ordonna Stan, arrivé au pied de l'escalier. Et fiche-nous la paix ! Contente-toi de nous foutre la paix !

Mikki sortit en essuyant d'un revers de main le sang qu'il avait sur le front. Il balaya les alentours d'un regard morne, aperçut une petite barque retournée à deux pas de la mer et un gros pied-de-biche appuyé contre la tôle ondulée d'un des abris. Il leva les yeux vers la rue Aegisida. Apparemment, personne n'avait assisté à ce qui venait de se passer. L'acolyte de Luther avait disparu et n'avait sans doute pas l'intention de revenir. La lune, unique témoin, était tapie derrière un banc de nuages. Il faisait nuit noire aux abords des cabanes, ce qui était une bonne chose.

Il se dirigea vers la barque, la retourna, la mit péniblement à flot, trouva deux rames, les plaça dans les dames de nage, prit le pied-de-biche et le posa sur le banc. Il y avait une corde dans la cabane.

Immobile, aux aguets, il scruta les alentours, puis repartit dans l'abri.

Dans un silence absolu, la barque s'éloigna de Grimsstadavör et glissa sans bruit sur l'eau lisse du fjord de Skorjafjördur, aussi invisible que le secret ténébreux qu'elle abritait.

56

Le bouilleur de cru Oli le Tuyau était décédé au début des années 80. Il avait eu trois fils avec autant de femmes et l'un d'eux, Thorbjörn, Toggi pour les intimes, avait dans sa jeunesse été un petit délinquant et fait de la prison pour vol avec effraction et trafics en tout genre. Il n'avait plus eu affaire à la police depuis des années et Konrad, qui se souvenait l'avoir arrêté jadis pour une histoire de contrebande, découvrit qu'il vendait aujourd'hui des véhicules d'occasion dans le quartier de Höfdi.

L'ex-policier s'y rendit après son café matinal, à l'heure d'ouverture des garages. Il y en avait tant à Höfdi, collés les uns aux autres, qu'il était malaisé de les différencier. Les voitures d'occasion s'étendaient à perte de vue, à en donner le tournis. Lui-même roulait toujours au volant de sa jeep, un vieux tacot qui ne valait plus rien et qu'il comptait garder jusqu'à ce qu'il rende l'âme. Cette voiture avait pour lui une valeur sentimentale, les souvenirs liés à Erna l'empêchaient de s'en débarrasser.

Par curiosité, il regarda quelques voitures, prix, état général, kilométrage, couleur et pneus. Un vendeur remarqua sa présence et sortit lui demander s'il pouvait lui être utile. Konrad l'interrogea sur un ou deux véhicules qui lui plaisaient avant de déclarer qu'il était venu voir Thorbjörn.

– Toggi ? Il travaille là-bas, enfin, s'il est arrivé.

Il désigna un bâtiment voisin. Konrad le remercia. Le vendeur insista pour l'aider à trouver une voiture, il répondit qu'il devait voir ça avec Toggi en prenant congé. Il se rendit au garage où il trouva un homme d'âge mûr occupé à faire du café au moyen d'une cafetière crasseuse. Bien enveloppé, le dos tourné, il se débattait avec un paquet de café qu'il parvint finalement à ouvrir, ou plutôt à éventrer, aspergeant la table et le sol de poudre noire. Furieux de sa maladresse, il remarqua la présence de Konrad du coin de l'œil et lui demanda en quoi il pouvait l'aider après lui avoir souhaité la bienvenue.

– Je ne dirais pas non à une petite tasse, répondit l'ancien policier.

– Il faudrait encore que j'arrive à mettre cette maudite machine en route, maugréa le garagiste, aux traits grossiers et épaules tombantes. En se retournant, il reconnut aussitôt Konrad même s'il ne l'avait pas revu depuis ses jeunes années de délinquant.

– Euh, hésita-t-il, surpris, qu'est-ce que vous venez faire ici ?

En voyant sa réaction, Konrad esquissa un sourire et s'empressa de préciser qu'il avait quitté la police, mais qu'il avait besoin de renseignements. L'homme lui lança un regard suspicieux. Le versoir à la main, il s'enquit de la nature desdits renseignements, manifestement résolu à ne rien lui dire. Konrad lui suggéra d'achever sa tâche en cours, l'homme retourna à sa cafetière, la remplit d'eau, et l'appareil se mit bientôt à roter agréablement.

La réaction du garagiste était intéressante, Konrad préféra toutefois l'ignorer. Il n'était visiblement pas venu à l'esprit de Toggi qu'il était peut-être juste venu voir les voitures en vente. Comme tout le monde, les flics avaient parfois besoin de changer de véhicule. « Qu'est-ce que vous venez faire ici ? » était sans doute l'une des questions les plus étranges qu'on pouvait poser à un client potentiel dans une concession automobile. À moins qu'en tant qu'ancien délinquant, on ait poursuivi son activité.

– Les affaires marchent bien, on dirait ? demanda Konrad.

– Il y a trop de voitures et elles se vendent pour une bouchée de pain. De quels renseignements vous avez besoin ? Je n'ai rien à vous dire.

Konrad expliqua qu'il s'intéressait à une enquête datant du siècle dernier et concernant un cambriolage auquel avaient sans doute participé Oli, le père de Toggi, et d'autres malfrats de l'époque, spécialisés dans les vols avec effraction chez des particuliers ou dans des entreprises, mais que la police n'avait pas forcément appréhendés.

– Votre père en faisait partie, non ? demanda Toggi d'un ton avenant, comme pour ne pas le vexer.

– Je ne peux plus l'interroger, répondit Konrad. Et j'ai la flemme de me plonger dans les anciens rapports de police qui, de toute manière, ne nous apprennent jamais toute la vérité. Je me suis dit que je gagnerais du temps en venant vous voir.

– Et c'est tout ?

– Oui, c'est tout.

– J'ai moi-même participé à deux ou trois cambriolages. À l'époque, j'accumulais les conneries, avoua Toggi, comme soulagé par cette confidence.

– Les hommes dont je parle appartiennent plutôt à la génération de votre père, mais tout peut m'être utile. Et ce que vous me direz restera entre nous. Vous vous rappelez peut-être quelques noms. Il y a des chances que tous ces gens ne soient plus en vie. Je ne suis plus policier, ce sont des investigations purement privées et notre conversation l'est également.

– Je ne peux pas vraiment vous donner les noms des cambrioleurs que j'aurais connus, regretta Toggi. Mon père a commis quelques vols, moi aussi, mais bon, on ne peut pas dire qu'on ait constitué une mafia, hein ! Mon acolyte est aujourd'hui décédé et… malheureusement, je ne vois pas vraiment quels noms je pourrais vous communiquer.

– C'était une activité lucrative ?

– Pas dans mon cas. J'ai surtout volé de l'argenterie, des appareils photo… Je me souviens avoir entendu un jour mon père se vanter, il disait avoir décroché le gros lot. Il était tombé sur des bijoux dont il avait tiré un bon prix.

Konrad et Toggi étaient debout face à la grande baie vitrée qui donnait sur le parking et la mer de voitures. D'épais nuages obstruaient le ciel, les concessions étaient désertes. Il n'y avait presque pas de circulation, mais cela changerait du tout au tout à midi. Dans un coin de la pièce, la cafetière étirait interminablement son dernier rot.

– Il a fait comment pour s'en débarrasser ?

– S'en débarrasser, c'est-à-dire ? demanda Toggi, nettement plus détendu maintenant qu'il savait que Konrad s'intéressait à des faits qui ne le concernaient pas directement, mais appartenaient à un passé révolu.

– Ces bijoux, votre père les a revendus à qui ? Vous vous en souvenez ? À une seule personne, ou peut-être à plusieurs ?

– Je ne sais pas trop. Mais il y avait en ville un bijoutier, je crois qu'il s'appelait Bragi, et il payait pour ce genre de choses. Je ne pense pas me tromper sur le nom parce que mon père disait que l'argent de Bragi lui avait permis d'acheter son premier matériel convenable, je veux dire son premier alambic.

Sans nouvelles de Marta, Konrad commençait à s'inquiéter. Il avait tenté de la joindre deux ou trois fois, elle n'avait pas répondu. Il avait pensé lui rendre une petite visite, mais n'en avait pas eu le temps. Il l'appela une nouvelle fois tandis qu'il remontait en voiture avant de quitter le garage. Elle décrocha au bout de quatre sonneries.

– Salut, Marta. Alors, tu me donnes plus aucune nouvelle ! Comment ça va ?

– Bien. Pourquoi tu appelles ? demanda-t-elle, la bouche pâteuse.

– Je voulais seulement…

– Seulement quoi ?

– Prendre de tes nouvelles. Savoir comment tu allais. Tout va bien ?

– Oui, ça me fait plaisir de t'entendre, mais je dois… il faut… on se rappelle… répondit-elle d'une voix de plus en plus lointaine.

– Pourquoi tu n'es pas au boulot ?

– J'avais des jours de congé à prendre.

– Tu es en train de boire ?

– Non, je ne bois pas.

– Apparemment, c'est ce qu'ils croient au commissariat.

– Oui, ce sont des crétins. J'avais des vacances à prendre.

– Tu ne veux pas qu'on se voie ?

– Peut-être plus tard. Je… oui, plus tard.

– D'accord. Donc, ils ne t'ont pas mise en congés forcés ?

– Ah, Konrad, fous-moi la paix ! s'exclama-t-elle avant de raccrocher.

57

Son portable sonna alors qu'il démarrait. C'était Eyglo. Lorsqu'il lui avait raconté sa visite à la maison d'Anton J. Heilman, elle avait demandé à y aller. Konrad s'était montré réticent, mais à présent elle exigeait qu'il l'y emmène. Il eut beau lui répondre qu'il était occupé, elle fit la sourde oreille. Il lui promit de passer chez elle de suite et de l'accompagner.

Il pénétra dans le quartier de Fossvogur. Eyglo le guettait sans doute par la fenêtre car il avait à peine eu le temps de se garer qu'elle était déjà sortie, fermant soigneusement la porte derrière elle avant de descendre l'escalier.

– Merci beaucoup, dit-elle tandis qu'ils se mettaient en route. J'espère ne pas gâcher ta journée.

– Qu'est-ce que tu veux aller faire là-bas ? demanda Konrad, qui avait conservé la clef, Gustaf ne lui ayant pas dit ce qu'il devait en faire.

– J'aimerais voir son intérieur. Puisque tu y as accès.

– Son intérieur ? L'intérieur de Gustaf ?

– Non, celui de son père, Anton.

Konrad roula jusqu'à la maison, se gara devant et resta un moment dans la voiture avec Eyglo, sa requête ne le surprenait pas vraiment. Silencieuse, elle semblait très pensive, il ne voulait pas la déranger. Même s'ils ne se connaissaient pas depuis si longtemps, un passé douloureux les reliait, les escroqueries et tromperies de Seppi et Engilbert. Que cela leur plaise ou non, l'histoire commune de leurs pères les avait rapprochés et, étonnamment, elle n'avait fait que renforcer leur amitié. Peut-être parce qu'ils avaient été totalement honnêtes dès leur première rencontre. Ils venaient d'univers diamétralement opposés, leurs conceptions sur bien des sujets différaient tout autant, mais ça ne les empêchait pas d'avoir l'un pour l'autre un profond respect en toute simplicité.

– Alors, on y va ou tu préfères laisser tomber ? demanda Konrad.

– Je ne sais pas.

– C'est toi qui me l'as demandé.

– Je sais.

– Dans ce cas, qu'est-ce qui te dérange ?

– J'ai un mauvais pressentiment, répondit Eyglo.

– Comment ça ?

– Je l'ignore. Tout ce que je sais, c'est qu'il y a dans cette maison des choses déplaisantes et je ne suis pas sûre de vouloir les affronter.

– Tu as eu une vision ? Fais un rêve ? Un songe ?

– S'il te plaît, ne cherche pas à comprendre, conseilla-t-elle.

– À mon avis, Gustaf a toujours su ce qui s'est passé entre Nanna et son père, reprit Konrad avant de lui relater sa seconde visite à la prison de Litla-Hraun. Il lui montra le code de l'alarme, correspondant à la date du décès de Nanna. Gustaf nie depuis le début être au courant de quoi que ce soit, puis je me rends compte qu'il utilise justement cette date, comme pour s'amuser. C'est impossible qu'il s'agisse d'un hasard. Il en sait bien plus que ce qu'il consent à nous dire.

Eyglo regarda les chiffres sur le papier.

– Gustaf avait quel âge à l'époque ? demanda-t-elle.

– Environ dix-sept ans, son frère avait un an de plus.

– Pourquoi il prend la peine de mettre cette maison sous alarme ? marmonna-t-elle. Pourquoi est-ce qu'il la garde ? Pourquoi il ne la vend pas ? Qu'est-ce qu'il cache à l'intérieur ?

Konrad n'avait aucune réponse.

– Viens, on y va, reprit Eyglo en lui rendant le papier.

Ouvrant la marche, Konrad pénétra dans le jardin et ouvrit la porte de service. La serrure n'avait pas été changée depuis son premier passage. Il s'attendait à ce que Gustaf l'empêche d'aller et venir à sa guise chez lui, mais pour l'instant le détenu n'avait pris aucune disposition.

Il alla composer le code dans l'entrée, comme la fois précédente, tandis qu'Eyglo progressait avec circonspection à l'intérieur. Elle s'arrêta au bout de quelques pas et respira profondément, scrutant le salon fantomatique et ses meubles massifs. Les rideaux étaient tirés aux fenêtres et il lui fallut quelques instants pour s'habituer à la pénombre et distinguer les tableaux ornant les murs, les objets décoratifs posés sur les tables, les livres sur leurs étagères. Au courant de l'histoire du père et du fils ex-occupants de la maison, Eyglo avait ressenti une profonde aversion en l'approchant et, maintenant qu'elle était à l'intérieur, elle éprouvait tour à tour tristesse et colère.

Konrad la regardait passer d'une pièce à l'autre. Elle eut tôt fait de les avoir explorées et termina par la cave. Spacieuse, elle abritait une remise, une buanderie, un cabinet de toilette et une petite pièce aveugle, comme une chambre de petite fille d'autrefois, regorgeant de poupées et de jouets divers. Tout y était rose, les murs, le petit lit et la moquette. Il suffisait de regarder par la porte ouverte pour constater que personne n'y était entré depuis des années, une épaisse couche de poussière s'y était déposée.

– Qu'est-ce qui se passe ? demanda Konrad.

Eyglo se taisait. Interrogé par la police sur l'usage réservé à cette chambre, Gustaf avait répondu que sa petite-nièce Danni y dormait lorsqu'elle venait passer quelques jours chez lui. Cette pièce avait été en partie le théâtre des abus qu'elle avait subis.

Eyglo referma la porte de la chambre sans dire un mot. Konrad la suivit au rez-de-chaussée. Ils retournèrent dans le salon où elle s'attarda, touchant çà et là quelques objets, avant de s'arrêter devant la vieille pendule. Eyglo était petite et menue, l'horloge la surplombait de toute sa beauté muette. Elle resta postée devant un long moment, comme pour défier le temps lui-même.

– Il y en a eu d'autres ? murmura-t-elle, la main posée sur la comtoise.

– D'autres ? demanda Konrad.

– Est-ce qu'il y en a eu d'autres ? répéta Eyglo, un ton plus haut, en appuyant sur le côté de l'horloge.

– Comment ça, d'autres ?

Ébahi, Konrad regarda son amie empoigner la pendule à deux mains et la remuer comme si elle voulait la faire tomber.

– Attention ! Qu'est-ce que tu fabriques ? s'écria-t-il. Tu cherches à faire quoi, là ?

L'esprit toujours ailleurs, Eyglo continuait à remuer la comtoise qui vacillait devant elle comme une tour lors d'un tremblement de terre et, sans que Konrad puisse intervenir, elle la fit tomber. Le bois sec de la caisse se rompit avec fracas autour du mécanisme, la vitre circulaire qui protégeait le cadran se brisa et le battant heurta le sol avec fracas.

Il était minuit. Assis dans le noir au bord de son lit, Gustaf distinguait à peine les quatre cachets au creux de sa paume. Il entendait la voix d'un gardien dans le couloir, le bruit de pas devant sa cellule s'éloigna et bientôt ce fut à nouveau le silence.

Il avait encore eu un problème dans la matinée. Un détenu l'avait frappé au visage et lui avait asséné plusieurs coups de pied. Puis un gardien était intervenu et l'avait ramené dans sa cellule.

Il avait envisagé de griffonner quelques mots sur une feuille en guise d'adieu, mais il ne voyait pas à qui les adresser et ne savait pas non plus quoi dire.

Deux cachets suffiraient amplement. Il avala les quatre d'un coup, saisit le verre d'eau, le but et sentit les pilules descendre dans sa gorge.

Il reposa le verre, s'allongea sur le lit, ferma les paupières et attendit que le sommeil vienne le libérer.

58

Elisa mit longtemps à reprendre conscience. Désorientée, épuisée, elle était incapable d'organiser ses pensées, réduites à quelques fragments qui s'évanouissaient presque aussitôt qu'ils apparaissaient. Elle, debout dans la cuisine. Une chanson à la radio. Elle, ouvrant le tiroir à couteaux. Un homme à la cave, elle avait oublié son nom, pourtant elle aurait dû se rappeler.

Un autre homme à la cave.

En proie à une affreuse migraine, elle ressentait une douleur sourde à la nuque, une horrible brûlure du côté de l'oreille droite et au front. Son corps tout entier n'était plus que douleur.

Elle ne se souvenait pas pourquoi.

Tommi. Il s'appelait Tommi, l'homme à la cave. Il cherchait son copain. Il cherchait quelque chose. Il avait posé des questions. Il était dans un état déplorable.

La chanson à la radio. Elle était passée le matin quand il était entré dans sa chambre. Il l'avait tellement aidée. Il était tellement gentil. Il était venu dans la chambre, la chanson passait à la radio, il s'était assis sur le lit et ils s'étaient embrassés. Il lui manquait. Benony.

C'était lui, l'autre homme à la cave.

Une migraine insupportable. Des nausées.

Elle revint à nouveau à elle. Combien de temps s'était-il écoulé ? Une minute ? Une heure ? Une journée ? Ses pensées étaient toujours aussi fugaces. Elle ne pouvait pas bouger. Il y avait toujours cette migraine. Des fragments de souvenirs épars flottaient dans son esprit. Cet idiot de pasteur qui l'avait tripotée. Pourquoi était-elle allée le voir ? Sa fille était partie à la campagne. Elle l'avait accompagnée à l'autocar, lui avait demandé de prendre soin d'elle et lui avait dit qu'elle l'aimerait toujours en lui promettant de lui rendre visite au plus vite. Plus que jamais, elle aurait voulu l'avoir à ses côtés. Mais elles étaient toutes les deux en danger et elle avait tenu à l'éloigner pour la mettre à l'abri.

Elle avait du mal à respirer, elle avait l'impression que quelque chose lui obstruait en partie le nez et la bouche. Ses bras étaient coincés le long de son corps, elle ne pouvait pas les lever. Le visage plaqué contre une pierre rugueuse, elle ne pouvait pas non plus bouger la tête. Elle ouvrit les yeux, elle n'y voyait rien. Elle essaya de tourner le cou, sa tête semblait emprisonnée dans le mur qui la cernait de tous côtés. Elle avait la nausée.

Elle avait sans doute encore perdu conscience. À nouveau, elle eut besoin d'un long moment pour reprendre ses esprits, et seulement de manière imparfaite, par le biais de pensées vacillantes sur les événements des derniers jours qui lui apparaissaient comme autant de bribes de souvenirs décousus. Elle avait de plus en plus mal à la tête. Elle ne savait pas pourquoi. Une chute ? Ou peut-être un accident de voiture.

Un homme dans la cave. Ni Benony. Ni Tommi.

Un homme qu'elle redoutait.

Un homme qu'elle voulait fuir.

Elle avait l'impression d'entendre sa respiration haletante tout près d'elle.

Son mari.

Elle pouvait à peine respirer. Elle n'osait pas murmurer le moindre mot. Elle n'osait pas ouvrir les yeux.

Elle… se souvenait… vaguement… que sa tête avait frappé au sol.

Stan…

Puis elle s'évanouit à nouveau.

59

Un 23 décembre, soir de Thorlaksmessa, Konrad cherchait un cadeau de Noël pour Erna. Il s'y prenait parfois à la dernière minute. Quelques jours plus tôt, ils avaient acheté un camion de pompiers à Hugo, mais ne sachant toujours pas quoi offrir à sa femme, il courait d'une boutique à l'autre. À cette époque, il était plongé jusqu'au cou dans une affaire de disparition sur la colline d'Öskjuhlid, enquête qu'il ne résoudrait que trente ans plus tard et qui s'achèverait tragiquement sur les rives de la rivière Ölfusa. Au commissariat, les collègues sur le point de partir en vacances avaient organisé un pot. Konrad avait un peu bu, des flocons virevoltaient dans le ciel, l'ambiance en ville était festive.

Finalement, il était entré dans une bijouterie discrète qui s'apprêtait à fermer et y avait acheté une jolie bague ornée d'une pierre que sa femme avait adorée. Il n'avait jamais remis les pieds dans cette boutique et n'avait pas non plus revu l'artisan, mais gardait de cet achat un souvenir très clair, cet homme lui avait accordé une remise parce qu'il était le dernier client à la fin d'une longue journée.

Cette scène lui revint brusquement en mémoire lorsqu'il se retrouva face au bijoutier qui lui ouvrit la porte de son appartement situé au deuxième étage d'une résidence pour personnes âgées. L'homme ne sembla pas le reconnaître, ce qui n'était pas surprenant, on ne pouvait pas s'attendre à ce qu'il se souvienne de chacun des clients entrés dans sa boutique pendant ses longues années d'activité. Konrad évoqua le cadeau de Noël qu'il lui avait jadis acheté en lui demandant s'il était bien Bragi, l'ancien joaillier, ce que ce dernier confirma aussitôt. L'ancien policier raconta qu'il avait jadis acheté dans sa boutique une bague en or destinée à sa femme et qu'elle l'avait portée plus que n'importe quel autre bijou. L'homme l'écouta avec intérêt. Âgé mais alerte, il semblait en pleine santé. En tout cas, Konrad ne voyait ni canne, ni déambulateur, ni bouteille à oxygène à proximité. Il avait perdu ses cheveux, s'était voûté, il avait le teint pâle et ne correspondait plus tout à fait au souvenir que Konrad avait conservé de lui. Ses idées étaient toutefois très claires et le commerçant qu'il avait été sommeillait encore en lui. Il était heureux de lui avoir vendu un bijou qui avait été apprécié même s'il avait perdu tout souvenir de la transaction.

Ayant brisé la glace, Konrad lui demanda s'il pouvait l'embêter en lui posant quelques questions sur les bijouteries de Reykjavik, sachant qu'il avait officié comme joaillier pendant des décennies. Bragi accepta, l'invita à entrer et les deux hommes se retrouvèrent bientôt assis dans son salon spacieux. Konrad comprit que Bragi avait eu une vie confortable et qu'il était aujourd'hui veuf. Un joli portrait de femme qu'il se rappelait avoir vu dans la boutique était posé sur la table derrière une bougie. À côté, une autre photo dont il supposait qu'on y voyait leur fille avec sa famille, un type à l'air prétentieux et deux enfants adorables.

Bragi se posait en spécialiste de l'histoire des bijouteries et de l'orfèvrerie à Reykjavik, imaginant peut-être que Konrad s'apprêtait à écrire un article bientôt publié dans un journal ou une revue. Même s'il s'efforçait de masquer sa surprise, il fut déconcerté quand son visiteur lui demanda sans autre préambule s'il connaissait Olafur Finnbogason, dit Oli le Tuyau, ancien délinquant.

Bragi s'accorda un instant de réflexion.

– Comment ça ?

– Ce nom vous dit quelque chose ?

– Pas du tout.

– Vous en êtes sûr ? Olafur Finnbogason, répéta Konrad.

– Vous êtes qui ?

– On m'a dit que vous rachetiez des objets volés, avoua Konrad. Je sais, ça ne me regarde pas, s'empressa-t-il d'ajouter, et personnellement ça m'est égal, je cherche juste des gens qui pourraient vous avoir contacté pour ce type de transactions. Comme Olafur.

– Vous êtes qui ? répéta Bragi.

– J'ai été policier. Je me penche sur une vieille enquête concernant le médecin Anton J. Heilman. Vous en avez peut-être entendu parler aux informations. On a récemment établi un lien entre cet homme et une jeune fille retrouvée noyée en 1961 dans l'étang de Tjörnin.

Les paroles de Konrad furent suivies d'un long silence.

– Qu'est-ce que... en quoi cette histoire me concerne ? hésita Bragi, l'air embarrassé.

– Un cambriolage a eu lieu au domicile d'Anton quelque temps après le drame, au début de l'année 1963, reprit Konrad. J'ai interrogé son fils, Gustaf, qui est en prison pour le même genre de déviances que son père. C'est lui qui m'a parlé de ce vol. Il m'a dit qu'Anton avait récupéré une partie des bijoux volés.

Qu'il avait peut-être été directement en contact avec les cambrioleurs. Ou qu'il connaissait quelqu'un qui avait la possibilité de les joindre.

– Qui vous a raconté que je faisais du recel ?

– J'ai rendu visite au fils d'Olafur, c'est lui qui me l'a dit.

– Il ment !

– Je vous le répète, mon intention n'est pas de vous attirer des ennuis. Il suffit que vous me disiez ce que vous savez de cette histoire, ensuite je partirai et vous ne me verrez plus.

– Eh bien, vous feriez mieux de partir tout de suite, rétorqua Bragi d'un ton sec en se levant. Je vous prie. Sortez de chez moi. Je n'ai aucun renseignement de ce genre à vous communiquer. Je… je pensais que vous étiez là pour tout autre chose… je préfère donc que vous partiez.

Rivé à son fauteuil, Konrad se résolut à recourir à une méthode qu'il préférait pourtant éviter. Cela lui déplaisait d'extorquer des informations à cet homme par la menace, mais il n'avait plus le choix.

– J'ai cru comprendre que votre fille avait repris votre commerce, dit-il en regardant la photo posée sur la table. On m'a rapporté qu'elle avait ouvert deux nouvelles boutiques. C'est un vrai bourreau de travail.

– Ma fille ? Comment ça ? Qu'est-ce qu'elle vient faire là-dedans ?

– Je pourrais aller lui poser des questions, me faire accompagner par la police pour l'interroger. Lui parler de nos soupçons. Éplucher les livres de comptes sur plusieurs dizaines d'années. Lui demander s'il n'existerait pas une comptabilité parallèle. Vérifier les noms des clients, les transactions. Peut-être que nous y trouverions le nom d'Anton.

Le vieux bijoutier s'affaissa dans son fauteuil.

– Vous connaissiez les auteurs de ce cambriolage, pas vrai ? demanda Konrad.

– Si je vous réponds, je serai débarrassé de vous ?

– Oui.

– Vous me le promettez ?

– C'est promis.

– L'un de ceux qui s'étaient introduits chez Anton s'appelait Mikki, c'était son surnom. Il est venu me voir pour me proposer son butin. J'ai aussitôt reconnu les bijoux, j'en avais fabriqué certains, j'ai appelé Anton pour dénoncer Mikki et ses copains. Je me souviens en avoir rencontré un qui s'appelait Benony à la cale sèche de Danielsslippur. Anton m'a donné une petite récompense et, après ça, il n'a toujours acheté que chez moi.

– Mais il ne voulait pas uniquement récupérer ces bijoux, n'est-ce pas ?

– Qu'est-ce que vous en savez ?

– Il n'y avait pas aussi une histoire de photos ?

– Oui, il croyait que Mikki lui avait pris des photos, reconnut Bragi. Je n'ai jamais su ce qu'elles représentaient, mais Anton voulait absolument les retrouver. Quand j'ai revu Mikki à Nautholsvik, j'étais accompagné de deux types envoyés par le médecin et ils se sont occupés de lui.

– Occupés de lui ?

– Je crois qu'ils l'ont tabassé. En tout cas, Mikki n'avait pas les clichés. Il est repassé à la boutique, furieux, et m'a posé des questions sur ces photos. Il avait envie de se venger, ça ne m'étonnerait pas qu'il ait revu ces types.

– Ces deux hommes, c'était qui ?

– L'un d'eux s'appelait Luther. Anton m'a demandé de le retrouver quelque part pour aller à mon rendez-vous avec Mikki. Il y avait un autre gars avec lui, je n'ai jamais su son nom. Voilà, je n'en sais pas plus.

– Et ce Mikki, vous l'avez revu après ça ?

– Non, je ne sais pas ce qu'il est devenu. Plus tard, j'ai entendu dire qu'il avait tué quelqu'un et qu'il avait fui à l'étranger. C'est tout ce que je sais. Je ne l'ai jamais revu.

– Tué qui ?

– Je ne sais pas, répondit le vieil homme. C'est juste quelque chose que j'ai entendu et que j'avais oublié depuis longtemps, mais il a fallu que vous veniez ici sous un prétexte fallacieux et que vous me forciez à vous raconter tout ça. À votre place, j'aurais honte ! Et dire que vous vous prétendez policier !

– Ex-policier. Est-ce que, par hasard, vous auriez entendu parler d'un certain Josep dans cette affaire ? demanda Konrad, indifférent au mépris du joaillier.

Bragi secoua la tête.

– Josep P. Grimsson, surnommé Seppi. Est-ce que ces hommes auraient mentionné un certain Seppi ?

– Si c'est le cas, je l'ai oublié, répondit Bragi. Ça ne me dit vraiment rien.

– Ces photos, vous les avez vues ?

– Non, jamais. Bon, vous allez partir ? Vous pouvez partir et me foutre la paix ?

Gustaf mit un moment à reprendre ses esprits. Lorsqu'il fut à peu près revenu à lui, il sentit son estomac se retourner. Il avait affreusement mal au ventre.

Il entrouvrit les yeux, entendit les gargouillis dans ses entrailles et se dit que les cachets qu'il avait ingérés n'auraient pas dû produire de tels effets.

Il n'aurait même pas dû se réveiller.

Quelque chose avait déraillé.

Désorienté, il se remémora tout ce qu'il savait de la molécule qu'il avait forcé Konrad à lui procurer. Les embarras gastriques ne faisaient pas partie des effets secondaires.

Il lui semblait sentir une humidité déplaisante à l'entrejambe et dans le bas du dos, comme s'il avait pissé au lit. Le drap était mouillé, de même que la couverture.

Une odeur dégoûtante lui monta aux narines. Il souleva la couverture et constata qu'il avait fait sous lui.

Son estomac se retourna de plus belle, tout à coup il eut l'impression qu'il allait exploser. Il se leva d'un bond et se précipita vers les toilettes, mais les atteignit trop tard.

60

Benony défiait Stan d'un regard noir. La colère et la haine qu'il avait tenté de contenir depuis qu'Elisa lui avait confié les agissements de son mari explosèrent brusquement. Il les déversa sur Stanley, hurlant qu'il n'avait plus le droit de vivre avec Elisa et sa fille, ce droit il l'avait perdu en leur faisant subir des violences que personne n'était censé supporter. S'il avait encore un peu d'amour-propre, il devait comprendre qu'il ne lui restait plus qu'à s'en aller et laisser Elisa tranquille.

– Pour que tu puisses être avec elle ? rétorqua Stan en le suivant jusqu'à la cave.

– Ça n'a aucune importance.

– Ah bon ? Tout à coup, ça n'a plus d'importance ?

– Tu ne comprends pas, hurla Benony. Et tu ne comprendras jamais parce que tu n'es qu'un imbécile ! Un pauvre crétin violent qui s'en prend à sa famille. À sa propre famille !

– Ouais, ta gueule !

– Ta gueule toi-même !

– Tu fais tout ça pour toi. Pourquoi ne pas me l'avouer ? Ça crève pourtant les yeux, tu ne crois pas ?

Benony secoua la tête, découragé.

– Et tu comptes faire quoi ? Déposer plainte ? demanda Stan en riant. Qu'est-ce que ça t'apportera ?

Je n'ai pas le droit de faire ce que je veux chez moi ? On te rira au nez. Les flics rigolent quand ils entendent ce genre d'histoires. Ils s'en fichent. Personne n'écoute ces conneries. Quant à moi, je pourrai parfaitement leur dire que vous avez inventé tout ça parce que tu veux me voler ma femme. Alors, tu en dis quoi ? Allez, dégage, mon vieux ! Dégage et ne remets plus les pieds ici !

– D'accord, répondit Benony, voyant qu'il était inutile d'essayer de le raisonner. Comme tu voudras. Mais moi, je n'irai pas loin. Je reviendrai demain. L'histoire entre Elisa et toi est terminée. C'est fini.

– C'est ça, pauvre type, allez, comme tu veux, rétorqua Stan avec un rictus. Elisa n'ira pas loin non plus. Je peux te le promettre.

Benony ne daigna pas lui répondre. Il regarda autour de lui et ses yeux s'arrêtèrent sur le mur que Stan venait de monter. Il avait eu l'intention de le faire lui-même, mais le temps lui avait manqué et Stan s'était acquitté de la tâche. Il s'avança, passa la main sur les pierres et le ciment encore humide.

– Laisse ça tranquille ! hurla Stan, posté au pied de l'escalier.

– Je n'ai pas eu le temps de finir le chantier, répondit Benony, dubitatif en contemplant ce travail déplorable. Stan avait bâclé le boulot et entassé les pierres sans grand soin en les jointant grossièrement. Tu comptes laisser ce mur dans cet état ? demanda-t-il.

– Allez, dehors !

– J'aurais mieux fait de m'en occuper.

– Ouais, allez, dégage !

Benony donna un coup de pied dans le mur, une des pierres bougea et s'enfonça vers l'intérieur.

– Où est Elisa ? Tu peux me le dire ?

– J'ignore où elle est. Je ne sais pas où elle se cache et toi, tu laisses ce mur tranquille. Tu comptes bousiller un boulot que j'ai dû faire parce que tu n'en avais pas le courage ?!

– Va te faire foutre ! hurla Benony en donnant un second coup de pied dans le mur avant de se précipiter dehors, furieux contre lui-même de ne pas en avoir fait plus, furieux de son impuissance, furieux d'avoir cédé et d'avoir simplement décampé. S'il avait eu une once de courage, il aurait pris le pied-de-biche qui se trouvait dans la cave et aurait frappé ce monstre de Stan pour le forcer à quitter la maison. Mais il ne l'avait pas fait parce qu'il n'était qu'une minable lavette, incapable de se défendre, un pauvre type qui détestait les conflits, qui se laissait constamment marcher sur les pieds et permettait à n'importe qui de lui donner des ordres. Voilà ce qu'il était, ce qu'il avait toujours été, et ça ne changerait jamais.

Jamais !

Quasiment au bout de la rue, il vit Mikki approcher sur le trottoir d'en face. Il n'avait pas l'air dans son état normal et jetait en permanence des regards par-dessus son épaule, comme s'il craignait d'être poursuivi. Il traversa la chaussée en courant, empoigna le bras de Benony et l'entraîna dans l'ombre, loin des lampadaires.

– J'ai pensé que tu serais là, déclara-t-il. Je vais être absent quelque temps. J'ai un copain qui exporte du poisson vers la Norvège, je vais m'embarquer avec lui.

– Pourquoi ? Qu'est-ce qui t'arrive ? demanda Benony. Quelque chose ne va pas ?

– Il m'a donné le nom de cette gamine, murmura Mikki. Il m'a expliqué ce qu'Anton lui avait fait et comment ils s'y sont pris pour se débarrasser d'elle. Cette ordure m'a tout raconté.

– Qui ça ?

– Luther.

– Le type de la cabane ?

– Oui, le type de la cabane. C'est pour ça qu'ils voulaient récupérer ces photos. Lui, ou plutôt Anton. Le médecin. On le voit sur ces clichés avec la gamine. Et il l'avait mise enceinte ! Quelles ordures !

– Et ensuite ils l'ont tuée ?

Mikki hocha la tête.

– Cet enfoiré m'a dit qu'il l'avait vue au bord de Tjörnin et… lui et Anton avaient envisagé de la supprimer. Puis l'occasion de le faire s'est présentée…

– On ne ferait pas mieux d'aller à la police ? De tout raconter ? Il faut leur dire tout ce qu'on sait ! Et Luther, il est où ?

– J'ai bien peur de ne pas avoir réussi à me contenir quand il m'a raconté ces horreurs, répondit Mikki. Je crains d'être allé un peu trop loin.

– Comment ça ?

– Je pensais l'avoir juste assommé, mais j'ai vérifié et là… j'ai vu qu'il ne respirait plus. J'ai perdu les pédales, Benony. J'ai complètement perdu les pédales.

– Et donc, il est… il ne respirait plus ? Il… tu es en train de me dire que tu… qu'il est… ?

Des phares surgirent au bout de la rue, se rapprochèrent, accompagnés des rugissements d'un moteur, une grosse jeep les dépassa puis disparut à l'angle.

– Il est mort ? s'alarma Benony.

Mikki hocha la tête.

– J'ai complètement disjoncté.

– Tu es sûr ?

– Oui.

– Mikki… tu vas faire quoi ? Comment tu as pu faire un truc pareil ?!

– J'ai tout réglé, répondit Mikki. Je me suis arrangé pour qu'on ne retrouve pas le corps. Au cas où quelqu'un te demanderait de mes nouvelles, ce qui m'étonnerait, réponds que je suis parti à la campagne. À mon avis, personne ne s'inquiétera de la disparition de ce sale type, de la mienne non plus d'ailleurs.

– Mais l'homme qui était avec lui ?

– C'est pour ça que je vais m'absenter. Pour l'instant. Au cas où il ferait des problèmes. Il ne t'a pas vu, il ignore ton identité, mais ce que je tiens surtout à te dire, Benony, c'est que toi, tu n'es pas responsable de tout ça, c'est bien clair ? Tu n'as absolument rien fait dont tu aurais à rougir. Tu n'as rien à voir avec ce qui s'est passé. Ne l'oublie pas.

– Mais toi, Mikki… tu penses que… tu pourras vivre avec ce poids sur la conscience ?

– Je ne sais pas. Seul l'avenir le dira…

61

Benony regarda Mikki s'éloigner. L'histoire monstrueuse qu'il venait de lui raconter sur cette jeune fille et le médecin n'avait fait qu'alimenter sa fureur envers Stanley, la décuplant. Il en voulait à Mikki, il aurait préféré ignorer ce qui était arrivé à Luther et ne pas être au courant du sort de cette malheureuse gamine auquel il ne pouvait rien changer. Il en allait autrement de la destinée d'une personne bien plus proche de lui et, soudain, il fut à nouveau en proie à une colère noire.

Il fit demi-tour et retourna à la maison d'Elisa. Il n'allait pas laisser Stan lui dicter sa conduite. Qu'il aille au diable ! Il allait attendre le retour d'Elisa, ils quitteraient cette maison ensemble quoi qu'il arrive, et plus jamais elle ne subirait ces violences.

Il parvint à la porte de la cave, restée entrouverte. Stan avait recommencé à travailler sur le mur. Il s'interrompit et sursauta en l'apercevant, mais rapidement remis de sa surprise, lui demanda ce qu'il venait faire là. Une truelle à la main, du mortier dans son seau, il était en pantalon et en maillot de corps.

– Je vais attendre Elisa, déclara Benony. Elle quitte cette maison dès ce soir.

– Tu as perdu la tête ? rétorqua Stan en reposant sa truelle.

– Pas du tout. Désormais, je ne te laisserai plus t'en prendre à elle.

– Pourquoi tu ne peux pas nous laisser tranquilles…

– Elle est où ? Elle est partie où ? insista Benony. J'étais censé la retrouver ici ce soir et ça ne lui ressemble pas de ne pas tenir parole.

– Je te demande encore une fois de t'en aller, répondit tranquillement Stan. Il attrapa le pied-de-biche posé sur la table à côté de lui et le laissa retomber le long de sa cuisse en regardant Benony d'un air hostile.

– Je vais l'attendre, répéta Benony, les yeux fixés sur le pied-de-biche.

Stan avança d'un pas.

– Tout ça, c'est ta faute, Ben. Si tu ne le comprends pas, tu es encore plus bête que je l'imaginais. Allez, sors d'ici !

– Tu sais où elle est ? Pourquoi tu ne me le dis pas ? Où est Elisa ? Tu l'as vue quand tu es arrivé ce soir ? Tu lui as parlé ? Tu l'as mise à la porte ? Qu'est-ce que tu lui as fait ? Elle est où ? Pourquoi tu ne peux pas… ?

Benony haussait de plus en plus le ton. Il s'interrompit brusquement, médusé en voyant le mur encore humide se mettre en mouvement. La paroi enfla, deux ou trois pierres tombèrent. Il se demanda s'il était victime d'une hallucination. L'instant d'après, d'autres pierres tombèrent et le ciment se disloqua.

Il regarda Stan qui observait également le prodige, immobile. Avant que Benony ait eu le temps de comprendre ce qui se passait, le mur tout entier s'effondra comme un château de cartes et Elisa roula au sol.

Benony se mit en rage en découvrant ce que Stan avait fait. Il hurla le nom d'Elisa, se précipita vers le tas de pierres où elle reposait et prit entre ses mains le visage en sang. Elle était en vie, elle ouvrait les yeux.

Il lut dans son regard une telle souffrance qu'il perdit son sang-froid et bondit sans réfléchir sur Stan pour lui arracher le pied-de-biche des mains avant de lui donner un grand coup sur la tête, puis un second. Stan s'effondra et ne bougea plus.

Benony jeta l'outil et retourna s'occuper d'Elisa. Il fit de son mieux pour la rassurer en lui disant que tout s'arrangerait et que, maintenant, c'était terminé. Elle essaya de lui dire quelque chose, il lui répondit de ne pas s'inquiéter, il allait appeler la police. Au moment où il s'apprêtait à monter à l'étage, elle lui attrapa le bras en secouant la tête.

– Non…

– Quoi ?

– Je… j'ai vu… ce que tu as fait, soupira-t-elle.

Benony tenta de protester, elle continuait à faire non de la tête.

– Aide-moi… à remonter, murmura-t-elle.

Il passa ses bras sous ses aisselles, l'aida à se relever et à sortir de la buanderie. En passant à côté du corps de Stan, étendu dans son sang, elle fit comme si elle ne le voyait pas.

Benony la prit dans ses bras, la porta au rez-de-chaussée puis à la salle de bains où il l'aida à se déshabiller et à se nettoyer jusqu'à ce que le sang cesse de colorer l'eau qui s'écoulait dans la bonde. Elle refusa d'appeler un médecin et le dissuada de prévenir la police.

– Qu'est-ce qu'on va faire ? demanda-t-il tandis qu'elle se mettait au lit. Qu'est-ce que tu veux qu'on fasse ?

– Rien du tout, murmura-t-elle.

Elisa le regarda et, sans qu'elle ait besoin de lui dire quoi que ce soit, il comprit sa réponse. Elle ne voulait pas laisser Stan gâcher sa vie plus qu'il ne l'avait déjà fait.

– Tu es sûre ? demanda Benony.

– Oui.

Un peu plus tard, Benony redescendit à la cave. Il s'assura que Stan était mort avant de l'installer à l'endroit que l'Américain avait choisi pour Elisa en guise d'ultime demeure. Puis il commença à monter le mur qu'il aurait dû terminer depuis longtemps.

62

Il faisait froid. Assis sur sa terrasse en cette fin d'après-midi, Benony vit une voiture pénétrer dans l'impasse et longer lentement les maisons comme si le conducteur lisait attentivement chacun des numéros. Le véhicule s'arrêta dans ce quartier tranquille de Mosfellssveit, à deux pas de la maison de repos de Reykjalundur. Le soleil brillait, Benony s'était installé dehors, emmitouflé dans sa doudoune, un bonnet sur la tête. Sa tasse à la main, il venait de refermer la porte de la maison. Il n'avait jamais arrêté de fumer, même s'il essayait de réduire sa consommation à quelques cigarillos par jour. Son café était fort et brûlant comme il l'aimait. Observant la voiture qui se garait devant chez lui, il vit un homme en descendre et lever les yeux dans sa direction. Il avait déjà aidé des gens à s'orienter dans le quartier et supposa qu'il allait devoir s'y atteler de nouveau, mais il apparut que c'était lui-même que le conducteur cherchait.

– C'est bien Benony ? À moins que je ne me sois encore une fois trompé d'adresse ? demanda le visiteur en s'approchant.

– Je *m'appelle* Benony.

Il aurait pu saluer l'inconnu en lui souhaitant bonjour comme il le faisait d'ordinaire, mais les dernières journées avaient été éprouvantes et il se tenait sur ses gardes.

– Bonjour, j'ai vu plusieurs personnes du même nom que vous, reprit le visiteur en montant vers la terrasse pour lui serrer la main. Vous êtes quelques-uns de votre génération à vous appeler comme ça.

– Ah bon ? répondit Benony qui n'avait jamais réfléchi à la question.

– Je ne voulais pas vous empêcher de prendre votre café. Je m'appelle Konrad et je cherche des renseignements sur un homme qui portait le surnom de Mikki et était cambrioleur il y a très longtemps.

Benony eut du mal à dissimuler son étonnement. On ne lui avait pas parlé de son ami depuis des dizaines d'années et entendre son nom dans la bouche d'un inconnu après tout ce temps le laissait sans voix. Il remarqua que le visiteur observait attentivement ses réactions et eut l'impression qu'il était spécialiste en la matière.

– Mikki ? répondit-il.

– Vous le connaissiez ?

– Ce nom me dit quelque chose, avoua Benony sans réfléchir.

– Je suis à sa recherche pour une histoire de cambriolage dans lequel mon père aurait été impliqué.

– Un cambriolage ?

– Oui, très peu de gens étaient au courant et je n'en trouve aucune trace dans les rapports de police.

– Votre père ? C'était qui ?

– Il s'appelait Josep P. Grimsson, dit Seppi, répondit Konrad. Il est mort poignardé en 1963.

– Et… vous… pensez que Mikki l'a tué ? hésita Benony, étonné.

– Non, pas du tout, assura Konrad avec un sourire. Enfin, je ne crois pas. Cela dit, j'ignore l'identité du meurtrier. L'enquête n'a jamais abouti et je m'y intéresse depuis quelque temps. J'ai été policier pendant des années. À la Criminelle.

Benony but une gorgée de café. Son cigarillo s'était éteint. Il l'avait laissé sur un pot de fleurs en terre cuite retourné et percé d'un trou en son centre, posé sur une assiette, dont il se servait comme cendrier.

– Je n'ai pas vraiment connu Mikki, répondit-il. C'est juste un nom dont je me souviens. Je ne sais même pas où je l'ai entendu. Sans doute pendant mes sorties. Dans un bal ou dans un bar. Reykjavik était de taille bien plus modeste à l'époque. Ce n'est pas forcément le Mikki que vous cherchez.

– Tout à fait, acquiesça Konrad. La ville était bien plus petite, il s'y passait beaucoup moins de choses et les gens communiquaient sans doute un peu plus. Vous vous souvenez d'un bijoutier qui s'appelait Bragi et qui avait une boutique en ville ?

– Bragi ? répéta Benony, pensif, réfléchissant toujours à la manière dont il allait bien pouvoir s'en tirer.

Il se rappelait parfaitement cet homme qui avait trahi Mikki. Benony était passé plusieurs fois devant sa boutique au fil des ans, ce qui l'avait chaque fois ramené à des souvenirs qu'il aurait préféré oublier et qu'il s'employait à chasser au plus vite de son esprit. Ces souvenirs le hantaient depuis des années même si la douleur qu'ils réveillaient s'était estompée avec le temps. Malgré ça, un simple détail entendu aux informations, dans une émission télévisée ou pendant une conversation était susceptible de rallumer les remords qu'il éprouvait depuis le début.

– Je vois que vous n'êtes pas sûr, reprit Konrad.

– Non, je crains de ne guère… pouvoir vous aider, regretta Benony. Malheureusement. Par conséquent…

– Mais si je vous disais que Bragi vous a rencontré avec Mikki un soir où vous lui aviez proposé de lui revendre une partie du butin ? demanda Konrad.

– Mikki et moi ?

– Oui, à la cale sèche de Danielsslippur.

– J'ai peur qu'il n'y ait un malentendu. La mémoire de cet homme doit lui jouer des tours.

– Vous le savez sans doute mieux que personne.

Benony ne savait pas quoi répondre. Son visiteur était de plus en plus insistant sans toutefois se montrer impoli.

– Vous vous souvenez d'un homme qui s'appelait Luther ? demanda Konrad, sans lui laisser le temps de reprendre ses esprits.

– Luther ?

– Je crois que c'était une belle ordure. Il a disparu à cette époque. Au début des années 60.

– Ce nom ne me dit rien du tout.

– La victime du cambriolage dont je parle était le médecin Anton J. Heilman. Ce nom ne vous dit rien non plus ?

Benony se contenta de secouer la tête.

– On a parlé de cet homme aux informations il n'y a pas très longtemps. On sait maintenant qu'il avait violé une jeune fille retrouvée morte dans l'étang de Tjörnin en 1961. On le soupçonne aussi d'avoir été impliqué dans son décès, mais il semble impossible de le prouver. Tous les témoins sont décédés, ce qui complique les choses. Luther a très probablement été vu aux abords de Tjörnin le soir de la mort de cette gamine.

Benony restait impassible.

– Il semblerait que c'était l'homme de main du médecin, poursuivit Konrad. Une sorte de commissionnaire, si j'ai bien compris. Par exemple, il a récupéré une partie des objets volés. Entre autres, des photos compromettantes pour son commanditaire. Je me dis qu'on y voyait peut-être cette petite. Nanna. Elle s'appelait Nanna.

Comme tout le monde, Benony avait suivi l'histoire de la gamine qui s'était noyée dans l'étang du centre-ville. Il avait pensé à sa dernière rencontre avec Mikki. Ce qu'il avait vu aux informations et ce que lui disait Konrad faisait écho aux paroles de son copain. Dès que le présentateur avait fait état de l'implication du médecin et de son ami Luther, Benony avait compris que Mikki avait découvert toute la vérité.

Il comprenait également qu'en répétant ce que lui avait dit Mikki, il pouvait confirmer tout ce que lui disait Konrad. Mais cela risquait également d'ouvrir d'autres brèches qui ne manqueraient pas de lui nuire personnellement.

Il préféra donc se taire comme il l'avait toujours fait depuis lors.

Une quinquagénaire s'approcha de la maison, entra dans le jardin, monta sur la terrasse et salua Konrad sans se présenter. Elle demanda à Benony si sa mère était réveillée. Il répondit qu'il la pensait encore endormie. Elle s'enquit de savoir si elle avait bien pris ses médicaments. Benony répondit que oui. La femme expliqua qu'elle devait emmener son fils chez le médecin, mais qu'elle repasserait. Puis elle embrassa Benony sur la joue et les salua, lui et son visiteur.

– C'est votre fille ? demanda Konrad lorsqu'elle fut partie.

– Oui, ou plutôt ma belle-fille. Elle habite un peu plus bas dans la rue. Je crois qu'il est temps de rentrer. Navré de ne pas vous avoir aidé davantage…

– Je suis sûr que vous le pouvez. Je suis convaincu que vous étiez avec Mikki à la cale sèche de Danielsslippur. Pourquoi Bragi mentirait ? Il affirme vous avoir vus tous les deux avec le butin de ce cambriolage. Il se souvient de votre nom.

Ils entendirent du bruit dans la maison. La porte de la terrasse s'entrouvrit lentement et une femme âgée en robe de chambre apparut dans l'entrebâillement. Les cheveux gris retombant sur les épaules, les traits tirés, le visage fatigué, elle semblait gravement malade.

– J'ai cru entendre la voix de Lola, dit-elle d'une voix faible en regardant Konrad d'un air soupçonneux. Qui est cet homme ? s'inquiéta-t-elle.

– Tu ne devrais pas te lever, répondit Benony d'une voix douce en s'avançant vers elle pour la remettre au chaud. Viens, ma chérie, viens te recoucher. Il ne faut pas que tu prennes froid.

63

Le médecin avait dissipé ses derniers doutes. Elisa avait demandé combien de temps il lui restait. Assez peu, avait-il dit, sans pouvoir lui fournir une réponse plus précise.

Elle s'était attendue à ce verdict. Il y avait un certain temps qu'elle se sentait constamment fatiguée et souffrante. Même après une bonne nuit de sommeil, elle se réveillait épuisée. Elle s'était refusée à consulter jusqu'au moment où son mal de dos était devenu insoutenable et où elle n'avait plus été en mesure de le cacher à Benony.

En réalité, elle savait que quelque chose ne tournait pas rond depuis très longtemps, ses douleurs physiques n'étaient qu'une nouvelle étape dans un long processus. Elle avait essayé de continuer à vivre malgré le poids du passé, c'était un travail de Sisyphe de se convaincre en permanence de faire abstraction des événements de la cave. Le remords avait la peau dure même s'il lui arrivait de s'estomper. Jadis, il s'était parfois manifesté avec une telle violence qu'elle pensait ne pas avoir la force de résister à ses assauts. À d'autres moments, il lui semblait que Benony et elle avaient agi comme il le fallait, et la tempête s'apaisait. Au fil des ans, ces accès étaient retombés, mais ils revenaient parfois sans crier gare, lui rappelant le souvenir de ces affreux moments. Il suffisait de très peu de choses, par exemple un article de journal sur un crime.

Benony était plus solide, il lui donnait la force nécessaire pour affronter les tourments de sa conscience et l'aidait à traverser les mauvaises passes.

Il lui tenait la main quand le médecin lui avait donné les résultats des examens. Ensuite, ils s'étaient assis à la cafétéria du rez-de-chaussée de la Domus Medica où ils avaient longuement gardé le silence.

– Ça ne pouvait pas finir autrement, avait murmuré Elisa.

– Quoi ?

– J'ai enfin ce que je mérite, tu ne crois pas ?

– Ne dis pas de bêtises. Ça n'a rien à voir. Il faut que tu arrêtes de penser ça. N'oublie pas tout ce qu'il t'a fait subir, avait répondu Benony d'un ton las, comme il le lui avait déjà répété tant de fois.

– Je ne veux pas emporter ce secret dans la tombe, avait dit Elisa.

Il n'avait pas répondu.

– Benony ? Tu entends, je ne veux pas.

– Je sais. Je comprends. Mais on doit avant tout penser à toi. À ce qui est le mieux pour toi. Si on va à la police, on devra faire face aux conséquences et ça ne t'aidera pas dans ta maladie.

– J'ai quand même l'impression de devoir m'y résoudre, avait répondu Elisa. Peut-être surtout pour… Lola.

– Bien sûr.

– Il y a longtemps qu'on aurait dû y aller.

– Peut-être. Sans doute. On en a discuté tellement souvent.

Ils s'étaient plus d'une fois querellés à ce sujet, mais Benony avait toujours eu le dessus.

– J'en suis vraiment malade, avait repris Elisa. Je sais bien ce qu'il m'a fait subir, mais quand même… ça me rend malade…

– Laisse-moi y réfléchir.

Elle avait étouffé un gémissement de douleur et demandé à rentrer à la maison. Les effets des analgésiques se dissipaient. Benony l'avait aidée à se lever et ils avaient quitté le centre médical la main dans la main.

Elle s'était attendue à ce verdict qu'elle avait accueilli comme un châtiment.

Puis un soir, environ six mois plus tard, Benony surfait sur Internet comme il le faisait parfois et, brusquement, il était tombé sur ce gros titre. Il avait fixé l'écran et compris qu'on avait découvert les restes de Stanley. Choqué, il s'était levé d'un bond, avait jeté un regard vers la chambre et s'était dit qu'il devait annoncer la nouvelle à Elisa. Il s'était attardé dans le salon, avait bu un verre d'alcool et réfléchi à la manière dont il allait s'y prendre pour ne pas trop la bouleverser.

Elisa s'était réveillée lorsqu'il s'était assis sur le rebord du lit dans la douce lumière de la lampe de chevet.

– Qu'est-ce qui se passe ? s'était-elle inquiétée, voyant qu'il était là depuis un moment sans rien dire.

– Je dois t'annoncer quelque chose.

– Mais tu n'es quand même pas… tu as bu ?

Benony avait hoché la tête.

– Qu'est-ce qui se passe ?

– Je ne sais pas trop…

– Tu as eu besoin de prendre un petit remontant ?

– Oui.

– Qu'est-ce qui se passe ?

– Ils l'ont trouvé, murmura Benony en caressant les cheveux d'Elisa qui comprit aussitôt de qui il parlait.

– Comment ?

– Le mur s'est effondré. Quelque chose de ce genre. Je ne sais pas vraiment.

– Après tout ce temps.

– Oui, après tout ce temps.

– Mon Dieu…

– Il fallait que ça arrive.

Ils avaient gardé le silence un long moment. Benony tenait la main d'Elisa dans la sienne.

– C'est une bonne chose, avait-elle murmuré. C'est mieux comme ça, Benony, tu ne penses pas ? C'est mieux pour nous.

Il avait hoché la tête.

– J'espérais que tu n'aurais pas…

– À vivre ce moment ?

Benony n'avait pas répondu.

– Non, je suis contente. C'est un grand soulagement.

– Je sais.

– Tu crois qu'on sera séparés ? avait demandé Elisa.

Benony avait secoué la tête en essayant de la rassurer.

– Je ne veux pas que tu partes, avait-elle dit. Pas maintenant.

– Ne t'inquiète pas, avait-il répondu en lui caressant à nouveau les cheveux. Tout ira bien, ne t'inquiète pas.

– On doit lui dire comment les choses se sont vraiment passées, avait ajouté Elisa. C'est à moi de le faire.

– Oui, bien sûr, avait acquiescé Benony, comprenant qu'elle parlait de sa fille Lola.

Elisa avait fini par se rendormir. Lui avait pris un somnifère et le sommeil lui avait procuré un apaisement momentané. À son réveil le lendemain, l'angoisse et l'inquiétude l'avaient à nouveau assailli. La découverte du corps s'était produite au pire moment qui soit, elle venait s'ajouter aux épreuves qu'Elisa traversait, et qui finiraient par avoir raison d'elle. Pour l'heure, Benony excluait d'aller voir la police. Il tenait à rester auprès de sa femme le plus longtemps possible.

Il s'était levé en silence, tout en douceur. Il avait pris l'habitude de sortir du lit discrètement pour ne pas la réveiller. Il s'était habillé, avait fait un café et, alors qu'il buvait sa première gorgée, il avait entendu des pas sur la terrasse. Lola venait leur rendre sa visite matinale habituelle. Son pas semblait plus pressé qu'à l'accoutumée. Comme si elle était en colère.

– Dis-moi que ce n'est pas lui ! s'était-elle exclamée en franchissant la porte.

Benony l'avait regardée sans rien dire.

– Stan n'est jamais reparti en Amérique, n'est-ce pas ? avait-elle demandé en jetant un œil vers la chambre où sa mère mourante dormait encore. Il n'est jamais rentré chez lui en Pennsylvanie et n'a jamais rencontré d'autre femme !

– Tu as vu les informations ?

– Qu'est-ce que vous avez fait ? Qu'est-ce qui s'est passé ?

Elle s'était avancée vers l'ordinateur posé sur la table de la cuisine, l'avait allumé et affiché l'article sur la découverte du squelette dans la cave.

– Qu'est-ce que ça veut dire ? avait demandé Lola. J'exige de savoir ce qui s'est passé !

– Il avait presque achevé ta mère et il venait de l'emmurer à cet endroit, avait expliqué Benony. Il l'aurait tuée si elle n'avait pas eu une telle force.

– Je n'arrive pas à y croire !

– Ma chère petite…

– Je refuse de croire à une chose pareille !

– Je comprends que tu…

– Pourquoi ne pas m'avoir tout avoué, Benony ?! Vous m'avez menti pendant toutes ces années. Vous m'avez menti en permanence !

– On ne savait pas comment s'y prendre. On voulait t'en parler depuis que ta mère est tombée malade, mais…

– Il l'a fait pour moi, avait déclaré Elisa qui avait quitté sa chambre et s'avançait d'un pas traînant vers sa fille. Benony a fait ça pour me protéger.

– Mais, maman… ?

– Je sais, ma chérie, je sais qu'on aurait dû te le dire, on aurait dû le dire à la police, on aurait dû faire tant de choses, tant d'autres choses, mais c'est ce qui s'est passé et on a dû vivre avec ce poids. On a choisi de se taire. On a voulu essayer. On a refusé qu'il nous fasse encore plus de mal qu'il ne nous en avait déjà fait.

– La police va vous retrouver, avait répondu Lola. Elle va venir ici et… quoi ? Elle va vous arrêter ? Qu'est-ce que vous allez faire ? Bon sang, qu'est-ce que vous comptez faire ?

– Rien du tout, ma petite, avait répondu Benony. Il avait pris Elisa dans ses bras en voyant à quel point elle était épuisée. Il n'y a qu'une seule chose à faire, c'est attendre.

64

Konrad comprit que la maîtresse de maison n'irait nulle part tant qu'elle ne connaîtrait pas son identité. Familier des effets provoqués par l'administration massive de médicaments aux gens qui luttaient contre de graves maladies, il se dit que cela expliquait le comportement de cette femme d'apparence si frêle.

– Qui est cet homme ? demanda-t-elle d'une voix épuisée, refusant de retourner dans la maison.

– J'ai été policier dans le temps, répondit Konrad d'un ton avenant en regardant le mari.

– Policier ? Ah, vous voilà ! dit-elle.

– Allons, interrompit Benony. Tu dois te recoucher, ma chérie. Tu risques de prendre froid.

La femme ne quittait pas Konrad des yeux. Il supposait qu'elle souffrait d'un cancer depuis de longs mois. Il ne pouvait que compatir. Il était désolé d'être venu les importuner, elle et son mari, maintenant qu'il comprenait les épreuves que le couple traversait.

– Je dois vous demander de partir, déclara Benony en se tournant vers lui. Ma femme est gravement malade, elle prend des médicaments qui lui embrouillent les idées et qui… altèrent ses capacités de jugement. Parfois, elle ne sait même plus qui elle est. Ni ce qu'elle dit.

Konrad les regarda tour à tour sur leur terrasse.

– Oui, je comprends, répondit-il. Évidemment. On pourra peut-être discuter plus tard.

Il était sur le point de tourner les talons, mais sa curiosité l'emporta brusquement sur sa compassion.

– Comment ça : vous voilà ? demanda-t-il à la femme en robe de chambre.

– Eh bien, vous avez compris ce qu'on a fait. J'ai demandé à Benony de vous prévenir. Je voulais qu'il le fasse avant mes derniers instants… Je préfère ne pas emporter ce secret dans ma tombe.

– Elisa… ! s'exclama Benony.

– Maintenant que vous l'aviez découvert, ce n'était plus qu'une question de temps, vous alliez forcément nous retrouver, poursuivit-elle. Il a fait ça pour moi. Il faut que vous sachiez que Benony m'a sauvé la vie. Ce n'est pas sa faute si cet homme a essayé de me tuer.

Benony secouait la tête, désemparé.

– Vous parlez de qui ? demanda Konrad.

– De Stanley, celui dont on a découvert les restes emmurés, expliqua Elisa en regardant Benony. Tu ne lui as pas encore dit ?

– J'allais le faire, répondit-il en adressant à Konrad un regard suppliant, mais je voulais passer ces derniers instants avec toi…

Jetant un regard dans la rue, le couple vit une voiture de police se garer devant chez eux.

– C'est vous qui leur avez dit de venir ? s'inquiéta Benony.

– Non, répondit Konrad en se demandant s'ils étaient là pour la même raison que lui.

– On doit rentrer, répéta Benony. Je vous serais reconnaissant si vous pouviez nous accorder un peu de temps.

Ils regardèrent à nouveau Konrad. La femme lui fit un sourire, comme s'il venait de la soulager d'un fardeau. Puis Benony l'enveloppa de ses bras et la ramena dans la maison.

Il allongea Elisa dans son lit, s'assit à côté d'elle, lui prit la main et lui caressa le front. Ils entendirent des pas sur la terrasse quand les policiers montèrent. Ils entendirent la voix de Konrad, puis tout le monde repartit et les voitures garées devant la maison quittèrent la rue.

– Il a renvoyé la police ? s'étonna Elisa.

– Ils reviendront, assura Benony.

– Tu crois que j'ai fait une bêtise ? s'inquiéta-t-elle.

– Mais non, ma chérie.

– Donc, ils sont partis ?

– Je crois. Le type leur a parlé. J'ai l'impression qu'ils sont tous partis.

Elisa grimaça de douleur.

– Benony, murmura-t-elle en lui serrant la main un peu plus fort. Ne me laisse pas.

– Bien sûr, ma chérie. Je ne vais nulle part.

– Mon cher Benony…

– Ne t'inquiète pas. Essaie de dormir. Je serai là à ton réveil. Allez, essaie de dormir.

– Benony…

– Oui, je suis là.

– Tu sais, je ne regrette rien de… ce que j'ai vécu avec toi, murmura Elisa.

Elle l'avait souvent étonné par son courage face à la maladie, mais il voyait bien qu'elle n'en pouvait plus. Il lui embrassa la main en se disant qu'elle avait toujours été forte, qu'elle l'avait encouragé aux moments où il en avait le plus eu besoin. Lui aussi, il avait fait de son mieux pour la soutenir quand elle sombrait dans l'angoisse ou la mélancolie. Ils étaient ainsi parvenus à affronter les années qui avaient suivi le drame dans la cave, puis ils avaient appris à vivre avec le poids de la culpabilité. Benony ne savait pas vraiment comment ils s'y étaient pris, mais ils avaient réussi. Ces derniers mois, la maladie d'Elisa, aussi affreuse qu'elle soit, les avait soudés encore plus. Ils avaient envisagé d'aller voir la police, mais Benony avait toujours repoussé cet instant, craignant qu'on ne les sépare, incapable de supporter l'idée de ne pas pouvoir l'accompagner jusqu'à la fin.

Il continuait à lui caresser le front, il savait qu'ils étaient maintenant arrivés au bout du chemin.

– Je peux dire la même chose, Elisa.

– Je ne regrette absolument rien, murmura-t-elle en le regardant dans les yeux.

– Je sais, Elisa, je sais.

Sa main dans la sienne, il était sur le point de lui confier qu'il l'aimerait toujours d'un amour passionné, mais il comprit que la vie l'avait quittée. Elisa ne l'entendait plus.

65

Konrad s'installa à une table depuis laquelle il pouvait surveiller la porte dans le bar presque désert. Il commanda une bière. Puis l'attente prit le relais.

Il avait enfin pu discuter avec Svanhildur et s'excuser de son comportement. La situation était stationnaire sauf qu'ils se parlaient à nouveau, à son grand soulagement. Il aurait aimé la garder comme amie, mais comprenait que ce désir ne soit pas réciproque. Il lui avait dit que la police avait recommencé à enquêter sur son éventuelle implication dans le meurtre de son père. On avait découvert qu'il avait menti sur certains détails, c'était considéré comme très sérieux et il n'existait pas de prescription dans ce type d'affaire. Elle lui avait demandé s'il était coupable. C'était une question naturelle. Il lui avait répondu que non.

Il avait préféré ne pas appeler son ami Oliver à la Scientifique pour le remercier de son aide. Oliver n'avait pas la moindre idée de la raison pour laquelle Konrad l'avait contacté récemment, pour avoir des renseignements sur des cachets, leur apparence et leur couleur. Oliver lui avait dit des choses très utiles, mais il avait vite oublié l'appel de Konrad et n'avait pas fait le lien avec un bruit qui circulait à la prison de Litla-Hraun. Quelqu'un était parvenu à administrer à un détenu un puissant laxatif qui l'avait mis hors combat. D'après la rumeur, c'était sans doute ses codétenus qui avaient fait le coup, du reste ce n'était pas la première fois qu'ils s'en prenaient à lui.

Konrad avait bu sa bière à moitié. Il consulta l'heure sur son téléphone. Pessimiste, il avait les yeux rivés sur la porte du bar et, chaque fois qu'elle s'ouvrait, il était déçu que ce ne soit pas Hugo.

Après la déposition de Benony, on dragua en vain le bras de mer de Skerjafjördur, espérant y découvrir des traces de Luther. Les recherches entreprises pour retrouver Mikki ne donnèrent, elles non plus, aucun résultat. Quelqu'un disait l'avoir vaguement aperçu dans le quartier de Christiania, à Copenhague, au milieu des années 70. Benony n'avait jamais eu aucune nouvelle de lui. Il ignorait s'il était encore en vie. Leur copain, Tommi, devenu clochard, était décédé à Reykjavik l'hiver suivant le cambriolage. Benony avait raconté ce que lui avait avoué Mikki au sujet du médecin, de Luther et de Nanna. Konrad se disait qu'il avait enfin reconstitué l'enchaînement des faits qui avaient conduit à la noyade de la jeune fille.

Ayant avoué qu'il avait tué Stanley, Benony avait été placé en détention provisoire. On l'avait autorisé à assister à l'enterrement d'Elisa avec sa belle-fille et ses enfants. Konrad s'était rendu à l'inhumation, il n'y avait pas vu grand monde. La police s'était intéressée à Elisa et à sa fille dans le cadre de l'enquête sur le squelette emmuré. Elles faisaient partie des tas de gens qui avaient habité les lieux. Le jour du décès d'Elisa, deux policiers avaient été envoyés chez elle pour l'interroger sur l'époque où elle était locataire dans cette maison.

Elisa avait déménagé avant que sa fille ne rentre de la campagne, à Pâques, la gamine ignorait ce qui était arrivé à son père. On lui avait dit que Stan avait mis à exécution le projet dont il parlait de temps en temps, qu'il avait quitté Elisa pour repartir en Amérique. Sa disparition n'avait jamais été signalée à la police. Quand les collègues de travail de Stanley avaient interrogé Elisa, elle leur avait répondu, honteuse, qu'il était parti voir sa famille en Pennsylvanie et qu'il l'avait appelée deux fois. La première pour lui dire qu'il resterait plus longtemps que prévu, la seconde pour lui annoncer qu'il avait rencontré une autre femme, une amie d'enfance, et qu'il ne reviendrait pas en Islande.

Konrad vida sa bière et se demanda s'il devait en commander une autre ou juste rentrer chez lui.

Benony avait vu brièvement les photos prises par Anton, à l'époque. Il avait été incapable de dire si la jeune fille qui y apparaissait était bien celle qui s'était noyée dans l'étang de Tjörnin en 1961 quand on lui avait montré une de ses photos de classe, un peu floue. Il était en revanche persuadé que Mikki avait donné ces clichés à Seppi.

Le téléphone de Konrad sonna. C'était Eyglo.

– Alors, il est venu ?

– Non, il n'a pas montré le bout de son nez, répondit Konrad d'un ton morne.

– D'accord, mais ce n'est pas une raison pour abandonner.

– Ne t'inquiète pas, je ne renonce pas.

Konrad reposa son téléphone sur la table et regarda son verre. Quelqu'un entra dans le bar, il leva les yeux vers la porte, ce n'était pas Hugo. Il décida de commander une autre bière. Après tout, il n'avait pas grand-chose à faire.

Il vit la porte s'ouvrir à nouveau.

Puis une fois encore quelques instants plus tard.

DU MÊME AUTEUR

La Femme en vert
prix Clé de verre du roman noir scandinave 2003
prix CWA Gold Dagger 2005
prix Fiction du livre insulaire d'Ouessant 2006
Grand Prix des lectrices de « Elle » 2007
Métailié, 2006
et « Points Policiers », n° P1598

La Voix
Grand Prix de littérature policière 2007
Trophée 813 2007
Métailié, 2007
et « Points Policiers », n° P1831

L'Homme du lac
Prix du polar européen du « Point » 2008
Métailié, 2008
et « Points Policiers », n° P2169

Hiver arctique
Métailié, 2009
et « Points Policiers », n° P2407

Hypothermie
Métailié, 2010
et « Points Policiers », n° P2632

La Rivière noire
Métailié, 2011
et « Points Policiers », n° P2828

Betty
Métailié, 2011
et « Points Policiers », n° P2924

La Muraille de lave
Métailié, 2012
et « Points Policiers », n° P3028

Étranges Rivages
Métailié, 2013
et « Points Policiers », n° P3251

Le Livre du roi
Métailié, 2013
et « Points Policiers », n° P3388

Le Duel
Métailié, 2014
et « Points Policiers », n° P4093

Les Nuits de Reykjavik
Métailié, 2015
et « Points Policiers », n° P4234

Opération Napoléon
Métailié, 2015
et « Points Policiers », n° P4430

Le Lagon noir
Métailié, 2016
et « Points Policiers », n° P4578

Dans l'ombre
Métailié, 2017
et « Points Policiers », n° P4730

La Femme de l'ombre
Métailié, 2017
et « Points Policiers », n° P4882

Passage des ombres
Métailié, 2018
et « Points Policiers », n° P5023

Les Fils de la poussière
Métailié, 2018
et « Points Policiers », n° P5093

Ce que savait la nuit
Métailié, 2019
et « Points Policiers », n° P5125

Les Roses de la nuit
Métailié, 2019
et « Points Policiers », n° P5283

Les Fantômes de Reykjavik
Métailié, 2020
et « Points Policiers », n° P5337

La Pierre du remords
Métailié, 2021
et « Points Policiers », n° P5547

Le Roi et l'horloger
Métailié, 2023

**Les Éditions Points s'engagent
pour la protection de l'environnement
et une production française responsable**

Ce livre a été imprimé en France, sur un papier certifié issu de forêts gérées durablement, chez un imprimeur labellisé Imprim'Vert, marque créée en partenariat avec l'Agence de l'Eau, l'ADEME (Agence de l'Environnement et de la Maîtrise de l'Énergie) et l'UNIC (Union Nationale de l'Imprimerie et de la Communication).

La marque Imprim'Vert apporte trois garanties essentielles :

- La suppression totale de l'utilisation de produits toxiques
- La sécurisation des stockages de produits et de déchets dangereux
- La collecte et le traitement de produits dangereux

RÉALISATION : NORD COMPO À VILLENEUVE-D'ASCQ
IMPRESSION : CPI FRANCE
DÉPÔT LÉGAL : MARS 2023. N° 152621 (3051448)
IMPRIMÉ EN FRANCE